THE BEST OF MYSTERY LEAGUE,
THE FIRST VOLUME

論創海外ミステリ64

ミステリ・リーグ傑作選 上

Edited by Yusan Iiki
飯城勇三 編

論創社

The Best of Mystery League, the first volume

(2007)

Edited by Yusan Iiki

MYSTERY LEAGUE

CONTENTS

編集長紹介

雑誌の分野に参入するにあたって、われわれ「ミステリ・リーグ」は、一つの志を抱いていた。「アメリカで最高のミステリ雑誌を創刊しよう」というものである。これを果たすには、アメリカで誰よりもミステリ小説を知り尽くしている編集者が必要だった。そして、われわれは見つけ出すことができたのだ――二つの大陸において、最高のミステリ作家と認められている人物を。エラリー・クイーンを紹介しよう。

1号

MYSTERY LEAGUE
OCTOBER 1933
VOL·I NO·I
25¢
ELLERY QUEEN, EDITOR
'DRURY LANE'S LAST CASE' — BARNABY ROSS
an 86,431-word novel complete in this issue!
Short Stories by DASHIELL HAMMETT ▪ DOROTHY L. SAYERS
ELLERY QUEEN etc. ▪ 'SECRETS OF HOUDINI' ▪ novel features

（1933年10月号）

姿見を通して

エラリー・クイーン

第1回

昔々、というほどではないある午後のことでした。私が自分の文芸エージェントのオフィスにぶらりと入っていくと、彼がペーパーナイフをじっと見つめながら、ふさぎ込んでいる光景に出くわしたのです。

「自殺するのかい?」と私は尋ねました。

エージェントはこの冗談を気にもとめません。

「たった今、『フージス・マガジン』（架空の雑誌）の何とかさんから返事を聞かせてもらったところだ」とうなり声をあげました。「君の原稿を本人自ら読んでみたそうだよ」

「それで、どう思ったって?」私は自信満々とはほど遠い態度で聞きました。

「気に入ったそうだ。独創的なアイデアも独創的な話の展開も独創的な盛り上げ方も独創的な文体も——何もかも気に入ったそうだ」

「それじゃあ、あの短編を買ってくれたんだね？」私は意気込んで言いました。

「いや、駄目だった」と、わがエージェントはうんざりした様子で答えたのです。「原稿は返却されたよ。なんでも、彼の雑誌の読者には高級すぎるらしい。一般大衆に受けるための何かが欠けているそうだ」

「なんとね」と私は言いました。「言葉を替えて言うと、大衆雑誌の読者に受けるためには、高級すぎてはいけないというわけだ。そうだろう？」

「その通り」

「ミステリ・リーグ」の出版者が、〝目下企画中の雑誌の編集者にならないか〟という申し出をしてきたとき、引き受けるにあたって一つの条件をつけたのは、この出来事によるものだったのです。私は、掲載作を自由に選ぶ権利を要求したのですよ。

これまでの人生における読書と、ささやかではあるが充実した作家としてのキャリアに基づく私の意見を言わせてもらうならば、われらが大衆雑誌の編集者連中は、一般読者の好みについて過小評価しすぎなのです。一般大衆が一つの型にはまった小説しか受け入れないという考えは、断固として否定させてもらいます。もし斧があれば、私はその考えを粉々にするでしょう。そして、「ミステリ・リーグ」の読者が私が間違っていることを証明するまで、斧を振るい続けるつもりです。

私はここで保証します。この雑誌の表紙と裏表紙の間で、みなさんは長編と短編と読み物に出会いますが、その中に、何らかの決まり事に従って書かれたものは、ただの一つもありません。これらはすべて、以下の条件を満たしている作品なのです――独創的なアイデアや話の展開を持っているか、興味をそそるか、巧みに書かれているか。以上の要件を満たした作品を、これっぽっちも楽しむことができないのはどんな読者なのか、私には想像もつきません。

雑誌という形式に変わった「ミステリ・リーグ」は、この時代にふさわしいものになるよう努めています。本誌の版元が出していた〈ミステリ・リーグ〉シリーズでは、二ドルの長編探偵小説本と何ら差のない一冊の単行本が、五十セントを出せば手に入れることができました。この流れをくむ雑誌「ミステリ・リーグ」では、充分な長さの長編だけでなく、短編や読み物も手に入れられることになっています――すべてを合わせても二十五セントで。「ミステリ・リーグ」の定期購読者になる経済的利点については、これ以上言うまでもないでしょう。みなさんが、本誌には量だけでなく質という利点があることを理解していただいた後ならば、なおさらです。

「ミステリ・リーグ」の編集方針は、常に〈品質第一〉です。本誌の編集部は、同業者連中が「売れっ子」――人気作家――と呼ぶ者を偏重したりはしません。作家が「売れっ子」だということは、ただ単に、本の印刷部数が多いことを示しているにすぎないからです。私はあえて、一編の作品は作者から独立した存在だと主張させてもらいます。実際問題として、編集部はこの創刊号の収録作品を選ぶに当たって、何十編もの「売れっ子」による原稿を返却しました。これらの原稿は、他の雑誌ならば即座に採用されたに違いありません。しかし私は、基準に達していないとみなし、没にしたのです。みなさんも、表紙に並ぶ名前に惹かれて雑誌を買うことはあるでしょう。ですが、その作品がみなさんを失望させるものであれば、売れっ子を使うことは、雑誌を傷つけることになってしまいます。売れっ子とはすばらしいものですが、作品の品質評価というものは読むことによってなされるものであり、それ以外にはないのです。

粉砕用の斧を、私はもう一振り持っています。私がいつも腹立たしく思っていること――みなさんも同じはずです――の一つに、「ホワットジス・ミステリ」誌（架空の雑誌）が「充分な長さの長編」と銘打つということがあります。その自称「充分な長さの長編」を実際に計算してみると、せいぜい二万五千語から五万語しかないのですよ。「充分な長さの長編」と呼ばれるのに値するには、七万語から十万語の間に収まっていなければならないというのに。

というわけで、「ミステリ・リーグ」が「充分な長さの長編」と謳（うた）った作品は、最低でも七万語はあると思ってくださって間違いありません。例えば、本号に掲載されているバーナビー・ロスの『レーン最後の事件』を見てください。この長編が、表紙に記してある通り、きっかり〝八万六千四百三十一語〟から成ることがおわかりになるはずです。

ありていに言えば、本誌は、私の手による一つの実験なのです――知的で楽しめる行が並ぶ印刷物という旗の下に、一般の雑誌購読者が大勢集まってくれるか否か、という。これは「知識人向けの小説対一般大衆向けの小説」の問題とは異なります。知識人か一般大衆かは問題ではありませんし、そのことは百も承知です。この雑誌には、「～向け」といった制限を加えるつもりはありません。みなさんは本誌において、ミステリと探偵小説の枠組みの中に存在する、あらゆるジャンルとあらゆるタイプの作品を読むことができるでしょう――知的なものを、ハードボイルドものを、ロマンティックな冒険ものを、爆笑か微笑を浮かべるものを、怪奇的なものを。しかし、どのタイプの作品も、充実した読書をもたらすであろうことを、私はみなさんに約束します。

"Ellery Queen"

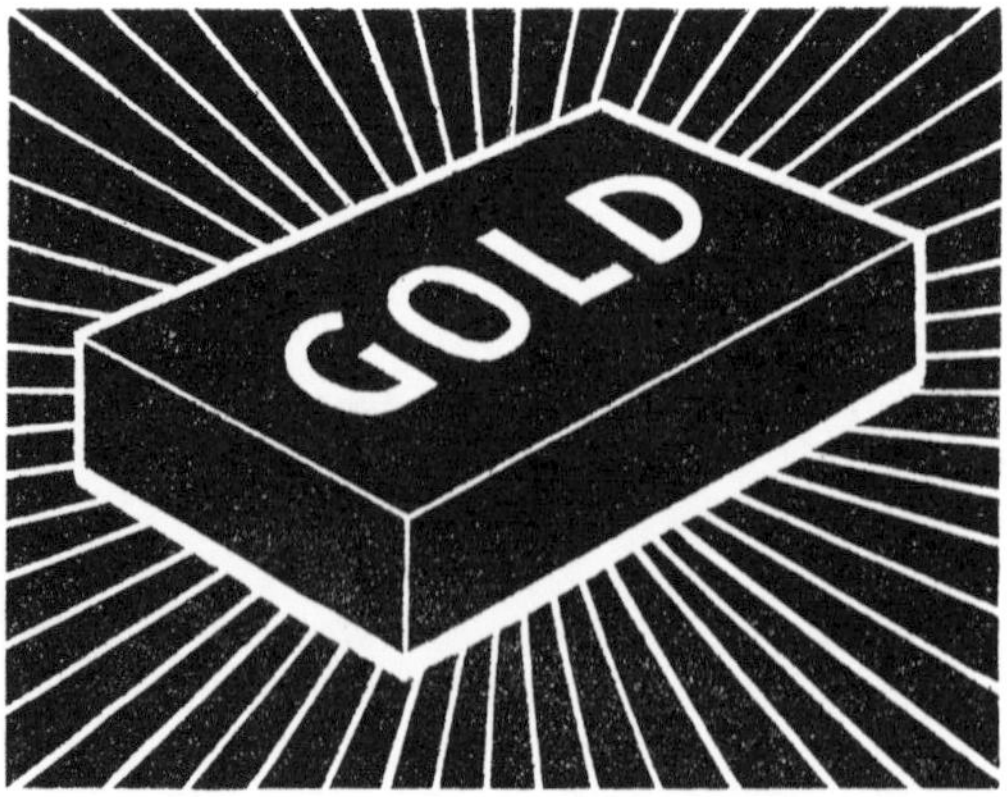

偉大なるバーリンゲーム氏

ジョン・マーヴェル
白須清美訳

MAGNIFICENT MARVELL

陽気で快活なバーリンゲーム氏とともに、いざ人生の荒波に漕ぎ出さんと、シンシナティのバーを飛び出してからというもの、ルドルフ・イエーツ氏は相棒がこれほどまでに深く考え込んでいるのを見たことがなかった。これまでバーリンゲーム氏がその古典的な容貌を曇らせたり、白髪のひと筋でも乱したりしたためしはなかった。つまり、どんなに込み入った問題であろうとも、バーリンゲーム氏にとっては朝飯前だったのだ。ただし、ニューヨークでは勝手が違っていたらしい！

地方検事いわく、「泥棒は庶民をだまし、バーリンゲームは泥棒をだます！」この愉快な物語に登場するのは、G·R·チェスターの「一攫千金のウォリンフォード」と、不滅のジェフ・ピーターズ以来の、紳士的な詐欺師である。

BURLINGAME THE

BY JOHN

「なあ、イェーツ」相棒はついにそういって、肘掛け椅子から手を伸ばし、近くのテーブルから金のシガレットケースを取り上げた。「ずっと考えていたんだが、きみの知らせというのは、いささかゆゆしき事態といっていいだろうね。つまり、財務状況は瀕死の状態だというのだろう？」

「そうらしい」イェーツ氏は、真意はわからないながらも、質問の意味は理解した。「それに、この不景気じゃ、滞在費すら出やしない」

彼がいったのは、高級ホテルの〈アスター・ハウス〉のことで、その情報が正確であることは裏づけの必要がなかった。バーリンゲーム氏は鼻から紫煙（しえん）を立ち上らせるままに、考え深げにうなずいた。

「あまりにも長い間、贅沢三昧をしすぎたな」彼は認めた。「そして、見るがいい！　狼どもがごちそうにありつこうと、よだれを垂らし、うなりながらドアを引っかいている。そこで、イェーツよ、わたしはずっと狼のことを考えていたのだ。その深い思索が導き出した結論を知りたいか？」

イェーツ氏はにやりとした。二人でひと儲けしようというときには、バーリンゲーム氏は決まってこんな話し方をした。仰々しい口調であればあるほど、見込みは大きい。その期待が外れたことはほとんどなかったので、暗雲は去ったも同然といってよかった。

「もちろん！」イェーツ氏は答えた。

「では、消去法で問題を明らかにしてみよう。この街には七百万の人間がいる。そこで、あらゆる職業から適当に十人を選び出したとき、欲深で意地汚い悪党がどれくらいいると思う？」

イェーツ氏は考え込んだが、無表情な丸顔からはその気配は感じられなかった。「もぐり酒場も含めてかい？」彼はそう遠くない過去と、自分が自信を持って語れる職業のことを思い出していた。

バーリンゲーム氏はうなずいた。「誰でも数に入る」彼はいった。

「だったら」イェーツ氏は思い切っていった。「十人にひとりと見ておけばいいだろう」

「お見事！」バーリンゲーム氏はいった。「わたしが最初に見込んだ本物の慧眼を、またしても発揮してくれたな。十人にひとりが狼だとしよう。さて、女子供、被扶養者、身体が弱い者などを考慮してみれば、この大都会には一次候補者が百万人はいることになる。これに、十人にひとりの比率を当てはめてみれば、十万人のごろつきどもが待っているというわけだ。われわれが近づき――そして――」

「一杯食わせるのを！」イェーツ氏は感心したようにいった。

「無粋ないい方だが、その通りだ」バーリンゲーム氏は同意した。「この考えで行けば、これほど大勢がひとり残らずこの大ホテルを避けて通るという偶然は、いささか非現実的に違いない。いいや、イェーツ、私欲をむさぼる上流階級は、ほかのどこでも同じ割合でこの町にいる。そしてきみは、その一員となるのだ」

「おれが？」イェーツ氏はぼんやりと訊いた。「どうやって？」

バーリンゲーム氏は椅子の端へと身を乗り出した。雪のような豊かな白髪にもかかわらず、彼はひどく活動的で、てきぱきとして見えた。

「下のロビーは、いつでも活発に人が行き来している。とくに、昼時前の今頃はな」彼は説明を始めた。「そこをうろついている男たちは、二十人を下らない。つまり、われわれの計算で行けば、今現在二人の冷血な紳士が、子羊が気取ってやってくるのを待っているというわけだ。わたしは明らかに羊には見えないから、役に立たない。いっていることがわかるかね？」

「たぶん」イェーツ氏は慎重にいった。「で、おれは何をすればいい？」

「がっかりだな」バーリンゲーム氏はため息をついて、灰皿に煙草を押しつけた。「親愛なるピユティオス（無二の親友の意）よ、きみが子羊になるのだ。いつもの無関心を捨ててロビーへ下りていき、狼が食いついてくるまで気取って歩くのさ。それから、後をつけられないよう注意してここへ戻ってきて、話し合おう」

「なるほど！」イェーツ氏はにやりとした。「そしたら、あんたがそいつをカモにするわけか」

「予言的ないい方だな」バーリンゲーム氏がいった。

それから三十分と経たないうちに、イェーツ氏が戻ってきた。柔和な目をわずかにギラギラさせているのは、自分の仕事に重圧を感じていたことを示していた。バーリンゲーム氏は肘掛け椅子に座ったまま、問いかけるように目を上げたが、相手の様子を見るとその気配を引っ込めた。この太った、単純な小男のことはよくわかっていた。

「どの男だ？」テーブルの上のハイボールを物憂げに勧めながら、彼は訊いた。

イェーツ氏は、ひと息にグラスを飲み干した。「思いも寄らない人物さ」彼は答えた。「百万長者気取りの大男を知っているだろう――おれたちが、ピッツバーグの鉄鋼王かと思ったやつさ」

バーリンゲーム氏は短くうなずいた。

「そう、やつはこっちを二、三度ちらっと見ると、抜き足差し足でやってきて、火を貸してくれないかといったんだ」

バーリンゲーム氏は辛抱強く待ったが、その先は出てこなかった。「それで」彼はとうとういった。「特にすごい話には聞こえないが」

「それからやつは、株を買えといってきた！」イェーツ氏はお代わりを注ぎながら続けた。

「ああ！」バーリンゲーム氏は感情を込めて叫んだ。彼はにんまりとした。「株を買えといってきたんだな。よしよし！　なあ、イェーツ、われわれは狼がほしいと願った――ただのいやしい狼を。なのに、聡明なる神はわれわれに虎を贈りたもうた。きみの見事な話術にわたしが加われば、面白いことになるかもしれないぞ」

イェーツ氏は、氷に手を伸ばした。「やつを相手に、何をするというんだ？」

「何をするって！」バーリンゲーム氏は、心底驚いたようにいった。「何だと思った？　やつに株を売りつけるのさ！」

バーリンゲーム氏とつき合ううちに、イェーツ氏は滅多なことでは動じなくなっていたが、静かな口調のその提案はとうてい信じられなかった。

「う、う、売りつけるだって！」彼はつかえながらいった。「あれを！　株をか！」

「そうとも」バーリンゲーム氏はこともなげにいった。「何が悪い？　株ならトランクいっぱいあるし、われわれが持っていたって仕方がない」

イェーツ氏は、どうやらどん底から這い上がれそうだと知って、反論をやめた。結局、謎めいたことをいうときのバーリンゲーム氏がこの上なく有能だということは、時が証明していた。

「無効な株券を売りつけたら、刑務所行きってことになるかもしれないぞ」彼はためらいがちにいった。

たしかに、地方検事はバーリンゲーム氏がひとりしかいないことをひそかに残念がっているという話を聞いたことがあった。それに警察は、この都会的な紳士の名前を聞いて、顔をしかめるどころか笑みを浮かべるということも。とはいえ、慎重にやるに越したことはない。

「前に刑務所に入ったのは、身に覚えのないことだった」バーリンゲーム氏はまじめにいった。「今度は逆に、何をやっても自分は外側にいようというわけさ」

「ああ」イェーツ氏は戸惑い気味にいった。

相手が微笑むのを見ると、暗雲が去ったような気がした。「だんだんと自信が揺らいでいるようだが、安心していいぞ、イェーツ。法の手はわれわれのほうへ伸びるかもしれないが、二人の掟（おきて）通りにやれば、その鉤爪（かぎづめ）を逃れることができるだろう。われわれには慈悲深さや親切心、勤勉さは似合わないことを思い出すんだ。ある意味、警察という友人と手を組んでいるともいえる。というのは、われわれが狙うのは狼だけだからだ。そして、いっておくが、やつらは道徳心の退廃という泥沼にどっぷりつかっているものだから、例の圧力をかけてやれば、そう騒ぎ立てることはできないのさ」

「たいしたもんだ」イェーツ氏は満足げにいった。奥歯にものの挟まったようないい方だったが、このたぐいの会話を、彼はひどく気に入っていた。

「もうひとつ」バーリンゲーム氏はいった。「わたしが考えているこの取引には、一点の曇りもない。たまたま、この十八番にはね。この株はちゃんとしたものだ。シンシナティにいた頃、ウィギン・アンド・カンパニーを通じて、二人でさまざまな名前を使って売り買いさせたものさ。覚えていないかもしれないが、あのときみは、ひどく戸惑っていただろう。説明させてもらうと、この何の儲けにもならない取引は、ウィギンの店頭市場リストにその株を載せるためだったのだ。わかるか？」

イェーツ氏はわかったふりはしなかった。「何かの気まぐれだと思ってた」彼は打ち明けた。「あんたはおれに一株六セントで売り、おれはそいつを、あんたに同じ値段で売った。何の意味もない。トランクに入ってるというのはそれなのか？」

バーリンゲーム氏はうなずいた。「そうだ。話がわかっているどころか、先取りしているじゃないか。そう、ざっと見積もって、きみのお友達はひと株につき二十ドルをわれわれの手に残してくれるだろう。それだけの金を持っていればの話だが」

「二十ドルだって！」抜け目のないイェーツ氏も驚いた。「六セントの価値しかないのに！」

「そうとも。ひょっとしたら、多少下がっているかもしれない。一年近く取引されていないからね」

「だが、それは不正じゃないのか？　詐欺とか、そういう類の？」

「とんでもない、親愛なるイェーツ。問題は、何をしたかではなく、どうやったかだ。われわれは彼に、株の価値について嘘はつかない。真っ正直に、多く見積もっても六セントの価値しかないというのだ――あるいは、それよりも低いと」

「それなのに、あの頭のいい男が二十ドル払うって！」過去のさまざまな教訓にもかかわらず、イェーツ氏は疑惑という名の悪魔の手につかまれていた。

「われわれは彼に思いとどまらせようとするが、無駄な努力に終わるだろう」バーリンゲーム氏は、悲しげに首を振りながら予言した。「モーガンフェルドが、きみの見せたダイヤモンドは人造品だといったときに、どう反応したかを覚えているだろう？　それでも、それに千五百ドル払うといった。なら、階下(した)にいるお友達がひと株当たり二十ドル払うというのを止める理由があるか？」

　モーガンフェルドの一件を思い出したイェーツ氏は、不安の影を脱した。「ああ」彼はにやりとした。「その通りだ。おれが馬鹿だった。あんたはそうじゃない。で、おれは何をすればいい？」

　バーリンゲーム氏はしばし考えた。それから、口を開いた。「これはそう簡単なことじゃない。きみの役割は、かなりの慎重さと策略を要するだろう。無理そうかね？」

「おれはいつだって、あんたのいった通りにやってのけただろ」イェーツ氏は、傷ついたようにいった。「何をすればいい？」

「悪かった」バーリンゲーム氏はそういって、どこかぼんやりとシャンデリアを見上げた。「じゃあ、いいかね。そうだな、この計画の中で一番難しいのは、酔っ払うことだろうな」

　イェーツ氏はまたしても驚いたようだった。「おいおい！　そいつは慎重さを要するようなことじゃないだろう」それから、こうつけ加えた。「それに、難しいことでもない」

「それは違う」バーリンゲームはきっぱりといった。「誰の目にも酔っ払いと見せかけながら、その実、事を進められるほどしらふでなければならない。いっておくが、ここが一番肝心なところなんだ」

「わかったぞ！」イェーツ氏は合点がいったというように叫んだ。「酔っ払っても、酔いつぶれるなということだな」

「状況を把握する能力はたいしたものだ」バーリンゲーム氏は褒めたたえた。「では、細かい話に入る前に、きみにやってもらいたいことがある。階下(した)のウェスタン・ユニオンのデスクときみのお友達に気づかれないように、向かいの電報局にちょいと行って、われらが友人パーマリーに今日一日しらふでいるようにと電報を打ってほしいんだ。彼はそれで、わたしが以前使ったちょっとした戦略を使う気だというのがわかるだろう。それから、シンシナティのウィギン・アンド・カンパニーに電報を打って、ひと株百ドルでボーダー・オイル社の株を買えるだけ買うように指示してほしい。手に入ったら、ホテル気付で返事をするようにとね。電報のサインはバーリンゲームだ。複雑すぎるか？」

「ひと株百ドルだって！」イェーツ氏は息をのんだ。「株があったらどうするんだ？」

「ありえないさ」バーリンゲーム氏は請け合った。「株は全部、このトランクの中に入っているのだから！」

恰幅(かっぷく)がよく、ぱりっとして、狼というよりは実業家のようなヴァン・ホイゼン氏は、さっきから座っているロビーの椅子に二人の男がまっすぐやってくるのをひそかに警戒していた。だが、禁欲的な顔には、そのことは毛ほども表れていない。波乱万丈の日々から、彼はとうの昔に、見た目の大切さというもの

を心得ていた。そこで、目の前で立ち止まった二人組を、ただ冷たく問いかけるような視線で見上げた。年配の男のほうは、注目に値する人物のようだ。もうひとりはホテルの警備員だった。ヴァン・ホイゼンは新聞を脇に置き、わずかに迷惑そうなため息をついた——状況にそぐわないほど大きなため息ではないが、ほんの少し。

「失礼ですが、ヴァン・ホイゼンさん」警備員がいった。安堵のあまり、申し訳なさそうなテノールの声が上ずっているのにも気づかない。「こちらの紳士はバーリンゲーム氏とおっしゃいまして、わたしどもも長くお付き合いさせていただいております。こちらが、あなたを紹介してほしいとのことです。ヴァン・ホイゼンさん、バーリンゲーム氏です」

ただの紹介か！　顔に出たか出ないかはわからないが、ヴァン・ホイゼンが一番恐れていたのは、何かをとがめられることだった。たしかに、ときおりホテルの周辺で見かける、この快活な感じの紳士と取引をしたことはない。だが、彼の被害者はたくさんいたし、中には顔を見たこともない者もいた。

彼はきわめて愛想よく、魅力的な態度で立ち上がった——それは普段、上流階級の人々や知識人の前でしか見せない態度だった。

「よろしくお見知りおきを、バーリンゲームさん」彼は気持ちよくいった。「お役に立てることがありましたら、何なりとおっしゃってください」

「ありがとう」バーリンゲーム氏は答えた。「堅苦しい挨拶をする手間が省けました」

ヴァン・ホイゼンは、うやうやしく耳を傾ける態度を見せた。

「そうお時間は取らせませんよ」バーリンゲーム氏はきびきびといった。「頼まれてもいない助言を押しつけるつもりはありません。しかし、お互い紳士として、お耳に入れておいたほうがいいと思いましてね。立場が逆なら、わたしはあなたに感謝するだろうと思ったものですから」

「ああ、そうでしょうね。もちろん！」ヴァン・ホイゼンは話を合わせながらも、内心、途方に暮れていた。彼は素晴らしい判断力の持ち主だった。こいつはお人よしのカモじゃない。少なくとも自分と同じくらい抜け目のないやつだ。彼はそう見抜いていた。だが一方、この評価こそが――まさに皮肉中の皮肉だ――自分がかつがれているのではないかという意見を退けていた。正気の人間なら、このヴァン・ホイゼンを見て、たやすく人を信用する軽率な男だとは思わないだろう。

「お話というのは、イェーツというずんぐりした小男のことなのです」バーリンゲーム氏は、自信たっぷりの早口でいった。「彼があなたと話しているのを見かけたもので。たぶんあなたも、彼がわたしの周囲をうろうろしているのを見たことがあるでしょう。彼のことで、ちょっとお話ししてもいいですか？」

ヴァン・ホイゼンは驚きを隠し、同意するようにうなずいた。「そうおっしゃるからには、何かしかるべき理由があるのでしょう」

「その通りです！」バーリンゲーム氏は認めた。「そう、彼はわたしに、株を買えというのですよ。ひょっとしたら、あなたにも同じことをいったのではないかと思いましてね。わたしには関係のない話ですので、それを知りたいとは思いません。ただ、もしそうだとしたら、その株には何の価値もないといっておきたかったのです。買ったら大損ですよ。ご不快に思われなければいいのですが」

ヴァン・ホイゼンはしばらく考えた。どうやら、本当のことのようだ。常識で考えて、ここは自分も正直に答えるべきだろう。二枚舌を使っても何も得られないなら、それを使う意味はない。それに、近くに立っている警備員に、彼らの話は筒抜けなのだから。

「とんでもない」彼はできる限りのウォール街式の態度でいった。「わざわざ教えてくださって恐縮です。たまたま株の話は出ませんでした。よければ話してくれませんか。どうしてあなたがそのことを知っているのか——つまり——」

「彼は石油会社の株を買えといってきたのです」バーリンゲーム氏はそれを遮り、冷静にいった。「偶然、わたしは石油でひと儲けしたものですから」

ヴァン・ホイゼンは感謝するように笑い、差し出された手を握った。驚いたことに、年配の男の手は、彼の手と同じくらい力強かった。

「気をつけますよ」彼は約束した。「知らせてくださってありがとう」

「どういたしまして」バーリンゲーム氏はいった。「では、急ぎの用がありますので、よければこれで」彼はヴァン・ホイゼンと警備員に愛想よくお辞儀をして、立ち去っていった。

ヴァン・ホイゼンは、明らかに困惑したような目で、情報をもたらしてくれた男がきびきびと椅子の間を縫って廊下に出て、視界から消えていくのを見ていた。

バーリンゲーム氏はまっすぐに電報局の窓口へ行き、誰にも聞こえないのを確かめてから、カウンターの後ろにいた若者を手招きした。

「これから数時間のうちに、かなりの数の電報をやり取りする予定だ」彼はここだけの話というように、低い声でいった。「それがきみ以外の人の目に触れないようにすることが、きわめて重要なのだ――つまり、電報局の外に漏らしたくない。そう願えるかね?」

「ええ、もちろんですよ」若者は即座に答えた。「電報を人目に触れさせるのは、盗聴という犯罪になりますからね。警察といえども、令状なしに当局のファイルを見ることはできません」

バーリンゲーム氏は満足げに微笑んだ。「それで安心したよ」彼はいった。「それが気になって仕方がなかったのだ。実は、事は非常に重大なので、それとは別に頼みたいことがある。来た電報を部屋に電話で伝えられるのも困るし、持ってこさせるベルボーイも、エドワードという痩せた若者だけにしたいのだ。彼が普段、わたしの用をこなしてくれるんだがね。こんなことを頼むのは――少々――?」

「何でもないことですよ!」局員はそれを遮るようにいった。「皆さんにご満足いただくのが、われわれの仕事ですから」ある種の客に馬鹿丁寧に接していれば、やがて報われることを、若者は知っていた――つまり、銀行家タイプの客だ。バーリンゲーム氏は見るからにそういうタイプだった。

ヴァン・ホイゼンは新聞を読むことも忘れ、お気に入りの椅子にもたれて考えていた。ただの親切心以外に、あのバーリンゲームという男の動機は思いつかなかった。それでも、多かれ少なかれ注目すべき出来事だ。これまで、こんなことが起こったためしはない。

そこまで考えたところで、彼のよく動く目が、見慣れた人物がロビーをせかせかと歩いていくのをとらえた。それはずんぐりしたイェーツ氏で、こそこそした態度からは、何やら重大なことが起こっているのがはっきりとわかった。

ヴァン・ホイゼンは立ち上がり、小男の後をぶらぶらとついていった。特に何があるわけでもないだろうが、損をすることもあるまい。ところが、イェーツ氏は目の端でそれをとらえていた。というのも、それを予期していたからだ。彼はにやりとした。あらかじめ仕込んでおいた作り話を聞かせるために、ヴァン・ホイゼンを呼び止める手間が省ける。

イェーツ氏はしめしめと思ったが、驚きはしなかった。バーリンゲーム氏は、多かれ少なかれ、自然にこういう展開になることを確信していたようだったからだ。「転がる輪のようなものさ、イェーツ」彼はまじめにいった。「最初にちょっとはずみをつけてやれば、あとは勢いよく転がり続けさせるために、時々つついてやるだけでいい。わたしの話を聞いた後で、ヴァン・ホイゼンがきみの後をつけなかったとしたら驚きだね」

イェーツ氏は、後をつけさせたまま、まっすぐにベルボーイの詰所に向かい、そばかすのある、いたずらそうな顔つきの若者を手招きした。

ヴァン・ホイゼンは柱の陰に身を隠した。声は聞こえないが、何かあれば動ける位置だ。謎はいつでも彼を引きつけたし、その上、お気に入りの処世訓は、安楽椅子にごろごろしている人間はどこへも行けないというものだった。目下の疑問は、あのお粗末な詐欺師が、ベルボーイに、とりわけエディに何の用があるのかということだ。

運は彼に味方した。というのも、二人はまっすぐに彼のほうへやってきたからだ——しかも、柱の向こう側で立ち止まったので、ヴァン・ホイゼンは話を逐一聞くことができた。幸い彼は、イェーツ氏の真意を知らなかった。もし知ったら、さぞかし悔しがっただろう。一言一句漏らさず聞いたその会話は、驚くべきものだった。

イェーツ氏「誰にも聞かれたくないんだ、エディ。二十ドルほしくないか？　簡単なことだ。歯をせせるようなものさ。それに、おれたちほど利口な連中はいない。どうだね、坊や？」

エディ「ぼくが間抜けに見えますか？　そんな大金をもらったら、リンドバーグはヒンズー教徒だというデマを流してもいいですよ。誰をバラすんです？」

イェーツ「シーッ！　誰も殺しゃしないし、悪いことはなにもしない。いずれにせよ、そう悪いことはね。八一一号室のバーリンゲームという男を知ってるだろう？　そうとも。やつは頭のいい男だ。それで、何か企んでいるらしいんだ。やつは仕事のやり取りを、すべて電報で行っている——」

エディ「わかりました。そいつを見張れっていうんでしょう？　ぼくはどうすればいいんです？」

イェーツ「見込んだ通り、賢いやつだ！　彼が出したり、受け取ったりする電報があったら、そいつをおれの部屋に持ってきてほしいんだ。おれがそれを湯気ではがし、もう一度くっつける。ほんの一、二分で終わるし、誰にも気づかれない。そうだろ？　ベルに答えるのはいつもおまえだ。しくじることはまずない」

エディ「お安いご用ですよ。金は後でちょうだいします。ここでは少々まずいんでね」

ヴァン・ホイゼンは長々とため息をついた。詐欺というわけか。そして今、彼は一階にいる！　イェーツ氏は角を曲がったエレベーターに急いでいた。おそらく、このちょっとした計画の最初の成果を待つため、部屋に向かったのだろう。ヴァン・ホイゼンは不気味に笑い、柱を回り込んだ。

エディはまだそこにいたが、ヴァン・ホイゼンを見て驚いた。あるいは、驚いたふりをした。というのも、今終わったばかりの会話で辛抱強く指示を受けていたので、立ち聞きされているのがわかっていたからだ。

「つまり！」ヴァン・ホイゼンは容疑者をにらみつけ、厳しい声でいった。「たった二十ドルで魂を売ったわけか！」

「何てことを」エディはいった。「何をお考えです？　あなたに何の関係があるんですか？」

ほかのことに気を取られていなければ、こうしたホテルの従業員にしては明らかに敬意が足りないのを、ヴァン・ホイゼンは不思議に思ったかもしれない。だが、そのことは一瞬頭をよぎっただけで、生意気な若者のことなどすっかり忘れていた。何より関心があるのは、オットー・バーリンゲーム氏の器用な手の内に何が隠れているかということだ。彼を英雄視するエディの目には、バーリンゲーム氏はプラチナでめっきをした仏像のごとく映っていた。

「恥ずかしいとは思わないのかね？」ヴァン・ホイゼンはそういって、黒い眼鏡のリボンをいじり、いかにも大人物であるかのように見せかけた。「さて、このことは上の人間に報告しなくてはならないな。ただし――」

急に、反抗するのは自分の役目でないことに気づいて、エディは懇願するように彼の腕をつかんだ。「ああ、それは勘弁してください」彼は頼んだ。「年老いた母がいるんです。母の耳に入れずにいてくれるなら、何でもいうことを聞きますから」

ヴァン・ホイゼンはクスクス笑い、父親のようにエディの肩を叩いた。「ちょっと困らせてみただけだよ、坊や。その才能をつぶすには、きみは頭がよすぎる。あの太った小男のことは忘れて、取引をしようじゃないか。いい話だと思わないか？」

「ええ」不安げな表情をたちまち引っ込めて、エディはにやりとした。「お申しつけください、サンタクロースさん」

二時半までには、ヴァン・ホイゼン氏は謎を明らかにし、部屋でくつろいでいた。まめなエディは、上階の八一一号室を行き交う電報を、次々に彼に手渡した。ヴァン・ホイゼンは注意深く写しを取り、それから戻した。エディは気をきかせて、新しい封筒を一揃い用意し、封を湯気で開けるという面倒を避け

た。感心しているヴァン・ホイゼン氏にはわざわざいわなかったが、元々はその日の午後、多芸多才のバーリンゲーム氏本人から吹き込まれた知恵だった。

世知（せち）に長けたヴァン・ホイゼン氏は、電報の意味を人に解読してもらう必要はなかった。一通目。

テキサス州ボウイ

E・A・パーマリー殿

この町でボーダー・オイルの株を持っているのは田舎者の山師のみ。千株を持っており、十ドルで売るとのこと。千株あれば十分か。

バーリンゲーム

あのずんぐりむっくりのイェーツ氏が、この好機をものにしたいと思うのも当然だ！　どういう情報かわからないが、いずれにせよ注目すべきものに違いない。ヴァン・ホイゼンは、エディが自分を裏切ってイェーツを引き入れ、二重取りを企まないと信じてよいだろうかと考えた。まあいい、それは後でわかることだ。パーマリーの返信に、ほかのことはすっかりかき消されてしまった。

ニューヨーク、アスター・ハウス

オットー・バーリンゲーム殿
やつと遊んでいる暇はない、すぐに手に入れろ。値段に異存なし。情報が漏れる前に買い占めるのだ。ほかのことは気にするな。わかったか。
パーマリー

それに対し、バーリンゲーム氏はすぐに答えている。

テキサス州ボウイ
E・A・パーマリー殿
わたしが馬鹿だと思うか。ウィギン・アンド・カンパニーに、数は問わず、ひと株百ドルで買える限りの株を買うよう指示した。それでは多すぎるか。一万ドルは下らないぞ。
バーリンゲーム

ニューヨーク、アスター・ハウス
オットー・バーリンゲーム殿
ひとつ、できるだけ買い占めろ。二つ、どんな値でもかまわん。三つ、わかったか。
パーマリー

テキサス州ボウイ
E・A・パーマリー殿
ほのめかしは不要。数を制限せずウィギンに最高値で買わせてよいか。自分の金だぞ。
バーリンゲーム

ニューヨーク、アスター・ハウス
オットー・バーリンゲーム殿
わかっている。電報はこれで終わる。世界中に吹聴したいのか。
パーマリー

最後の電報が届く三十分前には、ヴァン・ホイゼン氏はすばやく行動を起こしていた。何かの罠かもしれないし、合法的な取引かもしれない。後者だとすれば、たった今仕入れたばかりの情報を利用しないのは罪というものだろう。事態がはっきりした今、一刻も無駄にできない。すべてはバーリンゲームより先に、罪のないイェーツに近づくことにかかっていた。同じく重要なのは、徹底的に調べることだ。抜け目のないヴァン・ホイゼン氏は、他人が持ってきたものはすべて信用できなかった。彼は長い電話をかけ、以下のような信頼できる情報を手に入れた。

ウィギン・アンド・カンパニーはAグレードの会社で、扱う株はきちんとしたものだった。ボーダー・オイル株は、最高六セント、最低四セントで取引されている。メリーランド州の会社であるボーダー・オイル・カンパニーは、テキサス州ボウイにあった。株には錆びた機械類分の価値しかない。というのも、彼らは石油を掘り当てていないからだ。事実、彼らの油井(ゆせい)の近くで石油が出たためしはない。パーマリーというのは、社長の名前だった！

この貴重な情報は、ヴァン・ホイゼン氏の友人から聞いたものだ。ブロード街の仲買人で、信頼できる人物だ。仲買人がウィギン・アンド・カンパニーに長距離電話をかけて、内部情報を聞き出すことができるだろうか？　できるに違いない。そして、彼はやった。

友人が折り返し電話をかけてきて、ウィギン・アンド・カンパニーが株を探していることがわかった。ひと株につき最高百ドル払うということで、取引の場所と時間は内々に決められていた。顧客はオットー・バーリンゲーム氏だが、これは極秘で、すべての取引はウィギン・アンド・カンパニーを通して行うことになっていた。

「ありがとう」ヴァン・ホイゼンは情報提供者にいった。「心配しなくていい。このことは秘密にしておく。株を手に入れたら、ウィギンがすべてやってくれるだろう」

「どういうことなんだ？」相手は返した。「石油でも掘り当てたか？　おれにも一枚嚙ませてくれないか？」

「努力してみよう」ヴァン・ホイゼンはすぐにも電話を切りたくて、そう請け合った。「だが、急がなくてはならない。今夜会おう」

彼は電話を切り、ただちにイェーツの部屋へ駆けつけた。そこでは何も知らないイェーツが、エディが現れるのを空しく待っているに違いない。

「どうぞ」ヴァン・ホイゼン氏のせっかちなノックに、答えがあった。

彼が心底ほっとしたことに、イェーツ氏はひとりだった。しかも、すっかり酔っ払っている。ヴァン・ホイゼン氏は、半分空になったボトルとグラス、散らかったテーブルを見て、にんまりした。イェーツ氏は襟とネクタイを乱し、髪をくしゃくしゃにし、目を泳がせながら、揺り椅子に伸びていた。これなら急ぐ必要はあるまいと思ったが、こういう用件を遠回しに切り出すのは馬鹿げている。ヴァン・ホイゼンがイェーツ氏の株を買いはしないかと、バーリンゲーム氏はやきもきしているに違いない！

「さてさて」ヴァン・ホイゼン氏はそういって、ドアを閉めた。「どうしたことです？　こんなに早い時間から、お酒を召し上がっているとは？」

「よう！」イェーツ氏は、目の焦点を客に合わせようとしながらいった。「前に会わんかったか？　座ったままで失礼だが（ヒック）、こいつは毒に違いない」

彼はボトルのあたりに漠然と手を振った。探していた獲物がこんな状態なのを見て、最初はヴァン・ホイゼンも大喜びだったが、次第に不安になってきた。人の話も聞けないほど酔っていたらどうしよう？　それを見極めるには、単刀直入にいうしかない。それに、バーリンゲームのやつがすぐにも現れるかもしれないのだ――今まさに、こっちへ向かっている最中かもしれない。そう考えると、ヴァン・ホイゼンはがぜん奮起した。

「いや――その――お邪魔して申し訳ない」彼は切り出した。「しかし先日、売りたい株があるとおっしゃったでしょう。あの後よく考えて、決めたんです――」

「株だって！」イェーッ氏は話を遮ると、背筋を伸ばそうとして危うくバランスを崩しかけた。「覚えてないな――覚えて――株を売りたいといったのか？」

「そうですとも！」ヴァン・ホイゼンはきっぱりといった。「今朝、その話をしたじゃありませんか。忘れてしまったんですか？――フロントのそばで立ち話をしたでしょう」

実際は、ヴァン・ホイゼンのほうが株を売ろうとしていたのだが、相手がこのありさまなら、何をいっても通るだろう。

「そうか？　かもしれないな」イェーッ氏はぼんやり認めた。「どれだけほしいんだ？」

「ええ、そうですな」ヴァン・ホイゼンは何気ないそぶりの下に、焦る気持ちを見事に隠していた。「ほんの遊び程度でいいんです――博打みたいなものですよ。千株もあれば十分でしょう。こんな見込みのない株に手を出すなんてと、友人には笑われました。けれど、そういう株が大化けする可能性は、いつだってあるんですからね」

「この株はありえないさ！」イェーッ氏は眠そうにいった。

ヴァン・ホイゼンは相手を揺さぶってやりたい気分だった。代わりに、訳知り顔で笑った。「わかりませんよ、もっとありえないことだって起こるんですから。しかし、株の話に戻りましょう。今お持ちなら、すぐにも商談を始められます」バーリンゲームの脅威は、刻一刻と大きくなっている。ヴァン・ホイゼン氏は焦り出していた。

だがイェーツ氏は酔っ払いの頑固さで、少しも急ごうとしなかった。

「あんた（ヒック）、大人をからかってるんじゃないだろうね？」話が核心に迫るのを避けるように、彼は横目でヴァン・ホイゼン氏をにらみつけた。「たった今、石油が噴き出したとしたら、それをどうやって知ればいい？　知らないうちに金持ちになっているかもしれないんだぞ」

「馬鹿馬鹿しい！」ヴァン・ホイゼン氏は鼻で笑い、顔をしかめた。「あのあたりの半径二十フィートに、石油などありませんよ」

「ほう？　だったら、なぜ買おうと思うんだ？」

「ですから！」ヴァン・ホイゼン氏は明らかに苛立って叫んだ。「ただの博打だといったでしょう。その手の株を、わたしはトランク一杯持っているのです」

「おれもさ！」イェーツ氏は包み隠さずいった。それから、椅子にもたれてつぶやいた。「おれも持ってる。いつか金持ちになると信じてね。じゃあな！」

ヴァン・ホイゼン氏は小声で悪態をついた。こんな馬鹿げた状況に足を踏み入れたのも、自分の運だ。この男は、しらふのときに持ちかけようとした値段の倍をいい出すに違いない。だとしても、どんな不運にもくじけまい。貴重な時間が、刻一刻と過ぎていく。

「さあさあ！」彼は噛みつくようにいうと、大またで椅子に近づき、座っている男を力強く揺すった。「起きてください！　時間を無駄にできないんです。いくらほしいんです？」

イェーツ氏は目を覚まそうとしたが、開いたのは片目だけだった。「二十ドルだ！」彼はつぶやいた。「いいかえれば、売る気はないってことさ。さあ、ひとりにしてくれ」

「二十ドル！」ヴァン・ホイゼン氏は息をのんだ。「だって、たった六セントの株でしょう！　どういうことです？　二十ドルとは！」バーリンゲームが愚かにも興味のあるところを見せすぎて、この小男の詐欺師が欲を出したのだろうか？

「それは違うな」イェーツ氏はいった。「せいぜい、ひと株五セントってとこだ。見込みのある株じゃない」

「かもしれません」ヴァン・ホイゼン氏も同意した。

「だが、二十ドルでなければ売らん！」イェーツ氏は頑としていった。「投資のために取っておきたいんだ」

ヴァン・ホイゼン氏は歯ぎしりをし、甘い言葉をささやき、脅し、説得した。雄弁になったり、謙虚になったり、逆襲したりした。だが、でくの坊のようなイェーツ氏は、こうつぶやくばかりだった。「二十ドル、さもなければ売らん！」さらに十分間、一方通行のやり取りがあって、これ以上頑張っても無駄だということがはっきりしてきた。だがヴァン・ホイゼン氏は株を手に入れなければならなかった。しかも、今すぐに。バーリンゲームのやつが来る！

「わかったよ、この酔っ払いめ！」彼はうめくようにいって、イェーツ氏の足を持って床に引きずり下ろし、馬乗りになってやりたいという抗いがたい衝動を、何とか押さえつけた。「株を出せば、小切手を書こう。どうしていつも、馬鹿なやつらが得をするんだ？」

だが、この期に及んでも乗り越えなければならない障害があって、さらに貴重な時間が無駄になった。酔っ払いのイェーツを満足させるには、支配人がじきじきにここへやってきて、取引の証人にならなければならなかった。そして、すべてが整う前に、小切手が保証されることが必要だった。近くに銀行があれば、エディがやってくれるだろう。あるかね？　よし！　イェーツ氏も満足そうだった。

ヴァン・ホイゼンが悪意を込めてにらみつけている間、イェーツ氏はよろめきながらグラスやボトルを片づけ、支配人のオフィスに電話をかけ、ありとあらゆる手で時間をつぶした。ヴァン・ホイゼンは、廊下に足音が響くたびにびくびくしたが、運が味方したらしい。バーリンゲームが訪ねてくる気配はなかった。

エディが保証された小切手を持って戻ってきて、支配人がオフィスの金庫から分厚い封筒を持ってきた。その間に、イェーツ氏は多少なりとも身なりを整えていたので、交渉が始まる頃にはそう見苦しくない格好になっていた。彼はけん制するように、譲渡証にサインする前に支配人に冗談めかしていった。

「なかなか悪くない午後じゃないか、カリアーさん？　六セントの価値しかない株に、二十ドル払ってもらえるんだから！」

支配人は驚いたようだった。

「彼は冗談がうまいんですよ」ヴァン・ホイゼン氏は金縁の株券を親指でめくりながら、心から笑った。「一番から二十番、それぞれ五十株。よろしい。これが小切手です、イェーツ。さぞかしご満足でしょうな」

「おれが？」イェーツ氏は大金に手を伸ばしながら、目をしばたたかせた。「ああ、もちろんさ！」

彼は小切手と通帳をエディに渡した。「ちょっと昼寝がしたい。悪いが、銀行へ行って、こいつを預金しておいてくれないか」

支配人は退席した。これでもう取り消されることはないと、安堵の波に包まれたヴァン・ホイゼンは、株券を封筒に戻してドアのほうへ行きかけた。するとドアが開き、バーリンゲーム氏が、灰色の目をいぶかしげに光らせて入ってきた。

「こんにちは」ヴァン・ホイゼン氏は陽気にいった。

「これはどういうことです？」バーリンゲーム氏がいった。

「彼に株を売ったのさ」イェーツ氏が説明した。その言葉は、さっきと比べて格段にはっきりしていた。「あんたに訊かれたあの株だよ——ボーダー・オイル社の。これからは、彼と交渉してくれ」

ヴァン・ホイゼンはにやりとしたが、愛想のいい笑いではなかった。見た目は紳士のようでもあったが、彼は紳士ではなかった——人を威圧するときには。「ああ、そうとも、バーリンゲーム」彼は快活にいった。「わたしと交渉するんだ」

「座りましょう」バーリンゲーム氏はいった。「こちらへ——そのほうがいい。では、最初から話してください。ヴァン・ホイゼンさん、あなたはこの男から、ボーダー・オイルの株を買ったとおっしゃいましたか？」

「全部の株をね！」ヴァン・ホイゼン氏は控えめにいった。

「何てこった！　下でわたしの話を聞いたというのにですか？」

ヴァン・ホイゼン氏は馬鹿にしたようなそぶりを見せた。「またまた！　お互い、何もかもわかっているはずだ。要点を話そう」

ウィギン・アンド・カンパニーを通すという約束は忘れていた。ここに客がいて、株券もある。細かいことをいちいち気にする理由があるか？

「要点？」バーリンゲーム氏は戸惑ったような顔で答えた。「どういうことか、よくわかりませんが」

「こっちの言い値で、あんたに株を売るということさ」ヴァン・ホイゼン氏はぶっきらぼうにいった。「遠回しに探りを入れるのはよそうじゃないか」

「売るって！」バーリンゲーム氏は控えめに、信じがたいという口調で叫んだ。「そうはいっても、わたしはそんなもの、ほしくありませんよ！」

冷静な言葉に含まれた、これで話はおしまいだという響きに、ヴァン・ホイゼン氏は心底ぞっとした。不意に、霧が晴れたように、だまされたのがわかった。何もかもが巧みに仕組まれたことで、われこそは一流だと思っていた彼は、まるで田舎者のようにまんまとそれに引っかかったのだ——二千ドルもの大金を失った！　当然、ウィギンの注文もキャンセルされるだろう。貧乏くじを引かされたというわけだ。

彼は顔を紫色にして、攻撃的に顎を突き出した。

「この株は六セントにしかならないといったろう」イェーツ氏は、神経質そうに念を押した。

「しかも、支配人の前で！」

「いかさまだ」ヴァン・ホイゼン氏は大声で怒鳴り、彼を振り返った。その剣幕に驚いたイェーツは、揺り椅子から後ろに転げ落ちそうになった。「そして、聖人ぶったおいぼれのあんたには」われ関せずといったバーリンゲーム氏に向かって、彼はいった。「きっと――きっと――」

「あなたには何もできませんよ」バーリンゲーム氏は冷たくいった。「あなたに嘘をいったことは一度もありません。それどころか、人の見ている前で、イェーツ氏もわたしもはっきりと、この株は紙切れも同然だといったはずです。あなたに分はありませんよ」

「ふん！」ヴァン・ホイゼン氏は鼻で笑った。「つまり、正体を現したというわけだな？ 親愛なる詐欺師殿、共謀という言葉を聞いたことがあるか？ 共謀詐欺だ！ さあ、笑ってごまかしたらどうだ！」

バーリンゲーム氏はそのようなことはしなかった。相手の口調は明らかに、自分の負けを認めていたからだ。彼はただ、無関心そうに眉を上げていった。「おっしゃる意味がわかりませんな。わたしには共謀した覚えなどありません」

ヴァン・ホイゼン氏は不気味に目を光らせ、身を乗り出して切り札を出した。「ないだと！」彼は歯ぎしりした。「だったら、前もって用意したあの電報は何だ？」

イェーツ氏は心から驚いたようだった。バーリンゲーム氏は、冷ややかに笑っただけだった。

「電報？」彼は穏やかにいうと、細めた目を光らせて、真っ赤になったヴァン・ホイゼンを見た。「まったく意味がわかりません。聞き間違いではないでしょうね？　電報とは！」

ヴァン・ホイゼンは何かいいかけたが、不意に浮かんだ考えに自信を失った。ホテルの従業員を買収して知り得た事実を主張できるだろうか――自分が法に触れることをしているのに？　経験上、答えは明白だった。

できっこない！

彼は呆然と立ち上がり、揺り椅子を後ろへ倒して、足取りも重くドアへ向かった。「後で見ていろ！」彼は怒鳴り、平然としているバーリンゲーム氏を怖い目でにらみつけた。「何とかして、その面（つら）からうぬぼれた笑いを消してやる。覚えてろよ！」

「お待ちなさい！」ドアを開けようとしたヴァン・ホイゼン氏に、バーリンゲーム氏がいった。「がっかりさせるつもりはなかったのです。あなたさえよければ、喜んで損した分を取り返すお手伝いをしますよ」

「へえ？」ヴァン・ホイゼン氏は噛みつくようにいった。「どうやって？」

「そうですな」バーリンゲーム氏は穏やかにいった。「上の部屋にあと少し株があります。いつか大化けするかもしれません。そう、千株ほどお買いになる気があれば――」

ドアはバタンと閉まった。

パズル・デパートメント

パズルとは、最も単純にして最も古くからある頭の体操です。知的娯楽のための一ジャンルとしては、より高度なジャンルに属する〝推理の問題を解くこと〟と、血を分けた兄弟だと言えるでしょう。したがって、そのジャンルに属する雑誌には、パズルが必要不可欠な存在ということになり、ここに〈パズル・デパートメント〉がお目見えした次第です。

私は、毎号、さまざまなタイプの知的難問を出題します。ミステリの謎をミニチュア化したもの、あるいは巧妙な数学の演習問題そのもの、さらには単語や文章による興味深い仕掛けなどを。私は、「パズルを解く早さによって、その人の知性が定まる」という主張をする連中の一員ではありませんが、「パズルが楽しみをもたらす」という主張はさせてもらいましょう。毎月お送りするこのコーナーによって、みなさんが楽しんでくれることを信じていますので。みなさんは、これらの頭の体操が簡単すぎると思うかもしれませんね。もしそうだったならば、手紙で私に教えてください。その場合は、欠点を克服すべく、全力を尽くしますので。

このコーナーの問題の解答は、45ページからです。

——編集部

第一問　足跡の謎

ハマースミス保安官は、地元の丘への一人きりの狩猟旅行の帰りに、突然の吹雪に襲われ、誰もいない狩猟者用の山小屋に逃げ込む羽目になった。間もなく吹雪が衰えてきたので、下山を再開。その途中、やはり狩猟に来ていた顔なじみのジェフ・ストーンに出会った。ストーンが言うには、彼も吹雪に巻き込まれてしまい、たまたま近くにあるのを知っていた洞穴にもぐり込んでいたとのこと。

二人の男は下山を続け、谷あいにある老狩猟者ダン・マクアンドリューの山小屋の近くを通り過ぎようとする。が、マグカップ一杯の熱いコーヒーのために、山小屋に立ち寄ることを決めた。二人がそこで見たものは、銃で撃たれたマクアンドリューが山小屋の床で死んでいる姿だった。狩猟用のライフルがかたわらに転がり、薬室の一つは空だった。その近くには、油の染みたボロ切れが落ちている。保安官は死体を調べ、死亡時刻は吹雪のやむ少し前だとわかった。雪におおわれた屋外を調べて明らかになったことは——保安官とストーンが少し前に山小屋にたどり着いたときの足跡を除くならば——雪の上には一組の足跡しか残されていない、ということだった。そして、その足跡は山小屋に向かっていた。しばらく考え込んでから、保安官は自分の考えをストーンに語り出す。明白な事件だ——この山小屋に入る一組の足跡が物語るように、マクアンドリューは吹雪がやんだ後で、自分の山小屋に戻ってきたのだ。それからライフルの掃除をはじめたが、暴発が起こり、死んでしまった。

「これが事実に違いない」ハマースミス保安官はストーンに言った。「足跡が一組しか残っておらず、しかも山小屋に向かうものだったという事実は、事件には一人の人物しか関与していないことを示しているからな。そしてその一人とは、マクアンドリューしかいない。ならば、殺人ということはあり得ない」

事件はおなじみの手続きを経て解決となり、マクアンドリューは埋葬された。

一年後、保安官と共に死体を発見したジェフ・ストーンが、酒場のケンカに巻き込まれ、瀕死の重傷を負った。彼は死の床で、ハマースミス保安官に告白する。マクアンドリューは殺されたことを。そして、殺人者は彼、ストーンであることを。それ以上の説明をする前に、彼は息絶えてしまう。

保安官の素朴で古風な頭脳は、何日にも渡ってこの問題に悩まされ続けた。だが、どうしてもストーンの告白と、悲劇の現場の状況のつじつまを合わせることができなかった。もしストーンが殺人者ならば、マクアンドリューが事故死したように見せかけるために、山小屋の中でいろいろと細工をする必要があることは間違いない。だとすると、ストーンが犯行の後に山小屋を立ち去るときには、足跡を残さずにはいられなかったはずではないか？　最後には、保安官はストーンが嘘をついたのだと結論づけた。

だが、ストーンは真実を語ったのだ。殺人者が山小屋を出て行くときの足跡が残っていなかった理由を、みなさんは説明できますか？

第二問　隠された犯罪の言葉

古くさいですが、人気のあるパズルです。知人に出題してみてはいかがでしょうか。以下の十の文章には、犯罪に関係する単語が埋め込まれています。各単語の文字は、正しい順番に並んでおり、途中に別の文字が入ることはありません。ただし、空白やカンマなどで分割されることはあります。例題を挙げてみましょう。この文では “crime（犯罪）” という単語が使われています。

（例題）The sun rose suddenly over the mountain's titanic rim, each ray a spear of fire.

(1) Mr. Drury Lane picked up from the floor a monocle, which had been crushed by the heel of some one's shoe.

(2) Could the Inspector evolve reasons to explain the presence of the queer stain?

(3) "Scott speaking. Allow Smith to think he's not followed. I'll trail him from here!"

(4) Chief Ames said: "First I let Tony go—fooled 'im, see? Now I've got the rat!"

(5) IMPERATIVE YOU DO NOT HIDE AT HOME STOP BEING WATCHED
AGNES

(6) The false priest ran. Gleaming flashlights lighted up the fleeing figure.

(7) Fenimore Cooper's famous Indian scout, Natty Bumppo, is one of literature's earliest sleuths.

(8) The thief ran so madly down the street that he tripped and fell.

(9) Crane, listening intently, heard a man murmur: "Derail the train at Junction Forty-six!"

(10) Excerpts from the memoirs of the famous French detective, Flambeau: "To psychology, a knowledge of the criminal mind, I owe some of my most brilliant successes."

第三問 〈兎と亀〉の問題

次の問題は小学生でも解けるくらい簡単です。ただし、にもかかわらず私は、一人前の大人が髪の毛をかきむしり、算術的アブラカタブラを書きなぐった紙の束を生み出すであろうと考えています。

これは、兎と亀の寓話に、新たなひねりを加えたものです。今回は、二匹の亀が登場するのですよ。亀という種族につきまとう強い同胞意識によって、二匹の亀はお互いに、相手に会いに行って、ささやかな亀類同窓会を開こうと思いつきました。この二匹の亀は、まったく同時に荒れた道を――完璧なまでにまっすぐ一直線に伸びている道を――歩みはじめたのです。スタートした時点では、二匹はぴったり九六〇フィート離れていました。そして、二匹の亀は分速四フィートという、まったく同じ速さで――みなさんが望むならば、「同じ遅さで」と言い替えましょう――のろのろと進んで行きます。ここに、己の地を駆ける能力をひけらかすことに余念のない兎が登場し、二匹の亀がスタートしたと同時に、自らも走り出しました。まず、一方の亀の側から、その亀がのろのろと歩き出すやいなや飛び出して、道の向こうからやって来るもう一匹の亀に向かって走り出したのです。のたのた歩く亀よりも兎の方がずっと速いわけですから、ほどなく兎は、前方からやって来る亀と出会うことになりますね。すると、脚力を自慢したがっている兎は、あっという間に向きを変えると、最初の亀に向かって戻って行きました。最初の亀に出会った兎は——もちろん、この亀はその間に、わずかなりとも道を進んでいます——再び向きを変えると、二匹めの亀に向かって走り出します。二匹の亀が出会うまで、兎はこれをくり返しました。

さて、兎が分速三〇八フィート（つまり亀の速さの七十七倍）という一定の速度で走ったとして、次の設問を出させてもらいます。二匹の亀が出会うまでに、兎は合計何マイルを走ったでしょうか？（一マイルは五二八〇フィート）

第一問　足跡の謎　解答

もし殺人者が存在したならば、二人の人物が関与していることになる。被害者のマクアンドリューと殺人者のストーンである。犯行時には、この二人の双方が、山小屋の中にいなければならない。そして、二人の一方だけが、殺人の後に山小屋を出て行くことができる――殺人者のストーンだけが。だとすると、マクアンドリューは吹雪がやむ頃に殺されたので、ストーンが山小屋を立ち去るときの足跡は、雪の上に残らなければならない。保安官が見てとったように、雪の上には一組の足跡しか残されていなかった。ゆえに、この足跡は、ストーンが山小屋を立ち去るときに残したものである。だが、足跡は山小屋から出て行くものではなく、山小屋に入って行くものだった。ストーンは山小屋から出て行く足跡を残さなければならなかったはずなのに、どうしてこんなことができたのだろうか？　一つだけ方法がある。ストーンは山小屋を立ち去るときに、後ろ向きに歩いたのだ。

第二問　隠された犯罪の言葉　解答

十の文章に隠された、一般に犯罪に関係するとみなされる単語は以下の通りです。

(1) Mr. Drury Lane picked up from the floor a monocle, which had been crushed by the heel of some one's shoe. → CLEW（手がかり〔訳注：通常はCLUE〕）

(2) Could the Inspector evolve reasons to explain the presence of the queer stain? → REVOLVER（拳銃）

(3) "Scott speaking. Allow Smith to think he's not followed. I'll trail him from here!" → GALLOWS（絞首台）

(4) Chief Ames said: "First I let Tony go–fooled 'im, see? Now I've got the rat!" → STILETTO（小剣）

(5) IMPERATIVE YOU DO NOT HIDE AT HOME STOP BEING WATCHED → DEATH（死）

(6) The false priest ran. Gleaming flashlights lighted up the fleeing figure. → STRANGLE（絞殺）

(7) Fenimore Cooper's famous Indian scout, Natty Bumppo, is one of literature's earliest sleuths. → POISON（毒）

(8) The thief ran so madly down the street that he tripped and fell. → RANSOM（身代金）

(9) Crane, listening intently, heard a man mur mur: "Derail the train at Junction Forty-six!" → MURDER（殺人）

(10) Excerpts from the memoirs of the famous French detective, Flambeau: "To psychology, a knowledge of the criminal mind, I owe some of my most brilliant successes." → AUTOPSY（検死解剖）

第三問〈兎と亀〉の問題　解答

答えは七マイルです。この問題の背後にある原理それ自体は、簡単なものにすぎません。みなさんが求めるべきは、「二匹の亀が出会うまでに、どれくらいかかったか」だけでよいのですよ。なぜならば、兎は、亀が移動している間は自分も移動し、亀が止まったときには自分も止まるからです。そして、みなさんは兎が走る速さも知っているので、その間に進んだ距離も、容易に求めることができますね。

つまり、こうやって解くわけです――。二匹の亀は、スタートの時点で九六〇フィート離れていました。二匹は分速四フィートという一定の速度で進んでいきます。このペースで進んだ場合、亀が一匹ならば、すべての距離を二四〇分で進むことになります。ですが、二匹の亀は、お互いに向かって同じ速度で進んでいるわけですから、ぴったり中間の位置、すなわち四八〇フィートの地点で出会い、かかった時間は一二〇分――二時間――というわけです。一方、兎が走る速さは分速三〇八フィート。この速度で一時間走ると、三〇八×六〇（分）、すなわち一八四八〇フィートになります。二時間ならば、三六九六〇フィート。これを一マイルの五二八〇フィートで割れば、七マイルという答えが得られるわけです。

フーディーニの秘密

マジシャンズ・クラブ副会長　J・C・キャネル
白須清美訳

HOUDINI

第一章　脱出

舞台上の奇術（ステージ・マジック）は、推理小説と同じく、目くらましの技術に依存している。その最も偉大な提唱者がハリー・フーディーニであることは間違いない。フーディーニが観客を魅了する力は、どのようにトリックが行われたかを決して見せないところにあり、その大奇術の謎は、彼の死によって慎重に秘められてしまった。われわれはJ・C・キャネルが暴露したこれらの秘密に強い興味を持ち、『ミステリ・リーグ』読者にその一部を公表することにした。そこで、これを「フーディーニの秘密」として三回にわたり掲載する。第一回は、フーディーニが〝脱出〟に使った極めて巧みな装置についてだ。これらは世界中の観客を、長年にわたり不思議がらせてきた――銀行の金庫、ボイラー、郵便袋、紙の封筒、レンガの壁や棺桶からの脱出。これらの大奇術の秘密が、今、読者の前に初めて明かされる！

SECRETS OF

BY J·C·CANNELL
VICE-PRESIDENT
MAGICIANS' CLUB

金庫からの脱出——フーディーニはその輝かしい経歴の中で、一歩間違えれば惨憺(さんたん)たる失敗に終わるだろう賭けをした。冷静かつ大胆不敵な芸として、これを上回るものをわたしは思いつかない。

それはロンドンのとある劇場に設置された巨大な金庫からの脱出で、フーディーニの見事な手腕と巧妙さを何よりも良く物語っている。わたしの知る限り、彼はイングランドで二度と同じ芸をやらなかった。

その日、彼はキングズ・クロスにある古い劇場〈ユーストン・パレス・オブ・バラエティーズ〉に出演し、いつもの出し物とは趣向を変えて、衆人環視の中、ロンドンのいかなる金庫からも脱出してみせると発表した。フーディーニの友人たちは驚いたが、その挑戦を有名な金庫メーカーが受け入れた。ちょうど、自信作である新しい大金庫を、ショールームに置いたところだったのだ。自分たちの作った金庫から脱出できる者はいないという自信を持って、金庫メーカーはフーディーニに連絡を取った。

　奇術師からの条件はただ一つ、挑戦の二十四時間前に、金庫を劇場に運んでほしいということだった。メーカーは快くその条件を飲んだ。どんなに詳しく調べられても大丈夫だと確信していた彼らは、よければ一週間でもフーディーニに貸しておくといった。大金庫は〈ユーストン・パレス〉に運ばれた。それを運ぶには、相当な人員が必要だった。また、あまりの重さに、劇場の床が落ちないよう特別な支えを入れなければならなかった。

　挑戦当夜、劇場は満員で、入れなかった人々も多かった。常に宣伝に長(た)けていたフーディーニは、自分の新たな、そして大胆不敵な挑戦を、ロンドンじゅうに知らしめていたのだ。

　幕が上がると、観客の前に恐ろしげな金庫が現れた。それは舞台に立っている男をゆうに閉じ込めることのできる大きさだった。水着にガウンを羽織っただけのフーディーニは、フットライトの前へ出て、観客に語り始めた。

　彼は、自分がこれから挑戦するのは危険な性質のもので、失敗の可能性もあると説明した。金庫の中では長い時間呼吸していられないというのだ。

　さらに口上を述べた後、フーディーニは観客から立会人を選んで舞台に上げた。その中には地元の高名な医師や、金庫メーカーの代表者もいた。たったひとつしかない金庫の鍵は、その代表者が手にしていた。

金庫は立会人によって中からも外からも調べられ、それが本物の鋼（はがね）の要塞で、どんな人間も脱出できないことが確認された。

フーディーニはガウンを脱ぎ、金庫からの脱出の前に、身体検査をしてほしいと観客に訴えた。立会人の中の医師がそれを引き受けた。また、検査はドアを半開きにした金庫の中でやってほしいという奇術師の要求も、立会人と観客に認められた。さらにフーディーニは、立会人の中のひとりに、金庫に入って、検査が公正に、きちんと行われているかの審判役をやってほしいと提案した。

検査を終え、三人が金庫から出てくると、医師は医療に携わる者としてフーディーニが身体に何も隠していないと断言できるし、また金庫の中も詳細に調べたと公言した。審判役もそれに同意し、検査はきわめて徹底的に行われたと述べた。

フーディーニは医師と審判役に向き直り、それぞれと握手をして労をねぎらい、巨大な金庫の中へと足を踏み入れた。ドアが閉まり、立会人によって慎重に鍵がかけられる。金庫の周りに大きな衝立（ついたて）が巡らされ、誰ひとり、観客に知られずに金庫に近づけなくした。

立会人と観客が熱心に見つめる中、十五分が過ぎたが、何も起こらなかった。三十分近く経つと、観客はじりじりし、興奮し始めて、金庫を開けろと叫ぶ者も出てきた。しかしフーディーニは付添人に、自分がノックするまで、鍵を持っている男に金庫を開けさせせないようにといいつけていた。立て続けにノックが聞こえたら、苦しいという合図だった。衝立の外では、付添人が彼のノックを聞き逃すまいと耳をそばだてている。だが、何の物音もなかった。

　四十分が経つと、恐怖に駆られた数人の婦人が、支配人にすべてをやめさせるように訴えた。そして四十五分後、観客は衝立がどけられ、水着姿のままのフーディーニが現れるのを目にした。その拍手喝采（かっさい）たるや、すさまじいものだった。というのも、フーディーニが抜け出した金庫の扉は、しっかりと閉じられたままだったからだ。金庫と鍵は立会人によってふたたび調べられたが、フーディーニがどうやって抜け出したかについては、何の手がかりも発見できなかった。これを一種の奇跡と考えた人も多かったし、どのような種があるのか、大衆にはついにわからなかった。それをこれから説明しよう。

　まず、挑戦の数時間前に金庫を見せてほしいというフーディーニの要求は、見かけほど無邪気なものではないということだ。本当の狙いは、金庫の構造に手を加える、あるいは一時的に構造を変えることにあったのであり、フーディーニが実際にやったのはそれだった。機械工の手を借りて堅固な新式のばねを外し、自分のものと取り替えたのである。別のいい方をすれば、構造を変えることで、作業を終えた時点で、金庫は作られたときの正常で堅牢（けんろう）な金庫ではなくなっているのだ。しかも、改造は内部で行われているため、見た目には何の異常もない。フーディーニはそれを開ける鍵を持っていて、改造した錠を中から開けたのである。何より難しいのは、医師の身体検査を受けてから鍵を手に入れることだった。金庫の中に隠しておくこともできない。しかし、立会人の中で審判役を買って出たのがフーディーニの親友、ウィル・ゴールドストーン氏であり、フーディーニが医者と審判役に感謝の意を込めて握手したことを指摘すれば、これも不可能ではないことがわかるだろう。

実は、ゴールドストーン氏の手にはめられたごく普通の指輪には、特別製の鍵がついていた。フーディーニはゴールドストーン氏と握手したときに、指輪から鍵を引き抜いたのである。フーディーニが指輪から鍵を取り出し損ねるか、金庫に入ってから錠がうまく外れなかったとすれば、奇術師にとっては大変な事態となっていたであろう。

彼は観客に思わせたように、四十五分間も金庫の中に入っていなかった。数分で扉を開け、ふたたび音を立てずに慎重に鍵をかけると、衝立の後ろで小説を読みながら、登場にふさわしい時を待っていたのだ。

フーディーニが金庫を破るための鍵はスチールでできており、先が二股になっていた。それは、特別な柔らかいばねを仕込んだ金庫で何度か実験した上で、彼が自分で作ったものだ。

大いなる自信、それに、鍵と脱出技術に関する専門知識のある男だけが、このような脱出芸を行える。それは明らかに危険な行為だからだ。

脱出の翌日、金庫はメーカーに返却された。だが、そのときまでには本物のばねに戻され、フーディーニと助手は一切の痕跡を残さなかったため、いくら検査してもどのようなトリックが使われたのかはわからなかった。

金庫のエピソードは、偉大なパフォーマーであるフーディーニの大胆なトリックの好例といっていいだろう。

あの脱出の夜、フーディーニがゴールドストーン氏に寄せた信頼に勝るものは思いつかない。ゴールドストーン氏の側に何らかの手違いや失敗があれば、フーディーニの評判は地に落ちたからだ。

立会人のうち、別の人間が審判役を買って出たら、奇術師はそれを拒否しなかったかもしれない。拒めば疑いを呼ぶからだ。フーディーニは公正を期して二人の審判を入れると宣言し、その立候補者を受け入れただろう。立会人も観客も、二人の審判役がいることに何の疑いも持たないはずだ。身体検査が終わった後、フーディーニは医者と同様、二人の審判役と握手したに違いない。

重要なのはゴールドストーン氏と握手を交わすことであり、どれだけの人数と握手したかではない。しかし、そのような事態は起きなかった。ゴールドストーン氏は他意のない立会人のひとりとして、金庫に大いに関心を持ち、壁を叩き、あらゆる手続きに没頭しているふりをしたからである。

この金庫からの脱出は、フーディーニの頭脳と手法が明確に示される点で、きわめて興味深い。彼は金庫メーカー、医師、立会人、劇場にいた観客、そして後日フーディーニの金庫抜けの記事を読んだ大衆すべてを欺いたのだ。彼はその夜、微笑みながら劇場を後にした。自分のトリックに、良心の呵責（かしゃく）は少しも感じなかった――事実、当然の権利として、誇りを感じていた。彼の仕事はだますことであり、そのだましの技が大胆で派手であるほど、彼は裕福になり、人気者になるのである。大衆はフーディーニが用いたような方法でだまされたいと思っているのだ。

新聞はフーディーニの金庫抜けの記事と写真で埋まり、いったいどうやったのかとロンドンじゅうが首をひねっている間、フーディーニはいつもの手錠、鎖、鉄の箱からの脱出を行い、行く先々の劇場を満員にした。彼は途方もない宣伝活動をやってのけたのである。

大衆は、フーディーニが公演の数時間前に金庫を手に入れたことを知らなかった。たとえ知っていても、その重大性に気づくことはなかっただろう。金庫メーカーは、事前に金庫を引き渡したとき、おそらくその構造が極めて効果的で複雑なため、少なくともこの短時間で合鍵は作れないと確信していたのだろう。フーディーニが金庫の構造そのものを変える、あるいは変えることができるとは、思いも寄らなかったに違いない。

ボイラーからの脱出

ボイラーからの脱出――この脱出はフーディーニの通常のレパートリーには入っていないが、彼の懐を肥やし、名声を高める定番の出し物と深く関連している。

実際に舞台上で鋲(びょう)を打たれた鉄のボイラーからの脱出は、その最中、常にそばにいたボイラー会社の人々でさえもだまされるくらい巧妙だった。

フーディーニの奇術はいくつかの種類に分けられるが、トリックや脱出術のほとんどは、似通った原理を用いている。ただし、その手順は芸によって異なる。

ボイラーからの脱出は、実質的には危険を伴わない。そのためフーディーニは、ほとんどあらゆるところで繰り返し上演し、しかも種を見破られることはなかった。実際、これは完璧なトリックで、共謀者もいらず、観客の間近で行うことができた。

フーディーニが町を訪れる少し前、大きなポスターが掲げられる。それは彼の来訪を伝え、地元のどの会社が作り、実際に舞台上で組み立てたボイラーからでも、脱出してみせると告知するものだった。

無料の宣伝になるため、町のボイラー会社は、たいていこの挑戦を歓迎した。フーディーニは、喜んで名乗りをあげたいくつもの会社から、ひとつを選ばなくてはならないこともあった。

フーディーニの挑戦を受けた会社は、彼の指示通りにボイラーを作った。だが、そこには何のトリックもない。そのボイラーから脱出するのはまず不可能に思われる。

鉄でできたボイラーは、人間ひとりが入る大きさで、板は鋲で留められている。ボイラーの蓋は本体の上部にぴったりとはまるようになっており、蓋とボイラー上部の両方に穴が開いていて、二本の硬い鋼鉄製の棒が交差するように渡され、蓋をしっかりと固定している。

観客の目の前、舞台上でボイラーを完成させるというのは、間違いなくフーディーニの側の思いつきだろう。ボイラーが正真正銘のものだとはっきりするわけだし、見た目にもいいからだ。

九分どおり完成したボイラーを観客代表が検分した後、フーディーニが中に入り、地元の職人が進み出て、最後の鋲を打ち込む。ボイラーが完成すると、鋼鉄の棒が所定の位置に差し込まれ、蓋をしっかりと留める。

秘密を守るため、フーディーニを閉じ込めたボイラーは必ず棚(キャビネット)に置かれ、助手がその外側に立った。

ここでオーケストラの出番だ——彼らは賑やかな音楽を演奏し始める。

ひとりの合図で音楽がやむと、フーディーニは自由の身となって棚から出てくる。ボイラーはふたたび観客の前に出されるが、それは職人の手を離れたときと同じように、手つかずの、堅固な状態だった。立会人と職人がどんなに細かく調べても、フーディーニがどうやってこの牢獄を抜け出したかは皆目わからなかった。そして、たいていはボイラー会社が呼ばれ、ボイラーを持ち帰ってさらに調べるようにいわれた。

この芸が上演されると、決まって町じゅうが煙に巻かれた。

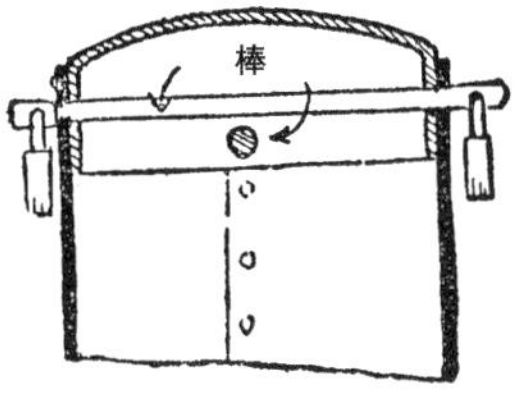

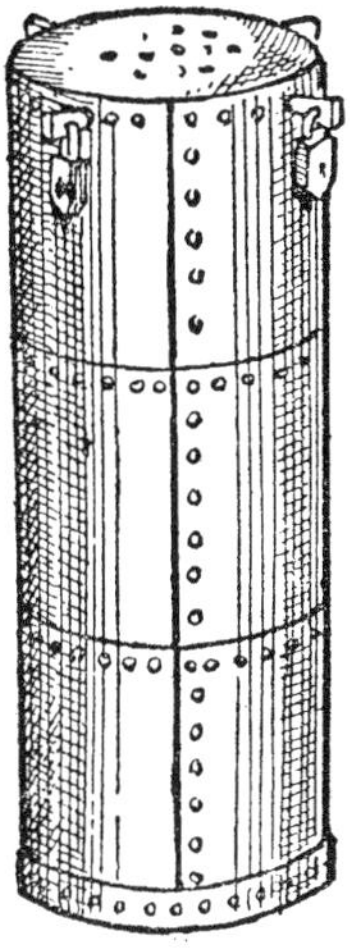

ここでもまた、ボイラーが上演のしばらく前に劇場に運ばれたことで、脱出の魔法が功を奏したのだ。この場合、何時間にも及ぶ準備やボイラーへの仕掛けは必要ない。幕が開くほんの少し前にボイラーが手に入れば、フーディーニの目的は達せられるのだ。実際、ボイラーのどこにも手は加えない。秘密は、ひとつのすり替えにあった。フーディーニは、ボイラーに入った後、そこから出られないよう蓋が硬鋼製の棒で留められることを知っていた。この状況では、棒を曲げたり、〝動かし〟たりすることはできない。フーディーニが知っていたのは、軟鋼製の棒なら、しかるべき道具を使えば切ったり曲げた

りできるということだ。さらに、硬鋼と軟鋼は見た目は同じで、それを見分けるにはノコギリなどの道具が必要だということも承知していた。そこで彼は棒をすり替え、本物は空洞になった棚の柱に隠したのだ。一見何の変哲もない棚は、このために特別に造られていた。このことは、上演の前に行われた。

挿入されている棒は見た目は本物と変わらないため、立会人も職人もすり替えには気づかなかった。通常、最初の段階で疑いを抱く者はおらず、棒を工場でテストすることを考えつく者はいなかった。見ている人々は、トリックがあるとすればもっと後のことだと思うが、そのときには肝心の部分は出来上がっているのである。この後フーディーニは、ボイラーに閉じ込められてから、特別製の小さなノコギリで軟鋼の棒を切断する。これには多少骨が折れたが、フーディーニは強靱（きょうじん）で恐れを知らなかった。立会人と職人は、実際の脱出が行われている間は舞台袖にいたし、観客と棚の間にはオーケストラがいて、切断する音をかき消すのに十分な音量で演奏していた。といっても、切断はボイラーの中で行われているので、そう大きな音ではなかった。

棒を切断し、取り外して自由の身になったフーディーニは、本物の棒をしっかりとはめ込む。切った棒は棚の柱に隠し、ノコギリもそこに隠すか、調べられることのない服に隠した。

フーディーニのこの脱出芸は、賞賛に値する。地元の鋳造所（ちゅうぞう）で造られたボイラーは、ほとんどの人々にこれなら間違いないと認められるものだ。フーディーニは自らの奇術に、普通ならまず疑われるはずもないものを取り入れた。彼の全人生は、まっとうな職人技の弱点を見出すことに注がれていたし、それが見つからなければ、自分で作り出したのである。

紙袋からの脱出――フーディーニの紙袋からの脱出は、トリックのもうひとつの好例だ。この芸には、フールスキャップ紙の封筒に似た、彼ひとりがゆうに入れる大きな紙袋を使う。袋の上部には糊（のり）のついた折り蓋がついており、それを貼り合わせてしまえば、何人たりとも紙袋を破かない限り出ることはできないように見える。

フーディーニが紙袋に入り、折り蓋が立会人によって慎重に貼り合わされると、すり替えが行われないように、立会人は必ず名前かイニシャルを記した。それが終わると、奇術師を閉じ込めた紙袋の周りに衝立が巡らされる。

この種の脱出では、フーディーニがどうやって抜け出したのかを観客に見せないため、隠すことが必要だとわかってもらえるだろう。大っぴらにやったのでは、トリックは未来永劫（えいごう）台無しになってしまう。どうしてやったかがわかれば、トリックではなくなるのだ。謎がなければ面白くない。とはいえ、もっと小規模なトリックでは、注意をそらせたり、関係のない方向へ導いたり、手つきを速くしたりすることによって、何ら隠すことなくやってのける場合もある。フーディーニはどちらのトリックにも長けていたが、脱出芸においては人に見られないことが必要不可欠であった。

そこで、紙袋からの脱出では、彼はしばし衝立の奥に隠れ、それから紙袋を手に現れる。立会人の名前やイニシャルはそのまま紙袋に記されており、袋のすり替えが行われていないことがわかる。しかも、袋には傷ひとつないのである。このトリックは難題であり、袋を厳密に調べない

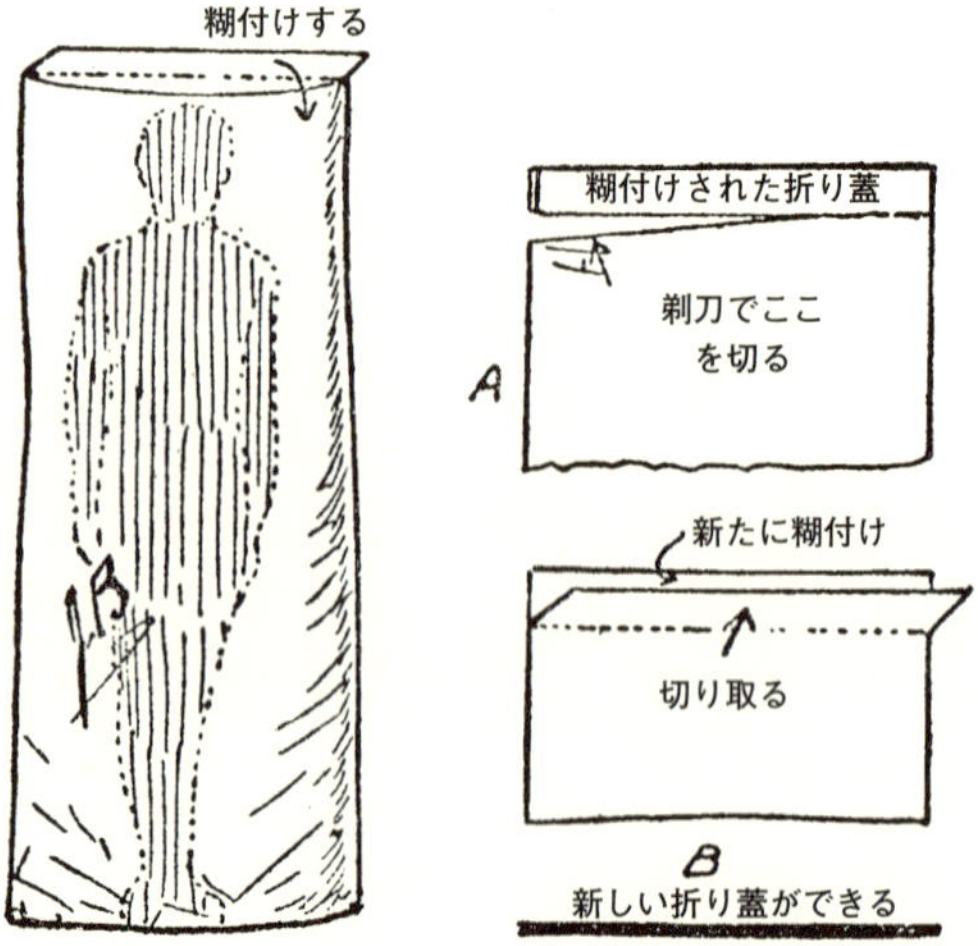

限り、立会人には手がかりすらもわからないのである。

紙袋からの脱出は、きわめて単純であるがゆえに興味深い。紙袋に閉じ込められ、幕または衝立が張り巡らされてから、フーディーニがまずやるのはポケットから安全剃刀を取り出し、封に沿ってまっすぐに、注意深く切り取ることだった。それから外に出て、脱出の痕跡を消し去る作業に取りかかる。それは、新しい折り蓋を作って糊付けすることにほかならなかった。糊と刷毛は衝立かポケットに忍ばせていて、袋の再生が終わったときには、立会人が糊付けしたときとまったく同じに見える。ただし、二インチほど短くなって。

立会人は、トリックが行われてからは袋の状態に大きな注意は払わず、名前やイニシャルが偽造や複製でないことを確認しても、袋の長さを測ってみようということはまず思いつかなかった。

この説明を読んで、簡単なことだと思ったとしても、上演に際してはフーディーニがその個性と話術を巧みに利用したことを忘れてはならない。それによって、彼は常に、どんなに抜け目のない人にも、問題の本質に気づかれないようにしたのである。

こうした要素は、実際の仕掛けと同じくらい、トリックの重要な部分を占めている。どのようにトリックが行われたかだけでは不十分なのだ。肝心なのは、それを行う人間が、人を惑わせ、魅了する個性を持ち、観客に考える余地を与えないことだ。それでいて、奇術の種は極めて巧みで、後から詳しく調べられても見破られないものでなくてはならない。

フーディーニが派手で面白い脱出をするのに使った道具は、多岐にわたっている。木、鉄、ガラス、紙、あらゆるものが採用された。帆布（はんぷ）と郵便袋に目をつけた彼は、それを最も巧妙なレパートリーに仕立てた。フーディーニは平均的な郵便袋を細かく調べ、何度か実験を重ねた後、常人には決して思いつかないトリックを作り上げた。彼はアメリカの郵便袋を選んだが、それはよくできた、頑丈なものだったからだ。イギリスの郵便袋は、普通の大袋に毛が生えたようなものだったので、フーディーニの目的にはかなわなかった。

郵便袋からの脱出――アメリカの郵便袋は帆布でできており、部品は布に縫いつけられ、鋲で留められている。口は、いくつもの紐穴に通された丈夫な革紐で閉じられるようになっており、南京錠がしっかりと袋の口を固めている。
フーディーニは、こうした袋から脱出する方法を見出すという難問を自分に課し、見事にやってのけた。そして、彼が利用したのが郵便袋の規則性だけだったため、その芸はますます謎めいて見えた。フーディーニは脱出の前後に、進んで袋を調べさせた。それは、何も見つからないと知っていたからだ。

一度、好奇心旺盛な男が、自ら望んでフーディーニにその袋に入れてもらった。同じように閉じ込められれば、秘密がわかるかもしれないと考えたのだ。袋に入って鍵をかけられると、彼はすぐに手も足も出ないことに気づいて、大声で助けを呼んだ。彼がいうには、袋の中には空気もなく、身動きする空間もないということだった。

このトリックは、袋に何の仕掛けも施していないという点で、非常に価値が高い。どこにも手を加えていないし、取り除いたところもない。したがって、完璧なトリックの例といえるだろう。アメリカの町で上演する場合、彼はしばしば劇場に郵便袋を持ってくることのできる人を招待した。その招待を受けて、フーディーニの脱出を目の当たりにした人々の驚きは、ひときわ大きいものだった。彼らは自分が持ってきた袋が本物であることを知っていたからだ。

実はフーディーニは持ち込まれた袋を切り裂いて脱出し、別の袋に自分を閉じ込めたのだという解釈もあった。しかしその説では、彼がもうひとつの袋に入り、どうやって鍵をかけたかの説明がない。別の説として、彼は袋に入らなかったというものもあった。

フーディーニの郵便袋からの脱出は、もっと大がかりで野心的な奇術よりも、不可思議な問題に興味がある人々の憶測を呼んだ。

わたしの知っている大学教授は、フーディーニの郵便袋からの脱出に大いに魅せられ、同じような袋を入手して家で実験してみた。彼は友人の手で袋に入れられ、鍵をかけられたが、すぐさま助け出してもらわなければならなかった。教授は袋を詳細に調べた。使われている素材を調べるばかりでなく、袋のすみずみまで正確に計測した。彼は、袋に脱出の仕掛けをほどこし、しかも事前の調査では気づかれないような方法を見つけようと努力した。ナイフや針を使って、そうした方向でさまざまな努力を重ねたが、その結果は、帆布を元に戻らないほどずたずたにしただけだった。

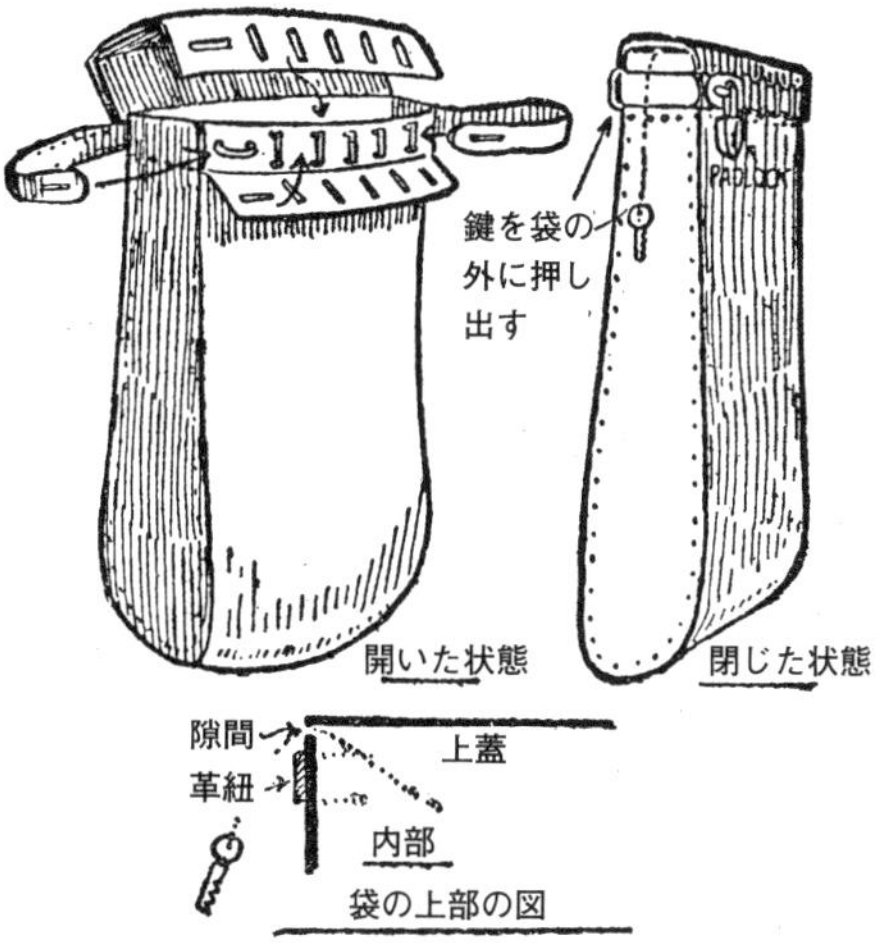

　あきらめることを知らない教授は、袋をもうひとつ手に入れ、実験を続けた。今度は図面を引き、数学的な問題として脱出に挑んだ。しかしこれも、現実に実験してみたときと同じく、失敗に終わった。

　彼は同僚の教授にこの問題を示し、彼らは答えを見出そうとして幾晩も費やした。

　教授の中には学生にその問題を出したものもいて、しばらくの間、学内はその話題で持ちきりになったが、教授も学生も、郵便袋から実際に脱出する方法を思いつかなかった。

　この脱出を実行するには、フーディーニの側の決然とした意志と努力が大いに必要だった。まず、彼は袋の合鍵を隠し持っている。そうした鍵を手に入れるのはお手の物だったので、それを服に隠れる長さの紐につけて、ベルトに結びつけておくのである。郵便袋に入り、衝立が巡らされると、フーディーニは袋から出ることのできる唯一の手段を利用する。それは蓋と袋の上部との狭い隙間である。しっかりした官製の郵便袋の隙間が、どれほど狭いかは想像がつくだろう。実際、フーディーニが鍵と紐を外に押し出せるほどの隙間しかなかった。こうして、彼はベルトに結びつけた鍵を袋の外に出し、大きな一歩を踏み出す。

次に帆布を手探りし、布越しに鍵をつかむ。それができたら、手をうまく使い、帆布を最大限に伸ばして鍵を外から錠に差し込むのである。こうして鍵を回して外すのは、容易なことではないが、フーディーニは訓練を積んでいたので、驚くべき速さでやることができた。帆布は丈夫だが、フーディーニは練習を重ねてそれをつかみ、帆布越しに物を操るすべを身につけていた。袋の中にはわずかな空気しかないので、鍵は速やかに外さなければならなかったのである。

レンガの壁抜け――観客の目の前でレンガの壁を通り抜けるという奇術もまた、身も心もとどまることを知らないこの驚くべき男が興味を持った、独創的な芸だった。

鉄のボイラーからの脱出と同様、壁が地元の職人によって実際に舞台上で作られることから、この奇術は観客に強烈な印象を与えた。

レンガ積み職人が作業を始める前に、フーディーニは必ず観客に向かって、舞台は一面、大きな絨毯に覆われているため、何人たりとも落し戸を使って舞台に出入りすることはできないと説明した。

壁は小さな鋼鉄の枠か、高さ二インチの車輪のついた荷台の上に作られた。それは後で、容易に舞台から移動できるようにするためである。

壁は大きいため、かなりの数の職人が必要だった。大きさは異なることもあったが、たいてい長さ約十二フィート、高さ約十フィートだった。観客は壁を仰ぎ見るような形になる。つまり、壁の端を見ていることになるのだ。壁は観客に向かって垂直に立っている。

壁が完成すると、フーディーニの提案で立会人がハンマーで叩いてみる。本物の壁であることを示すためだ。

立会人が満足すると、フーディーニは二枚の目隠しを出し、壁の中央を挟んで両側に設置する。目隠しは男性ひとりが隠れるほどの大きさで、もちろん壁の大部分は人目にさらされている。目隠しは壁の一番上までは届いていないため、壁を乗り越えるのは不可能だ。準備がすべて整うと、フーディーニは片方の目隠しの裏側に入り、「これから向こう側へ行きます」という。そして一瞬後、「はい、こちらへ来ました」というのだ。そのときには、彼は壁の反対側にいて、そっちの目隠しから姿を現す。ここは大事な点なので念を押しておくが、目隠しは決して壁を覆わず、単に演者の動きを隠すためだけにあるのだ。

これほど人を驚かせるトリックは、まずないといえる。どこにも仕掛けはなさそうだし、どうやったかを考えようとしても、すぐにあきらめてしまうだろう。

前にもいったように、観客の見ている前でフーディーニが壁を登るのは不可能だ。また、一挙一動を間近で見られていては、一時的に舞台裏へ入ることもできない。それに、大きな一枚の絨

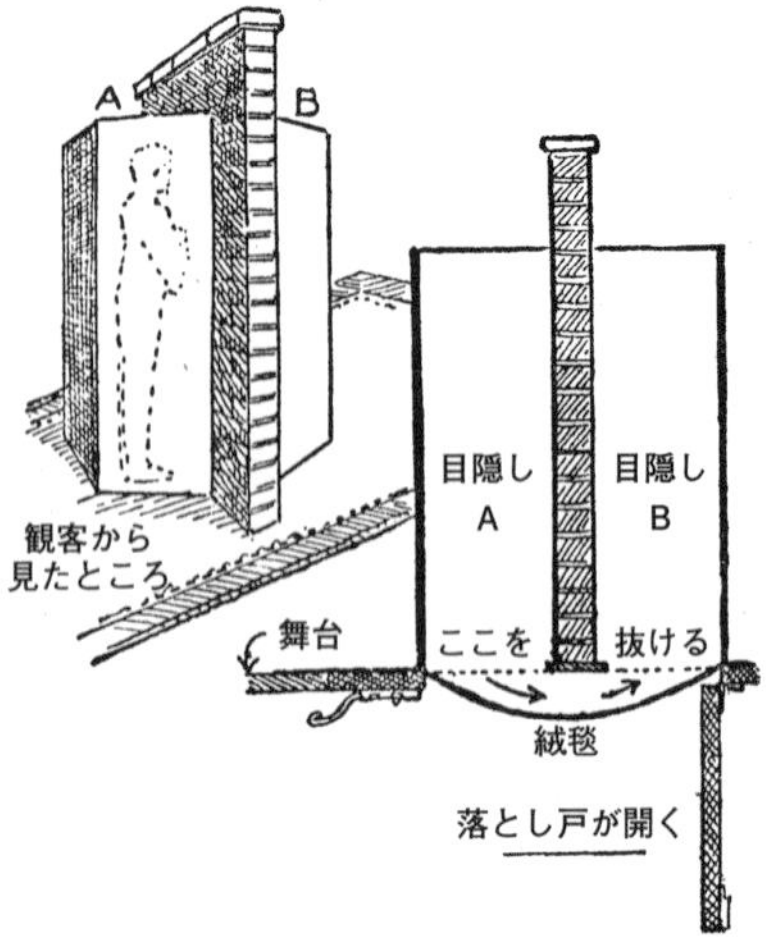

毯が敷かれている以上、落し戸から舞台に出入りすることもできない。

　また、この奇術では〝替え玉〟は使っていないし、使う必要もなかった。あとは、彼がそう見せかけたように、何らかの手段で壁を通り抜けたとしか思えない。だが、フーディーニは奇跡を起こせるわけでもないから、これも不可能だ。これは第一級の奇術であり、彼は種を見破られることなく、何度でも演じてみせた。

　フーディーニが落とし戸やその他の手段で舞台から抜け出したのでないことは確実だ。にもかかわらず、この奇術の実現には抜け穴が使われていたのである。

　その秘密は、目隠しの真下にあった。落とし戸――これは壁の下にも開くようになっている――が開くと、壁の下の部分の絨毯が自然に垂れ下がり、フーディーニはそこを這って壁の反対側に出たのである。その後、落し戸は元のように閉じ、絨毯も普通の状態に戻る。

　立会人の誰かが、絨毯と何か関係があるのではないかと疑っても、不自然な動きやその疑惑を裏づけるような根拠を見つけるチャンスはおそらくなかっただろう。この芸はあまりにも完璧に、すばやく行われたからである。実際、その秘密に気づいた者は、ひとりもいなかった。

この壁抜けの奇術に関して、フーディーニは少なくともひとり以上の奇術師と対立している。それは奇術の発明もしくは上演権に関する論争だったようだ。しかし、ここでそのような問題を論じるのはわたしの目的ではない。

生き埋め――フーディーニの生き埋めは危険な芸であり、細心の集中力が必要だった。芸が行われるのはたいてい大きな町の郊外だったが、そこに大勢の観衆を集めるための告知を彼は怠らなかった。こうした芸には大きな興奮がつきものだし、警察の立会いが不可欠だった。優れた芸人であるフーディーニは、一時間の生き埋めに先立つ時間を最大限に利用した。ときには演説を行い、それを聞く者は、あまりに恐れを知らないこの男の人生最後の芸になるのではないかという、奇妙な思いを抱いた。

深さ六フィートの穴が掘られると、フーディーニはごく普通の棺に入れられる。その後の手順は本物の埋葬と同じで、棺が墓穴に下ろされ、ふたたび完全に埋められる。

時が経つにつれて、毎回、人々は落ち着きをなくし、マネージャーは時計を手に、とうてい演技とは思えない不安げな様子を見せる。

約五十分が過ぎた頃、墓を掘り起こす作業が始まり、速やかに完了する。ロープで墓から棺が引き上げられ、ねじが外され、フーディーニが姿を現す。彼はしばしば、それだけの長時間生き埋めになっていたために、こわばっているようなそぶりを見せた。

わたしは、この芸に惑わされた多くの人々と、トリックについて議論した。フーディーニは棺には入らず、何か巧みな方法で棺に入ったと思い込ませたのだろうという人もいた。また、彼は酸素を供給するものを隠し持っていたのではないかという説を述べる人もいた。そのどちらも間違っている。フーディーニは実際に埋められ、いかなる人工的な助けも使わなかった。

その秘密は、フーディーニの得意技である集中的な呼吸法にほかならない。彼が使った方法は、埋められている間、極めて浅く呼吸をすることで、棺の中の酸素を保つというものだった。

深く呼吸すれば、周辺の空気から生命維持に必要な成分を使う、もっといえば使い尽くしてしまうということは、容易に理解できるだろう。フーディーニが墓の中で普通に息をしていたら、長くは生きていられまい。これは間違いなく危険な芸だったが、フーディーニは〝偉大な奇術師〟の評判を保つためならどんな危険もいとわなかった。今の栄誉に甘んじることなく、劇場プログラムの筆頭を飾り続けるために、危険な橋を渡ってきたのである。

人並み外れた体力と長時間続く集中力がなければ、この生き埋めの芸は失敗に終わっただろう。フーディーニは水中で息を止めることによって自分を鍛えた。そして、長い間棺の中にいられる能力を、一連の訓練で得た。その中で、彼は自らを埋葬する時間を徐々に延ばしていき、これなら大丈夫という確信を得たのである。

わたしは彼が書いたおびただしい手紙を見たことがあるが、その中で彼はこれらの訓練のことや、棺にどれだけ長く入っていられるかを自慢げに書いている。彼が自慢するのももっともだ。友人たちは、こうした危険な実験をやめさせようとすることもあった。彼らは運が悪ければフーディーニが死ぬこともあると恐れたのであり、その恐れには根拠がないわけではなかった。

彼はしかし、そうした助言や説得には耳を貸さず、生き埋めの芸は趣味であり、大衆に〝さらなるスリル〟を与えるためならそれを利用しようと考えていた。

生きたまま長時間埋められることにフーディーニが初めて興味を持ったのは、苦行僧が同じことをするのを見たからだ。フーディーニは、そこには超自然的なことは何もないと確信し、苦行僧の技を再現するべく訓練を始めた。彼は見事成功し、その成果を自らの宣伝に使った。このトリックを発展させる上で彼がもうひとつ学んだのは、棺を普通のものよりわずかに大きくすることだった。棺の大きさはさまざまであり、フーディーニがほんの少し空間を大きく取ったとしても見とがめられることはない。仮に見抜かれたとしても、それに根拠ある反論はできないだろう。なぜなら、この芸は基本的に非常に困難で、危険きわまりないからである。

フーディーニは、苦行僧や偽霊媒師が見せる不思議な行為を、真っ当な手段で再現することに一生をかけていた。こうした芸は超自然的なものに違いないという意見を聞くと、彼は決まって腹を立てた。生き埋めにされている間に、彼の卓越した強さがほんの一瞬でもくじけたら、フーディーニは死ぬことになるのだ――彼の望みどおり、華々しい最期を遂げて。

フーディーニがよく上演したもうひとつの棺の芸は、また違う性質のものだった。それは舞台上で行われる。

観客から選ばれた立会人は舞台に呼ばれ、棺を仔細に調べる。それにはしばしば、かなりの時間が費やされた。棺は頑丈に作られ、蓋はねじで留められる。ねじもまた、棺本体と同じく慎重に調べられる。どれほど棺が調べられようと、フーディーニは気にしなかった。なぜなら、脱出の秘密は誰にも見破られないと確信していたからだ。

この奇術は何百回と行われたが、大衆は決して、その仕掛けに気づかなかった。

事前の検査が終わると、フーディーニが棺の中に入り、ねじがしっかりと留められ、その上にはたいてい蠟（ろう）を使って封印がなされた。

この脱出は、フーディーニの棚の中で人に見せずに行われる。奇術師がふたたび現れるまでの時間は、彼の気分と、観客に与えたい効果によってまちまちだった。しかし、極めて困難な脱出が行われたと観客に信じ込ませるため、たいていはかなりの時間をかけた。

観客にとって、これは非常に不思議な芸だったろう。立会人が棺をもう一度調べると、ねじの封印は手つかずのままになっているからだ。封印が破られていないことが、観客を主に不思議がらせ、中にはフーディーニが何らかの手段で蓋を開けた後、もう一度封印をしたのではないかと疑う者もいた。しかし、その説はまったくの見当違いである。

封印もねじも、フーディーニにとっては何の関係もない。なぜなら、棺から脱出するのに、蓋に手をつけることはなかったからだ。フーディーニは棺の底を外し、肩で押し上げて脱出したのである。

棺は秘かに、上部が底と離れるように造られていた。底を留めているねじは、見た目とは裏腹に、側面をしっかりと固定していない。これらのねじは、合わせ釘、もしくはねじの形をした木製の隙間にぴったりとおさまり、棺の側面と底とをつないでいた。棺の底と側面をしっかり留めているように見えたねじは、単にこの合わせ釘にはまって棺の底を仮に固定しているだけであり、それでいて非常に精巧なものだったので、誰もがねじは底と側面を普通のやり方できちんと留めていると思い込む。この方法だと、フーディーニが脱出するのに相当な力が必要だ。棺の底は、立会人の検査で見破られないだけの強度で留まっていなければならないからだ。棺のトリックでは、ねじは側面の木材でなく、合わせ釘、もしくは木の隙間に入っているため、効果がなくなったというわけだ。

フーディーニが棺の底をすり替えるのは、きわめて容易なことだった。そして、それが慎重に行われる限り、立会人が再検査しても底が取り外せることには気づかないのである。

トリックとしては、これは間違いなくフーディーニの最高傑作だろう。仕掛けのある装置を使いながらも、その秘密は大衆に決して気づかれない。これはミスディレクションの好例だが、フーディーニがより大きな業績をあげるときに要求された機知や冷静さは必要なかった。特別な仕掛けを施した奇術装置の可能性には、終わりがないのである。

クイーン好み
第1回

エラリー・クイーン

　これぞ編集者の役得です。わずかなりとも皮肉な目を持つ人にはおわかりでしょうが、雑誌編集者の最も大きな役得なるものは、いかにも読者の怒りを買いそうな原稿さえも掲載できてしまうということです。ただし、このファシズムめいたやり方は、編集者に限ったことではありません。そう、違うのですよ。たとえば、「コラムニスト」として知られる物書き仲間たちもまた、読者の怒りなど意に介していません。それなのに、彼らの記事は熱狂的に受け入れられています。大勢の飢えた読者が、機知のしたたる栄養満点の文を与えてくれる人物に向かって己の口を開け、面白い読み物を待ちかまえているのですよ。私は物書きのはしくれとして——面白いか面白くないかは別にして——読み物の池に首までどっぷりつかっています。したがって、こういった連中と同じく、私もまた、ファシストとなる運命から逃れられないことはわかっています。おそろしいことに、編集者自らがコラムを書くこのコーナーは、一人のエゴイストの楽園になることが運命づけられているのです。

そのため、この「クイーン好み」は、編集者の思いつきが気ままにうろつく牧場のようなものになっています。もしみなさんが、当コーナーのいくぶんなりとも誠実な読者として、このプライベートな牧場にふらりと迷い込み、いくぶんなりとも栄養のある牧草を育てている私と出会ったならば、私を気さくな友人だとみなしてくれるでしょうね。ええ、私は心からみなさんの友人になりたいと思っているのですよ。この牧場は誰でも入ることができますし、その足を止めることのできる権力者はみなさん方だけなのですから。

ひとつだけ、わかっていただきたいことがあります。みなさんが読む断片的なコラムは、どれも論じるに値するテーマについての編集者の個人的な意見か、あるいは——もしニュース的なものであれば——風説に基づく見解です。ときには、「私の知るかぎりでは」とか「うわさによると——」とか「この間聞いた話では……」といった文を書くことがあるかもしれません。しかし、できる限り、こういった責任逃れの表現は使わないつもりです。このコーナーが私というつむじ曲がりの——そして怠け者でもあります——いいかげんな報告であることはとっくにおわかりでしょうから。そして何よりも、私は現状に自分自身で頭から突っ込んで大波を起こすことに強い関心を持っていて、それを楽しみたいからこそ、逃げたくはないのです。ですから、みなさんはここで読んだことを頭からうのみにしないでください。私があれやこれや書いたことに偶然の法則の微笑みがもたらされて、真実に近づいていけばいいとは思っているのですが。まあしかし、賢明なるみなさんは、私の警告に従って、このコーナーではいつも眉に唾をつけてくれることでしょうね。

私をこっぱみじんにするであろう著名な同胞の方々に向かって、厚かましくもその列に加わりたいという希望を添えた正式な挨拶をして、さあ、けわしい道に踏み出すとしましょうか。

ベイカー街の巨人
THE GIANT OF BAKER STREET

「ミステリ・リーグ」を、優れたミステリ小説の伝統を絶やさぬためにさまざまなものを積み込んだ新たな輸送船とすべく、創刊号の進水式を行います。ここで、式の主宰者たる私は、われらが現代のポワロたちやピーター卿たちやヴァンスたちやドルリー・レーンたちやブラウン神父たちやソーンダイク博士たちやその他の探偵たち全員が恩恵を受けている、小説中のある名探偵に対して、公明正大かつマニアックに注目しようと思います。それは、もちろんロンドンのベイカー街に住む不滅のシャーロック・ホームズ氏のことであり、その横顔は本号の表紙で見ることができます。そのホームズは（不滅という点では、創始者ポオの生み出したデュパンの方が上ですが、彼は人間味という点で劣っています）、アレク・ウールコット（アレグザンダー・ウールコット。アメリカの著名ジャーナリスト）ならば「知性派ぶった」と言うであろう理想の天才を体現しています——鋭い瞳、いかつい鼻、ユニークな犯罪を捜査する際に冴えを見せる頭脳、といった卓越した人物像によって。そして、こういったものを兼ね備えた彼は、世界中の人々に愛されている文学作品の中で永遠に生き続けているのです。現代の探偵小説がホームズを無視できないことは考えるまでもありません。また、現代の探偵小説がホームズを崇めたてずにいられないことも、考えるまでもない真実です。彼はまるで、ロードス港を見下ろす青銅の巨人（世界七不思議の一つ）のように、このジャンルを支配しているのです。そして、彼がその生みの親と共に死んだとき、何百万という娯楽文学の中で、途方もなく重大な何かもまた、死にました。

こういったことはよく知られているので、たとえ新たなミステリ雑誌の進水式の場においてさえも、あらためて言及する必要もないことだと思われるでしょうね。しかし、偉大なるシャーロック・ホームズについては、よく知られていないこともあるのですよ。それは、単なる紙の上の文字にすぎないはずのホームズに、骨を与え、性格を与え、言葉を与えて造りあげた人物が、その創造物に対してとった態度のことです。サー・アーサー・コナン・ドイルの悲劇とは、もっと弱くしておくべきだったと悔やまれたフランケンシュタインのごとく、ホームズが恩を忘れて創造者に反逆し、彼のすべてを——文学的野心やその他いろいろなものすべてを——食らいつくしてしまったということなのです。偉大なシャーロックの明敏さや、隠された事実から信じられない結論を組み立てる奇蹟のような才能や、行動力や、不道徳さや、大胆さや、いつもオロオロするだけのあわれなワトスンに対する寛大さ——子供の頃からホームズとワトスンの冒険をむさぼり読んだ私たち数百万人が、こういったホームズのすばらしさに感嘆してきました。そして、世界中の読者が、シャーロック・ホームズは、生命を得た小説上の一握りの人物の一員であるとみなしてきました。そんなホームズに対してドイルが抱いていた苦悩こそが、最も大きなミステリなのです。ホームズを創造しなかったならば、文学界においては平凡な作家で終わっただろうと言ってしまっても、このイギリス作家に対して冷淡ということにはならないはずです。間違いなく、名声の大きさは、悲しいくらい今よりも小さくなっていたでしょうから。ではなぜ、彼は自らの頭脳から産み出した巨大な子供を不快に感じていたのでしょうか？　おそらく、子供の成長があまりにも早く、身長（「名声」の意味もあり）が大きくなりすぎてしまったためだと思われます。すなわち、創作に疲れきったドイルが、世界が文学上の子殺しを犯すことを許してくれないという無情な事実に気づいたからなのです。

作家活動のあるとき、サー・アーサーはあまりにもホームズがうとましくなったために、自らの作中人物を葬り去りました。全能なるモリアーティ教授との最後の闘争にのぞんだホームズは、その宿敵と取っ組み合ったままアルプスの崖から転落したのです。アルプスの崖から転落したならば、この二人には最期のときが訪れたとしか考えられないではないですか。かくして冒険は一巻の終わりとなりました。ドイルは安堵のため息をついて、こう思ったに違いありません――これでやっかい払いができた、と。

しかし、本が出版されるやいなや、すぐさま雷鳴のような抗議の声が巻き起こり、アルプスの崖の岸壁にこだまして、ドイルの耳をつんざいたのです。この雷鳴は彼をあ然とさせたに違いありません。何ということだ――シャーロック・ホームズを殺したというのか？　考えられないことだ、あり得ないことだ！　そしてついに、こういった世間の強大な圧力に屈した作者は、『シャーロック・ホームズの生還』で、不承不承に因果な子をよみがえらせ――ホームズの転落死が奇跡的に回避されたことは、憶えていますね――その後は、死が作者と作中人物の生涯を中断するまで、ホームズ物語は断続的に書き続けられました。悲しいことですが、ドイルのこういった精神状態により、復活後のホームズは、痛ましいほど人が変わったとみなさなければいけなくなりました。彼のさらなる冒険を追い続けた私たちには、偶像の叡智（えいち）が、推理が、事件のタイプさえもが劣化したように見えるのです。

　ドイルは奇妙な人物でした。自らの文学上の偉大な創造物への嫌悪、心霊学への熱烈な信奉、奇術師フーディーニとの晩年の衝突――こういった公の場においてもよく知られていた面が、この人物の気質の不可思議さをさらに強めています。これは『シャーロック・ホームズの事件簿』の刊行前にホームズ物語の執筆をやめると公言したときの話ですが、シャーロック・ホームズについてはもう一行たりとも書かないという決意があまりにも固かったため、懇願する雑誌編集部が「新しいホームズ・シリーズの連載には五万ドル払う」と申し出たときですら、ドイルは眉ひとつ動かさずに断ったのです。一方で、死者と交信が可能だとする心霊学に対する彼のゆるぎない信念は、晩年の大部分をこのテーマのために浪費させてしまいました。〝心霊術師〟たちとの出会いを描いた哀愁に満ちた短編がいくつも残されています。そして、彼の人生はさらに多彩なエピソードであふれています。サー・アーサーが著名なスレーター事件において、イギリス版ドレフュスとも言うべき投獄中の人物が潔白だと論証したときには、シャーロック・ホームズを生みだした頭脳の鋭さが証明されました。ところが、ドイル－フーディーニ論争においてたびたび語られてきた話では、世界中の誰もが仰天するような愚かさを見せているのです。フーディーニは、懐疑論者としてではなく科学の信奉者として、霊的な現象の存在を論破するために参加しました。彼は実際に現象を見せてもらうことを望み、ドイルは見せようと努めました。フーディーニは自分が見せられた心霊現象と呼ばれるものをすべて、道具を使った細工で再現してみせました。それなのに、最後にドイルは主張したのです。フーディーニ自身が霊的な力を持っていると！

コンテストをしましょう

LET'S HAVE A CONTEST

偉大なる先達についての文を書いている内に、コンテストという花火を打ち上げたくなってきました。意見の違いというものは、共和党員なのか民主党員なのか、菜食主義者なのか肉食主義者なのか、禁酒主義者なのか飲酒主義者なのか、探偵小説の中で擁護するのはこんなタイプなのかあんなタイプなのか、といったことから生まれてきます。甲の薬は乙の毒――この法則を探偵小説に当てはめて、薬か毒かをみなさんの投票によるコンテストで決めようではないですか。

これまで多種多様な文学上のコンテストにお目にかかってきましたが、言わせてもらえるならば、それらの大部分は識者が個人で選んだものにすぎません。ええ、私は最近の「名作リスト」の氾濫を指しているのですよ――「アメリカ女流作家ベスト50」や「名作100選」やその他いろいろなリストを。これらのリストでは、誰かさんが「アメリカ女流作家でベスト50に入るのは誰と誰か？」とつぶやきながら椅子に座り、さらさらとリストを書きあげるのです。この人は誰とも相談しません。ゆえに、そのすばらしい選択に異議を唱える者はいないわけです。

私は、みなさんと共に、この分野を多少なりとも広げていきたいと考えています。率直に言ってしまうと、私は論争を巻き起こしたいのですよ。探偵小説のオールタイム・ベストテンに、みなさんは何を選びますか？（私が言っている「探偵小説」とは、当然のことながら、短編ではなく長編のことです。長編だけで手一杯なのですよ）。誰でも彼女でも、どうかお願いします。タイプライターを走らせ、公正なリストを作り、それを「ミステリ・リーグ」気付で私に送ってください。この投票によって、真のコンテストを行いましょう。得票は集計され、月ごとに集計リストは更新されます。集計リストは更新されるごとに楽しいものになっていくことでしょう。十作を超えないようにして、順位を決めて番号をふってください。リストに記すのは題名と作者名です。このコンテストは私たちが飽きるまで続けるつもりです。そして、もし飽きてしまったら、別のコンテストを行いたいと思っています。

ブラックハウス
THE BLACK HOUSE

ニューヨークのコープランド上院議員（R・S・コープランド博士）はこの時代における最も輝かしいアイデアによって、月桂冠を与えられるべきです（私が適切な紳士を表彰しているのだといいのですが。もっと早くこのアイデアを考えついた人がいたならば、つつしんでお詫びします）。このアイデアが現在の合衆国に吹き荒れるおぞましい誘拐事件の蔓延から生み出されたことは、まず間違いないでしょう。立法者と言うよりは医師と言うべきこの優れた上院議員は、社会に対する犯罪の中でも、最も邪悪でおぞましいものが猖獗（しょうけつ）をきわめたことによって、心の底から傷ついたのです。かくして彼は提議しました――。なぜ彼より前に考えついた人がいなかったのでしょうか？　もし考えついた人がいたならば、なぜそのアイデアはふさわしい注目をあびなかったのでしょうか？　そうです、彼は、連邦政府がロンドン警視庁（スコットランド・ヤード）と同じような組織を――地域単位の人々というよりは、国家単位の人々に向けられた特殊な犯罪に対抗するための、この有名なイギリス組織のような中央警察局を――作ることを提議したのです。

　このアイデアはすばらしいのですが、ある意味では欠陥が存在することも否めません。すでに新聞の社説などでは、わが国のスコットランド・ヤードはこの有名なイギリス組織と完全に同じ役割を果たすことができない、ということが指摘されています。主たる障害は――とても信じられないかもしれませんが――連邦最高裁にあるのです。高潔さと法と秩序をまごうかたなく体現した九人の厳粛なる紳士（連邦最高裁を構成する九人の判事のこと）は、高潔さと法と秩序を守るという意図のもとに一致団結し、このアイデアを巧妙につぶしてしまうに違いありませんから。その理由とは、誰もがたやすく指摘できるようなものではありません。あえて言うならば、私たちの国が、中央集権型というよりは、むしろ地方分権型の政府だからなのです。そして、これは憲法の問題につながっていき、憲法は国家の問題につながっていくのです。憲法至上主義者には認めがたい事実かもしれませんが、共和国の崇高なる創設者たちは――こと先見の明という観点からは――つまるところ、視野の狭さという人間ならば誰もが備えている弱点を持った、ただの人にすぎなかったのです。そしてその結果として、百五十年後の憲法の制定者たちが、簡単に規定できなくなるような状態が生じてしまったのです。まあしかし、この件は私にはかかわりのないことだと言ってよいでしょう。

　いずれにせよ、州の自治権を守るという理念のために、連邦政府の権限では州内の問題に干渉できないという現状は、玉についた瑕（きず）のように思われるのです。それは、次のようなことを意味するからです。仮にピエトロ・バタジリオンとブッチ・ジョーンズが、有名なビジネスマン――ラシーヌという名にしましょう――を誘拐し、狡猾にも被害者と共にウィスコンシン州の州境近くに居座った場合、連邦の役人はこの悪党どもに対して手を出す権利は持っていません。それは何もかもがウィスコンシン州の仕事なのです。ところが、もし誘拐者たちが愚かにもウィスコンシン州の住人である被害者をイリノイ州かアイオワ州に移したとしたら、ただそれだけで、連邦の役人は事件における逮捕権を持つことになるのです。なぜこういった「不思議の国のアリス」的状況が、ウィスコンシン州の住民とイリノイ州の住民に大した差があるわけでもないこの国に存在するのでしょうか？　おっと、私に聞かないでくださいよ。時間の無駄ですから。

　とはいえ、私は、立法者たちの工夫の才には限りない信頼を寄せています。ですから、もし必要なだけの圧力がかかったとすれば、熟成した政策がさらに新たな進化をとげ、アメリカ版スコットランド・ヤードのようなものが生まれるであろうことを疑ってはいません。特に意見を求められたわけではないので余計なお世話になりますが、私はここで、その新たな連邦警察組織に〈ブラックハウス〉と命名することを提案させてもらいます。ルーズベルト氏が巧みに証明したように、スローガンやキャッチフレーズといったものは、大きな影響力を持っています。そして私は、〈ブラックハウス〉という言葉には、かなりの不吉さを感じさせ、隠された脅威をほのめかすものがあるために、実に有効な名前になると思っているのです。どんなイメージを与えるかわかりますか？　一方には法を生み出す輝かしき道しるべである〈ホワイトハウス〉が、もう一方には法を守る闇の機関〈ブラックハウス〉があるのですよ。それでは、この名前がバタジリオンとジョーンズ両氏を休職に追い込む有様を、少しだけご覧に入れましょう。みなさんの耳に、ウィスコンシン州ミルウォーキーの暗黒街の穴蔵でのささやき声が聞こえてきます……。「ブッチ、この誘拐はやめちまおう！」「何をびびってんだ？」「ブッチ、おれが言いてえのは、ブラックハウスが追っかけてくるってことよ！」「ホントにそうなのか、ピエトロ？　だったらとんずらだ！」

　実に単純明快でしょう？　恐怖心を与える心理学に基づいているのですよ。星法院（専断不公正なロンドンの刑事裁判所）や異端審問所を運営していたかつての同胞たちも、こういった適切な考えを持っていたに違いありません。ああ、まったくそうです。おそらく私は、ワシントンに出向いた方がいいでしょうね。

　［追記］どうやら、ルーズベルト氏の昨今の政策についてああだこうだ書くのは、私ではなくみなさんの方がふさわしくなりました。というのも、前記の文を書いた後になって――わかっている限りでは、大統領自らの肝いりで――政府は実際に動いたからです。新しい部署が犯罪抑止のために創設されました。これにはすでに名前がついています。その名は〈捜査部〉といい、ジョン・エドガー・フーヴァーが長官をつとめます（この組織が一九三五年に創設されたＦＢＩの母体となった）。〈捜査部〉とは！　まったくもって申し分なきビジネスライクな名前ではありますが、私はそれでも、〈ブラックハウス〉の方がふさわしいと思っています。実社会における人間同士のもめごとというのは、それだけでもう、充分にビジネスライクなのですから。〈頭脳委員会（Ｆ・Ｄ・ルーズベルト大統領が一九三三年に政治経済のアドバイザーとして組織した学者と専門家のグループ）〉は、名前を選ぶ際に検討をしたのでしょうか？　〈頭脳委員会〉がしなかったことは死を見るよりも明らかです。どうやら、想像力のある人材が欠けているようですね。

ミステリ殺人事件の顛末について　ABOUT THE AFFAIR OF THE MYSTERY MURDER CASE

みなさんが探偵小説の一読者にすぎないならば、おそらくこの話は他人事ということになります。みなさんのお気に入りの探偵作家が、みなさんに自分の最新の本を買ってもらう前に、みなさんの興味をそそるべく行っている巧妙なたくらみについての話ですから。一方、読者でない側の一員である私には、職業上の秘密を勝手に明かしてしまう権利はないという考え方もできます。しかし、今回の話に関係する紳士方にとっては、これは無料の宣伝になるはずですので、私の内幕話のために迷惑をこうむる人などいない、と思い込むことにしましょう。

もし私が今、「ここにみなさんがこれまで聞いたことがない探偵小説の題名のリストがあります。それぞれの作品の著者が誰だか当ててください」と言ったら、できると思いますか？　さあ、これがその架空の探偵小説のリストです。

『トパーズ殺人事件』（The Topaz Murder Case）？・著
『ブラウン神父の博識』（The Omniscience of Father Brown）？・著
『AAAの悲劇』（The Tragedy of AAA）？・著
『警察官の花嫁の殺人について』（About the Murder of the Policeman's Bride）？・著
『シャム双子の謎』[1]（The Siamese Twin Mystery）？・著

みなさんがリストに出てくる作品の著者を当てることが難しいとは思いません。『ベンスン殺人事件』や『カナリヤ殺人事件』や『グリーン家殺人事件』や『僧正殺人事件』やその他の作品を書いた一番めの作家も、『ブラウン神父の童心』や『ブラウン神父の知恵』や『ブラウン神父の不信』を書いた二番めの作家も、『Xの悲劇』や『Yの悲劇』や『Zの悲劇』を書いた三番めの作家も、『聖職者の愛人の殺人について』[2]や『サーカス・クイーンの殺人について』を生みだしたペンの持ち主である四番めの著者も、『ローマ帽子の謎』や『アメリカ銃の謎』や『ギリシア棺の謎』などを生みだしたペンの持ち主である最後の人物も、すぐにおわかりでしょう。

　私が言いたいのは、ここで挙げたヴァン・ダイン、チェスタトン、ロス、アボット、クイーンといった一部の作家が、毎回毎回ある工夫をこらして——題名に関して特殊な計略をめぐらして——読者のみなさんの頭に、次作への一種の期待感を植え付けているということです。その計略をもっと具体的に言うならば、題名に連続性を持たせる、ということです。ヴァン・ダインの場合は、『なになに殺人事件』という単純な方式です。チェスタトンのやり方は『ブラウン神父のなんとか』です。バーナビー・ロスは『アルファベット一文字の悲劇』を使っています。アントニー・アボットは『なになにのあれやこれやの殺人について』を使っています。私自身が題名で固定している部分は『——の謎』で、二つのダッシュの位置には、それぞれ(1)国か国家的なものを表す単語の形容詞、(2)具体的な物の名前、が入ります。

　私はずっと、この方式のもたらすメリットは明白であると思っていました。にもかかわらず、この連続題名の問題に関しては、主に出版社の側に(作家というものはおとなしい輩(やから)なのですよ)それに反対する勢力が圧倒的に多く存在するのです。もっとも、私の知るかぎりでは、この件について、最終権威者——すなわち大衆——と議論した者は誰もいませんが。さらに、

「作家の大部分は、普通、束縛のない独立した題名にひたすら固執する」という真実によっても、天秤（てんびん）は非連続題名の側に傾いています。とは言うものの、著名なミステリ小説家の間では、この方式はけっこう広まってはいるのですよ。

　ここで名作を例にとるならば、双方のタイプが存在します。ドイルはこの両方ですね。短編集の何冊か――私がすぐ思い出せるのだけでも四冊あります――は『シャーロック・ホームズのなんとか』という連続性を持っていますが、長編の方は、独立した題名を用いています。ざっと挙げても、メアリ・ロバーツ・ラインハート、R・オースティン・フリーマン、アガサ・クリスティーといった作家は、連続性に頼っていません。しかし、H・C・ベイリーのフォーチュン氏ものでは実施されています。

　ときには、誰かが見事で巧くて楽しい新案の連続方式をひっさげて颯爽（さっそう）とシリーズを開始したかと思いきや、すぐ次の作品でわき道にそれてしまうこともあります。本人に悪気はないのでしょうが、意志薄弱だと言ってもいいでしょうね。そうした作家仲間の一人が、コートランド・フィッツシモンズ氏です。彼はまず、数字が無限に続く連続題名のシリーズを私たちに提供してくれたのですが、次作までで、この方式をやめてしまったのです。その最初の作は『七万人の目撃者（70,000 Witnesses）』――みなさんはこの作品が映画化されたことを覚えているでしょうね――で、私はすぐにこう考えました。「これは打ち止めになることはないだろう。七万の前にも後にも数字はいくらでもあるじゃないか！」と。しかし、フィッツシモンズ氏は私をたばかりました。彼が書いた次の作品の題名は『一人もいない目撃者（No Witness）』といい、『一人の目撃者』の題名で用いることができる数字の範囲をひとまたぎで越えてしまったのです。もっとも、この題名はかなり小さくなったとはいえ、まだ美しい連続性を保ってはいますが。しかし、私の見たところ、フィッツシモンズ氏は卑怯にもこの方式を捨ててしまったようです。聞いたところによると、氏の次作の題名は『レッド・ラプソディ（Red Rhapsody）』[3]なのですから。おそらく彼は、『―ラプソディ』シリーズをはじめるのでしょう。例えば――ブルー、マゼンダ、ターコイス、バーミリオン、エメラルド、サーモン、アクアマリン、キサントフィル、パープル（みなさんもいくらでも続けられます）……。

一方では、故アール・デア・ビガーズのように、連続性など歯牙にもかけない大物作家も少なくありません。彼のチャーリー・チャンの栄はえある記録は、ふさわしき名声の頂に君臨していますが、その題名は互いに何の関連も持っていないのです。

私はこれまで何度も、つつましき〈連続題名愛好会〉が新入会員を失ってきたのを見るたびに、手ひどい失望を味わってきました。フィラデルフィアの青年、ミルトン・プロッパーが『メアリ・ヤングの奇妙な失踪（The Strange Disappearance of Mary Young）』という題の探偵小説を書きました。そこで私は思ったのです。「ああ、新入会員だ！」と。私はプロッパー氏のタイプライターから打ち出されるであろう数々の題名を思い浮かべたのです。その空想の中の題名はこういったものでした。『ジョナサン・ジョーンズの希有な殺人（The Unique Murder of Jonathan Jones）』『ピエール・ポアソンの異様な強盗（The Odd Garrote of Pierre Poisson）』『マーマデューク・リューエリンの特殊な傷害（The Extraordinary Mayhem of Marmaduke Llewellin）』……。悲しいかな、そんなことは起きませんでした。[4]何もかもがひとりよがりだったのです。

1　クイーンの『シャム双子の謎』は一九三三年十月刊行なので、このエッセイが載った「ミステリ・リーグ」発売時（一九三三年九月一日）には、まだ「架空の探偵小説」だった。

2　『聖職者の愛人の殺人について（About the Murder of the Clergyman's Mistress)』の英題は『世紀の犯罪（The Crime of the Century)』で、黒白書房からこちらの題で邦訳が出ている。

3　コートランド・フィッツシモンズはアメリカ作家。一九三一年の『七万人の目撃者』は翌年に映画化。『一人もいない目撃者』は一九三二年、『レッド・ラプソディ』は一九三三年の作。すべて邦訳なし。

4　ミルトン・プロッパーの『メアリ・ヤングの奇妙な失踪』は一九二九年の処女作。一九三〇年の第二作の題名は『紙テープの殺人（The Ticker-Tape Murder)』。いずれも邦訳なし。

ラプソディ・イン・レッド

RHAPSODY IN RED

ラプソディや色について語っているうちに、ある考えに通じる道がぼんやりと見えてきました。みなさんがこの考えを聞いたことがあるならば、どうか私を押しとどめてください。

アメリカインディアンは白人の手によって辛い目に遭い続けてきました。まず最初は——昔のことですが——彼らは風変わりで平和的な未開人でした。その次に、いつものごとく白人がその文明の利器を用いて彼らを侵略し、インディアン（レッド）は——白人の目には——極悪で酒乱で頭皮をはいで殺人を犯す野蛮人になったのです。この段階が終わるまで、二世紀がかかりました。最後に、インディアン（レッド）の一族は大量に殺された後に、シマウマのように指定居住区に閉じこめられ、ロマンティックな哀れみの対象と成り果てました。消えたアメリカの先住民。当然のことながら、今日では、大変珍しい民族になっています。

インディアンが自分たちの土地と生き残りをかけて戦っている激動の時代において、彼らに対して心をゆさぶられたのは、わずか数人にすぎませんでした。しかしその後、彼らの脅威が過去のものになると、白人の作家たちは、自分たちの父や祖父が無視してきたインディアンの隠された美点や純粋な性格——高潔さや寡黙や固い絆——といったものに着目しはじめたのです。そう、赤い（レッド）文学の洪水が起こったのです——共産主義（レッド）文学ではなくアメリカインディアン（レッド）のことですよ、もちろん。その大部分は血に飢えた子供たちに向けて書かれており、その子供たちは夜中に毛布の下に隠れ、こっそりとこれらの本を読んでいました。ヘンティを、アルトシェラーを、クーパーを。[1]

要するに、このまわりくどい論説で指摘したいのは次のことです。こういった懐かしき少年時代に、私たちは、インディアンの一族が森から学んだ超人的な知識についての本を読んでいました。にもかかわらず、誰ひとりとして——少なくとも私の知っている範囲では——世界でもユニークな人種であるアメリカインディアンが、まさしく探偵集団に他ならない、という自明の事実に気づいてもいないのです。みなさんは、〈ジョン・ゴア探偵局〉の腕利き探偵ストライカーが、襟ボタンと消えた指サック以外の役に立つ物証を持たずに、スー族からウェコ族まで〝イタ公〟ザモラを追っていく内容の探偵小説を読んでいて、この考えが浮かんだことはないのでしょうか?

その上、いわゆる〝行動型（レッド・ブラッド）〟の探偵小説でたびたび用いられている痕跡をたどるやり方は、明らかにアメリカインディアンの驚異的な追跡能力に端を発しているのです。私は現代の探偵と森の白人開拓者ダニエル・ブーンの姿との類似を指摘した主張がこだまするのを聞いたことがあります。この点だけに関して言えば、まぎれもなく正論でしょう。しかし、この点だけでは不充分なのです。なぜならば、実在の人物ダニエル・ブーンも架空の人物ナッティ・バンポ

（前記クーパーの作品に登場するインディアン）も、彼らが生まれ育った土地に住むインディアンからそういった技術を学んだということもまた、事実なのですから。

もっと細かく見ていくと、この類似ははっきりしてきます。痕跡からあざやかな結論を推理する——そう、推理です——ことを学んだ人種が存在しました。そしてこの「痕跡」は、現在の私たちが「手がかり」と呼ぶものに他ならないのです。では、例を見てみましょう。寡黙なインディアン探偵が森の中の見えない痕跡をたどって進んで行きます。目は地面を見つめたまま、本能で小枝をかわし、しなやかで強靱な足を曲げて幽霊のように走って行きます。彼の目が、耳が、鼻が、そして皮膚の下の触覚神経までもが、手がかりを探知するのです。ふいに足を止め、無言のまま大地に立ちつくします。どうやら湿った腐葉土と動かされた小石と土くれに興味を惹かれたようです。彼の調査はあっという間でした。耳を地面につけると、立ち上がり、また進みはじめました。今や彼は、訓練されていない目には存在すらわからないような痕跡によって、二人の白人がこの地点を半時間前に通り過ぎたことを知ったのです。その内の一人は——大柄の方は——左足を引きずっている。二人とも鹿革靴（モカシン）をはいている。足を引きずっている方は血を流している。相棒の方は小柄で敏捷（びんしょう）な白人で、かなり元気で、森を歩き慣れている。もう一人の方は慣れていない。小柄な男は重い荷物を負わされている。二人はここからさほど離れていない……などです。これは、現代の刑事とほとんど同じではないですか。刑事が犯行現場に入って行きます。被害者の死体を調べ、部屋を見まわし、立ち上がり、こう言います。「これは単独犯だ。殺人者は右利きで、サイズ十二の靴をはき、赤毛で、背が高く、力のある男だ。自動拳銃で正確な一弾をはなっている。冷酷で、度胸があり、不道徳な悪党だ」と。

見よ、哀れなインディアンを！（英詩人アレキサンダー・ポープの『人間論』より）彼らは現代の探偵に必要なあらゆる資質を持っているのです――優れた眼力も、野外に関する完璧な知識も、普通の人なら耐えられないような苦難に打ち勝つことのできる身体能力も、ささいな手がかりから即座に結論を導き出す思考能力も、そして警察犬のごとき不屈の執念も。

私は夢想します。いつの日か、誰かが、探偵役を純血のインディアンに――先祖から受け継いだ身体と頭脳と道徳心を持ち、白人の教養と文化をも身につけた人物に――設定したミステリ小説のシリーズを書くことを。どんな探偵になるのでしょうか！　私は今ここで、映画化の際にはリチャード・ディックス[2]に演じさせることを提案します。

1　ジョージ・アルフレッド・ヘンティ（英）、ジョセフ・アルトシェラー（米）、ジェームズ・フェニモア・クーパー（米）は児童文学作家。クーパーは代表作『最後のモヒカン族』など多くの作品でインディアンを描いている。

2　リチャード・ディックスは映画俳優。『滅び行く民族』（一九二六）や『レッドスキン』（一九二九）でインディアンを演じた。

追悼　OBIT

アール・デア・ビガーズの逝去を取り上げるのは悲しいことです。彼は多くの人に喜びを与え、誰一人として不快にさせることはありませんでした。流れるように軽快な作品を書いただけではなく、ミステリ愛好家に新たな偶像を――探偵小説において真実味を持つ数少ない人物の一人、チャーリー・チャンを――提供してくれました。この二点により、彼は凡庸な作家のはるか上位に座しているのです。

　チャーリー・チャンは、彼自身よりも、彼がビガーズ氏に創造されたときのいきさつの方が興味深いものになっています。ホラー小説やミステリ小説の中で残酷さを重視する作風のものでは、悪役を演じるのは、いつも変わらず——チャーリー・チャンが舞台に上がる前の話ですが——ハースト氏が信奉する〈黄禍論〉によって、東洋人と決まっていました。[1]とりわけ、サックス・ローマーは——不気味なフー・マンチューを生み出したことと、その二番煎じのフーもどきが大量に生み出されたことにより——責任を負うべきでしょう。彼ら東洋人はゆったりしたローブをまとい、切れ長の目を光らせ、爪を一インチも伸ばし、てかてかした頭には司祭用のターバンをかぶり、表情を変えることはありません。そして、憎悪のかたまりである悪鬼が、その——呪われてしまえ！——黄色い心に持つ血と苦痛への欲望を満たすことができるのは、勇敢なるアングロサクソンの犠牲者の唾棄（だき）すべき肉体に対して加えられた、巧妙きわまりない拷問だけなのです。

　ビガーズ氏はこのすべてを変えてしまいました。根底から変えたのです。現代文学史に見られる中で、最も大胆で賢明な一撃によって、憎まれ蔑（さげす）まれ疎（うと）まれてきた黄色い悪役を、愛されて賢くて法を守護する黄色い英雄に仕立てたのです。それがチャーリー・チャンでした。その親しみやすい小太りの体、凡庸で姑息（こそく）な白人に見せる寛容さ、古風で風変わりな警句、信頼のおける博識、悪行への容赦なき追求——こういったものが、丸っこい体の中でバランスよく存在しているのです。この人物が、ミステリ小説を好む大衆の中でいつまでも生き続けることを私は確信しています。みなさんは、チャーリー・チャンを、シャーロック・ホームズやブラウン神父のすぐ隣りに座らせてもおかしくはありません——ただし、それは犯罪捜査の能力ではなく、大衆の心の中にいつまでも生き続ける能力によってなのですが。

したがって、アール・デア・ビガーズの死を記さねばならないことは、他のあらゆる点を除いたとしても、この一点だけで、大いなる悲劇となるのです。ではありますが、ある意味ではビガーズ氏は幸福だったと言えるでしょう。というのも、彼はごく限られた作家にしか訪れない、スリリングな経験をしたからです。私は、作者の目の前に生身の体で——まちがいなく正確な表現を使っていますよ——再現されたチャーリー・チャンを見ることができるスリルのことを言っているのです。これは作者の価値をおとしめるものではありませんが、ここ数年のチャーリー・チャンの人気のかなりの部分が、銀幕でのワーナー・オーランドの実に見事な演技に帰することはまぎれもない事実でしょう。ここでもまた、驚くべき相似形が指摘できます。一流の性格俳優であるオーランド氏は、銀幕でチャーリー・チャンを演じたのと同じくらいの回数、フー・マンチューを演じていたのです！　おそらくビガーズ氏は、〝チャーリーを演じる俳優は、体格や風貌や才気といった点では劣っていてもいいから、オーランド氏以外の者にしてほしかった〟と思っていたに違いありません。映画製作者たちは、ビガーズ氏の小説を幾度となく別の話に仕立て上げ、ついにはこのような苦境を招いてしまったわけです。人生はむくわれることが多々あります。しかし、私たちはそれをあまり多く望むべきではないのでしょうね。

1　黄色人種を自国への脅威とみなす〈黄禍論〉は、アメリカでは第一次世界大戦前から隆盛をきわめた。戦中から戦後にかけて、最大の黄禍論者である新聞王ウィリアム・ランドルフ・ハーストは、自らの新聞を利用して黄禍論を広めた。

高等批評

THE HIGHER CRITICISM[1]

私はずっと、探偵小説に真の科学的批評をもたらす方式の必要性を感じてきました。特殊な才能を持っていなくとも、本に対する〝普遍性がある優れた批評〟を行うことができるならば、探偵小説の批評には謎など存在しないということになるわけです。そもそも探偵小説というものは、程度に差こそあれ、公式に沿って書かれています。ということは、もしみなさんがこの公式を構成する要素を理解したならば、その要素に対して価値があるかないかを判断するのは容易なことになるはずです。

　お定まりのミステリ書評には、私はいつも不満を感じていました。大部分のミステリ書評が、二つのタイプのどちらかに属しているからです。あらすじだけ抜き出して紹介した後で、一、二行程度のありきたりの評価を添えて終わるもの。さもなくば、面白い箇所だけを抜き出して、俗に「気のきいた」寸評として知られるコメントで埋め尽くしたもの。ですが、どちらのタイプもミステリ批評の名には値しません。私がミステリ批評を読むときには、次のような点を知りたいからです。プロットが良いのか悪いのか、ストーリーは優れているのか劣っているのか、手がかりに創意工夫は見られるのか——ミステリ小説の構築に不可欠な、こういった要素の出来不出来こそが評価可能な対象となるのです。

　そういったわけで、私は、現代の探偵小説——その中でも推理的興味や知的興味を重んじるタイプ——において、繊細な技術がどれだけのレベルに達しているかを判断するための、単純ですが効果的な方式を案出しました（と、自負しています）。十の重要な項目に分類された私の採点表によって、普通の知的読者ならば、ある探偵小説がどの程度の出来なのかを、即座に、簡単に、そして詳細に説明することができるのです。

ちなみに、少し前に、私はこの方式を論説の形で発表しています。「ニューヨーク・ヘラルド・トリビューン」紙の七月十六日付け読書コーナーに掲載され、かなり好意的な評をもらうことができました。そこで、「『ミステリ・リーグ』の読者も興味を持つに違いない」と思い至り、当コーナーで取り上げたという次第です。

私の採点表の十の重要な項目は、それぞれが10点満点に設定してあります。10点は非の打ち所がないことを意味しています。つまり、（これまでに書かれてはいませんが）完璧な小説ならば――十項目がすべて10点で――100点になります。

例えば、一番めの項目は〈プロット〉です。プロットは満点の10点と比べてどれくらいの出来なのか？　みなさんの採点をどうぞ――5点でも6点でも、みなさんの〈プロット〉に対する価値判断を下してください。そして、十項目の合計が、最終的な評価点になります。

この最後の合計点まで出せば、みなさんは作品の価値を科学的に評価したことになります。合計点が50点かそれを下回る著作は〈凡作（poor）〉――いわば水準作（average）です。60点を取ると〈佳作（fair）〉――水準をやや上回る作。70点は〈良作（quite good）〉を意味します。80点は〈秀作（excellent）〉。そして85点は〈傑作（extraordinary）〉、90点以上は〈名作（classic）〉――いわば、探偵小説のオールタイム・ベストに選ばれる価値のある作ということになります。

先ほどちらりと触れたように、この批評方式は冒険的要素を主とするミステリ小説――ダシール・ハメット、E・フィリップス・オッペンハイム、モーリス・ルブラン、エドガー・ウォーレスによって書かれているような種類――には適用できません。推理を主とするミステリ小説にのみ、適用できるのです。推理のテクニックを用いている小説は、一般には探偵小説の最高の形式とみなされており、S・S・ヴァン・ダイン、アガサ・クリスティー、ドロシー・L・セイヤーズ、サー・アーサー・コナン・ドイル、R・オースティン・フリーマン、バーナビー・ロス、それに私自身といった、多くの作家によって書かれています。

十の項目は以下の通りです。

一、**プロット**――みなさんの採点は着想と展開という二つの観点に基づきます。独創的な物語上のアイデアがあるか？　不自然さのない、面白い、豊かな展開を見せるか？　人として自然な行動に基づいているか？　サブプロットは不可欠な出来事なのか、それともただ単に物語を水増しして長編の厚さにするためにねじ込まれたものなのか？　こういった点をすべて満たすような完璧さは、まだ実現していないと思われます。ただし、何人かの作家は、何作かの本において、完璧なプロットに限りなく近づいています。アール・デア・ビガーズの『チャーリー・チャンの活躍』、フランシス・ノイス・ハートの『ベラミ裁判』、バーナビー・ロスの『Xの悲劇』、それにあと数作の――ほんの数作の――作品が。

二、**サスペンス**――これは読者の興味の有無です。冒頭のシチュエーションでみなさんの想像力をとらえたまま、そこから先の部分でも関心を持たせ続けているか？　ミステリ本来の魅力でそれを実現しているか？　みなさんはむさぼるように読んだか、それとも未練を残さずに途中で本を閉じることができるほどつまらない物語だったのか？　なお、「サスペンスは必ずしも実際の行動によって生じるものではない」

ということを心に留めておいてください。例えば、ある物語には刺激的な行動がごくわずかしかないにもかかわらず、どうしようもないほど興味をそそられる場合があります――これは頭脳の行動から生じる興味であり、もつれた謎を解きたいという渇望がページをめくらせる力になっているのです。もちろん、これはまぎれもなくサスペンスです。

三、**解決の意外性**――探偵小説とは、まごうかたなく作者と読者の間で機知の戦いをくりひろげるゲームです。当然のことですが、読みながら自分で謎を解こうとすれば、ゲーム性はより高くなります。しかし、もしみなさんが先を見抜こうとする意欲を棚上げしてしまい、ただ単に息抜きのために本を読むタイプの読者だとしても、この項目を採点することはできるのです。というのも、みなさんが自ら進んで謎解きに参加しようがしまいが、採点の基準は同じなのですから。もし作者が提示した最終的な犯人が、みなさんの度肝（どぎも）を抜かなかったならば、作者は読者の頭脳に対して不満足な仕事しかしなかったという結論になり、題材の扱い方において創意工夫が欠けていたことが明らかになります。その物語において暴露された犯人の正体は、みなさんにとって意外なものであり、かつ、納得できるものでしたか？　それとも、「誰が犯人だと明かされようが、ちっとも意外じゃないな」とつぶやいてしまうようなタイプの小説でしたか？　なお、〈解決の意外性〉という観点からは、アガサ・クリスティーの『アクロイド殺し』が傑作と呼ぶにふさわしい作例となります。――ヴァン・ダイン氏やブラウン氏（米ジャーナリスト、ヘイウッド・ブラウン）といった面々は批判の矢を放ちましたが、私の立場は逆で、クリスティー女史の側に、作家倫理に違反した点はないと考えています。もしみなさんが『アクロイド殺し』をまだ読んでいない場合を考え、ここでこれ以上は触れません。しかし、もし読んでいないとするならば、みなさんの小脳を直撃するほどの名作を――意外な解決の玉座に就くべき名作を見逃していることになりますよ。もっとも、もしみなさんがこの作に衝撃を受けなかったとしても、本作の結末が超一流であることには変わりありませんが。

四、**解決の分析**――結末での探偵の論証は、容易に理解できるものか？　推理が中途半端になっていないか？　読者にも与えられているデータを用いて、疑う余地のない唯一無二の可能な犯人を導き出す推論が行われているか？　大部分の探偵小説が――たとえ優れた作品だとしても――つまずいて転倒してしまう最後の障害が、まさにこの部分なのです。探偵は完璧な証明だと得意そうにしていますが、さかのぼって解決を検討したならば、ほとんどの場合は、その真相が別の作中人物にも当てはまることが判明してしまうわけです。真相が論理的で、なおかつ、ただ一人の登場人物だけに当てはまるものでない限りは、作者の〈解決の分析〉に高い点を与えるべきではありません……。また、解決が明快にして簡潔である場合も加点すべきです。

五、**文体**――物語が巧みに描かれているか、それとも稚拙か？　文学的な質の高さという点においては、アメリカの作家はおおむね、イギリスの同業の紳士淑女に学ぶべきでしょうね。常に意識してほしいことは、探偵小説の描写がどれくらい巧いかを判断する場合、一般文学を読むときに期待するのと同じレベルを基準にしてよい、ということです。

六、**人物描写**――作中人物はリアルか、それとも活字でできた人形か？　存在感がある人物か？　説得力がある人物か？　与えられた状況下で人として自然な行動をとっているか？　登場人物の中に特に存在感があり突出した人物はいるか？　とりわけ、作中の探偵はそうでなければいけません――興味深く、信憑性のある個性の持ち主でなければ。そして、探偵役の男または女は、〝生彩〟として知られる漠然とした何かを持っているか？

七、**舞台設定**――独創性のある舞台は点数がアップします。荒れ地にたたずむ館は、もはや想像力をかき立ててはくれません。客船や博物館や列車が目新しかった時代もありましたが、もはや過ぎ去ってしまいました。作者が真に新しい舞台を用いた場合に評価が高くなるのは、それが物語のムードを盛り上げてくれるからです。もし舞台がありきたりならば、5点か6点しか与えられません。コートランド・フィッツシモンズの『七万人の目撃者』は試合中のフットボール場での殺人を扱っており、これは、斬新かつ卓越した舞台であるということから、10点満点に値します。

八、**殺人方法**――〈殺人方法〉の評価については、〈舞台設定〉と同じ読者心理が適用されます。もちろん、ありきたりの殺人方法を用いたとしても、優れた物語は書くことができます。とはいえ、〈空気の泡を皮下注射することによって生じる〝原因不明の〟死〉といった手段を用いたR・オースティン・フリーマンがそうであるように、これまで一度も使われていない殺人手段を用いた作家には、高い評価が与えられてしかるべきでしょう。

九、**手がかり**――これは「作者が用いた手がかりは何か」ではなく、「手がかりを使って何をしたか」によって点をつけます。手がかり自体はありふれた品物や状況の組み合わせや証言のくい違いといったものになってしまうことは避けられないわけですから、「作者はそれらの扱いにおいてどれだけ巧妙か？」の方が観点になります。時計はこれまでに何度も何度も手がかりとして使われてきました。ですが、例えば、『矢の家』という有名作品において、A・E・W・メイスンが時計の独創的な使い方をあざやかにやってのけています。同じようにして、

S・S・ヴァン・ダインはその処女作『ベンスン殺人事件』でのありふれた品物による冴えた推論――この推論は被害者の入れ歯によるものなのです――によって、高評価を受けるに値します。もちろん私は、この二冊の本を読んでいない読者の興をそがないように、実際にその推論の内容を引用したりはしません。しかし、もしみなさんがここで挙げた二冊の本に興味を持ったならば、そのページの間で、すばらしいひとときを過ごせるに違いありませんね……。これと関連して、ヴァン・ダイン氏が、近作『ケンネル殺人事件』で行った、〝手がかりの創意工夫〟を流用した件にも触れておきましょう。私の考えでは、これは道義的な身代わりと言ってもかまいません。彼は自作の犯罪者が部屋の外からドアの鍵をかけるために用いた手段を――作中人物のヴァン・ダインが認めているように――エドガー・ウォーレスの小説から取ったのです！　このトリックの使用者がウォーレスであることをヴァン・ダインが公にしたという事実も、私の考える独創性の欠如という欠点を補うことはできません。専門家としての悪意から、この問題を持ち出したわけではありませんよ。ただ単に、私の観点を示しておきたかっただけなのです。みなさんが、私が考案した批評方式で『ケンネル殺人事件』を採点する際には、〈手がかり〉の項目において、ヴァン・ダイン氏に満点をつけることはできません。論理的に考えると、その点数は故エドガー・ウォーレス氏に与えられてしかるべきなのです。あるいは、ヴァン・ダインとウォーレス双方がトリックの原理を流用した、共通の出典に与えられてしかるべきなのです。私の記憶に間違いがなければ、ウォーレスがやり方を示し、そのウォーレスが捨てた後にヴァン・ダインが拾い上げたトリックには、さらなる元があるのですから。[2]

十、**読者へのフェアプレイ**――倫理的に見ると、知的なタイプの探偵小説の分析において最も考慮すべき重要な点は、まさにこの〈読者へのフェアプレイ〉なのです。作者はみなさんに対して誠実にゲームを行っているか？　解決には確かな手がかりと事実関係を用いて、大団円の前までにそれらをすべてみなさんに提示しているか？　手がかりについて細かい点まできちんと描写しているか？　それとも手がかりの持つ特徴や重要な事実を伏せているか？　もし作者があらゆる事項についてフェアにふるまっていたならば、たとえどんなに物語が貧弱だとしても、みなさんはフェアプレイの項目には満点をつけなければいけません。

＊＊＊＊

『レーン最後の事件』

プロット	10点
サスペンス	9点
解決の意外性	10点
解決の分析	9点
文体	7.5点
人物描写	7.5点
舞台設定	6点
殺人方法	6点
手がかり	9点
読者へのフェアプレイ	10点
合計	84点

以上で新しい批評方式のルールの説明に一区切りがついたわけですから、これを実際に適用したいというちょっとした発作が起きても大丈夫でしょう。実用に関しては、「ミステリ・リーグ」本号の掲載長編に行うのが、最もフェアだと思われます。とどのつまり、私がバーナビー・ロス氏の新作長編『レーン最後の事件』を本誌の創刊号のために選んだということは、そうするだけの立派な理由がなければいけません。その理由は、右に掲げた私個人の採点表――私が定めた方式案を『レーン最後の事件』に適用したもの――をみなさんが調べてもらえれば、

エラリー・クイーンの採点表

十の基準項目	『グリーン家殺人事件』 S・S・ヴァン・ダイン	『矢の家』 A・E・W・メイスン	『モルグ街の殺人』 E・A・ポー	『アクロイド殺し』 アガサ・クリスティー	『トレント最後の事件』 E・C・ベントリー	『チャーリー・チャンの追跡』 アール・デア・ビガーズ
プロット	7.5	7	10	7	7.5	8
サスペンス	9	7	8.5	7	8	9
解決の意外性	6	6	7	10	10	7
解決の分析	9	8.5	10	9	7	6
文体	7.5	7.5	10	7	7.5	8
人物描写	9	6	6.5	7	7	8
舞台設定	8	6	6	6	6	7
殺人方法	5	6	10	6	6	6
手がかり	8	10	10	10	7	7
読者へのフェアプレイ	10	10	8	10	6	6
合計	79点	74点	86点	79点	72点	72点
コメント	秀作にわずかに届かず。サスペンスと分析と読者へのフェアプレイにすぐれている。ヴァン・ダイン氏の最高作。	良作と秀作の中間。すばらしく切れる手がかりによって平凡な物語を高めている。	探偵小説におけるポーの開拓者としての評価を考慮する必要がある。もし本作が現代に書かれていたらもっと低い点になる。しかし、すべての到達点は彼が道を開いたのである。	秀作にわずかに届かず。解決の意外性の見地からは名作に値する。あいにくと他の要素はそこまで達していない。	良作。トリッキーな探偵小説。このトリックだけは、すれっからしのファンによってブルーリボン賞を受けるに値する。	良作。水準をかなり上回っている。ビガーズ氏は誠実な職人なので、いつも満足度の高い物語を書いてくれる。

自ずと明らかになると思っています。

「ミステリ・リーグ」の長編第一弾であるロス氏の長編を分析してみると、限りなく〈傑作〉に近づいており、ここ十年間に書かれた推理を重視するタイプの探偵小説の中で、最も優れたグループに属していることがわかります。

　当然のことながら、わが編集部はこの水準を維持していくつもりです。もしこの水準を維持できないとすれば、それは本誌が失敗することを意味します。私たちは、水準に満たない作品がたまたま喜ばれるなどという僥倖（ぎょうこう）は期待すべきではないのです。もう一つ覚えておいてください。私たちがこれから掲載する長編が、すべて『レーン最後の事件』と同じタイプに属するわけではない、ということを。ある作は純粋なアクションもの、別のある作はユーモアが入ったもの、あるいはハードボイルド、あるいはロマンチックな冒険もの、となるでしょう。私の批評方式は知的なタイプの作品にしか適用できないものなので、毎号毎号、右記のような分析をお目にかけられるわけではありません。今回のタイプと異なる長編を掲載する場合は、選んだ理由について、普通の書評の形で書きたいと思っています。

　一つのことを心に留めておいてください。批評における判断は、常に、その判断を行う人物特有の好みや傾向に左右されます。おそらく、私の採点方式に従ったとしても、みなさんの評価には違いが出てくるでしょう。もしそうならば、手紙という形でみなさんの評価を聞かせてもらえることは、私にとって嬉しいことになるわけです。間違いなく、私とみなさんの評価には、かなりの隔たりがあります。しかし、この雑誌はそういった読者への娯楽のために編集されているのですから、みなさんの考えを知っておくべきでしょう。

　それから、この創刊号では、私が定めた構成上の重要な十項目に基づき、数作の著名な探偵小説を採点しました。みなさんが上級ファンならば、大部分を読んでいるであろうことに疑いの余地はありません。そして、これからもみなさんは、このコーナーで、〝探偵小説に必要な要素をすべて評価した採点表〟に出会えることでしょう。

最後にひと言だけ。毎号毎号、みなさんがレビューを希望する一作あるいは数作を、このコーナーで取り上げて採点することは、私にとって楽しいものになると思います。希望する作品の題名と作者名、それにできれば出版社名を送ってください。その作品が採点に向いたタイプの作品であり、本を入手できた場合は、できるだけ早い号で分析してお目にかけましょう。

1　スコットランドの神学者W・R・ライトが聖書の研究に用いた用語。

2　「手がかり」の原文は「Clues」だが、英米のミステリ評論などでは、この単語は日本で言う「トリック」の意味も含まれる場合もある。クイーン式分類の場合、密室トリック、アリバイ・トリックなどは「手がかり」、意外な犯人トリック、一人二役トリックなどは「解決の意外性」に含めていると思われる。また、この章に出てくる「トリック」は前者の意味で使っている。

AUTHOR!

ダシール・ハメット

ダシール・ハメットの物語は、強烈な異端視との壮絶な戦いの物語です。ハメット氏は、一般人とはほど遠い人物を描く小説のスタイルを提示しました。そして、マイナーな出版物のページから、おのれの道を突き進むための戦いを強いられてきました――その道を一インチ進むごとに争いながら。そしてついに、彼が受けるに値する評価をつかみ取ることに成功しました。現在のハメット氏は、知識人と一般大衆の双方から喝采を受け、その才能には称賛の声が寄せられているのです。そして、彼の本を出す見識を持ったアルフレッド・A・クノッフなどの出版人もまた、称賛されています。……行動と会話を生き生きと写実的に描くハメット氏の才は、ハリウッドにおいても彼の評価を高いものにしました――映画の国に引き寄せられた作家の中で、高い評価を得た者はほんのひと握りしかいないのですが。……彼の初期の作品『デイン家の呪』と『赤い収穫』は、読みはじめると同時に引き込まれるほどの魅力を持っています。ですが、これらはまだ発展途上の作品であり、それが完成を遂げるのは、『マルタの鷹』の上梓（じょうし）においてなのです。この作品によってハメット氏は、パルプ・マガジンの読者の中から単行本を購読する一般大衆の中に踏み込んだのです。『ガラスの鍵』がこれに続いて刊行され、現在はハリウッドで活躍しています。彼のリアリズムに裏打ちされた手法は、疑いもなく、私立探偵としての実体験から生み出されたものでしょう。

CONTRIBUTORS

本号の寄稿者

作家よ！ 作家よ！ AUTHOR!

バーナビー・ロス

二年前、大手出版社のヴァイキング・プレスは、「海賊（ヴァイキング）の目録に載せるにふさわしい、高い水準でまとめ上げられた長編探偵小説の探索が終わりを告げた」と、大々的に発表しました。その長編小説とは『Xの悲劇』であり、その著者はバーナビー・ロス氏でした。氏によるドルリー・レーンの最新の活躍の報告――『レーン最後の事件』は、本号に掲載されています。……上の二長編の間には、『Yの悲劇』と『Zの悲劇』があり、この四作は、ミステリ小説のあらゆる分野において、途方もなく独創的で傑出した四部作を成しています。……二年というわずかな期間で、ロス氏は頂点に駆け上がってしまったのですよ。そして、ドルリー・レーンという作中人物の造形においても同じことが言えます。この卓越した俳優探偵の生き生きとした姿は、小説中の不滅の名探偵たちの短い名簿に加わったのです。……ロス氏について知られていることはほとんどありません。自分の正体を謎のままにしておくことにこだわっていることから考えると、氏は大衆の前に姿を見せることを嫌悪しているのでしょう。

OUR CURRENT

AUTHOR!

ジョン・マーヴェル

編集者という悩み多き職業において、およそ考えられる中で最も強烈なスリルは、新人作家を発見することです。「偉大なるバーリンゲーム氏」の作者、ジョン・マーヴェルについて編集部が知っていることは、次のことだけです。原稿が常設の郵便受けに静かに投げ込まれたということ。マーヴェルという名前は、過去のどんな小説にも添えられていないということ。そして――編集者の見解では――原稿を一読しただけで即座に採用を決めてしまうくらい、見事な作品を書いたということです。……編集部の経験から言えば、みなさんが「偉大なるバーリンゲーム氏」で見いだすであろう流れるような文章は、偶然の産物ということは、まずあり得ません。マーヴェル氏は有名作家なのでしょうか？　一つだけ確かなことがあります。オットー・バーリンゲームを生み出したことによって、マーヴェル氏は、わずか一作（ワン・バウンド）で、ジョージ・ランドルフ・チェスターとO・ヘンリーといった、詐欺師をテーマにした作家の席に飛び込んだのです。マーヴェル氏が用意したバーリンゲームの処方箋は、少量のウォリンフォード（訳注：チェスターが生み出した詐欺師）に、茶さじ一杯のジェフ・ピーターズ（訳注：O・ヘンリーが生み出した詐欺師）を混ぜ合わせ――それに、偉大なるオットー・バーリンゲーム氏をたっぷりと加えているのですよ。

CONTRIBUTORS

本号の寄稿者

作家よ！ 作家よ！ AUTHOR!

ドロシー・L・セイヤーズ

イギリスは、最上と呼ぶにふさわしい女流探偵作家を数多く輩出してきました。しかし、それらキラ星のごとく輝く女性の中でも、二人だけが圧倒的に抜きん出ています——アガサ・クリスティーとドロシー・L・セイヤーズが。クリスティー女史はアメリカの読者の心をとらえていますが、セイヤーズ女史の方は、受けてしかるべき名誉や栄誉が、まだアメリカの国境を越えてはいないのです。彼女のように奇抜（ウィムジカル）で巧みなペンと、彼女のように豊かな想像力によって書かれたミステリ小説を生み出すことができる作家は、ひと握りしかいないというのにですよ。セイヤーズ女史は最優等でオックスフォードを卒業した数少ない女性の一人です。そして、ロンドンの広告代理店で働いていたときに、執筆活動を始めました。それからイギリスの著名な従軍記者と結婚し、ロンドンに新居を構え、現在はお気に入りのミステリ作家であるウィルキー・コリンズの伝記に取り組んでいます。セイヤーズ女史は、『犯罪オムニバス』（訳注：アンソロジー）だけは正当に評価されていますが、他にも『ピーター卿、死体検分』（訳注：第一短編集）、『誰の死体？』、『殺人は広告する』といった優れた作品があります。彼女のアメリカ版の出版社は〈ハーコート、ブレイス＆カンパニー〉です。

OUR CURRENT

もちろん、本誌の作品は、すべて新作です。とはいうものの、すでに出版されていて、名作と呼ばれるにふさわしいにもかかわらず、みなさんが読んだことのない作品——ドイルやルブランやチェスタトンによる作品——も、数多くあります。それから、連載についても訊いておきます。再録や連載を希望しますか？　回答をお願いします。

長編連載を望みますか？　二回連載は？　三回以上の連載は？

____

____

____

名作の再録は望みますか？

____

____

____

ミステリ評論は望みますか？

____

____

____

質問に答えて、以下に郵送してください。

ニューヨーク　42番通り　西2丁目
リーグ出版株式会社
「ミステリ・リーグ」編集部

批評への招待

雑誌の編集者が、その雑誌が読者の“胃袋”に受け入れられたかどうかを知るために、ナポレオン的な才覚を発揮する必要はありません。本誌の編集部が作品を選ぶ際のテーゼというのは、独創的で興味深く巧みに書かれた物語を活字にするというものです。私たちは、本号において、それを成し遂げたと信じています。とはいえ、読者の側には成し遂げられていないと信じる者もいるかもしれません。それこそが、このページのアンケートをみなさんにお渡しする理由なのです。この下に、本号に掲載された小説の一覧があるのにお気づきでしょう。編集部の作品選択について、このスペースが許す限りの批評を書いてください。よろしくお願いします。

『レーン最後の事件』バーナビー・ロス

「夜陰」ダシール・ハメット

「疑惑」ドロシー・L・セイヤーズ

「偉大なるバーリンゲーム氏」ジョン・マーヴェル

「ガラスの丸天井付き時計」エラリー・クイーン

11月号の謎

THE MYSTERY OF NOVEMBER'S ISSUE ?

「ミステリ・リーグ」は協調性に欠ける雑誌ですので、あらかじめ次号の内容を明かしてしまうといった、おなじみの手法の逆をとることにします。宝くじのように、次号を謎のままにしておくのですよ……。編集部は、みなさんが11月号の目次ページを開くその瞬間まで続く心地よいサスペンスが、実際に読むときの愉しみを、より一層、高めてくれると信じていますので。ただし、これだけは約束しておきましょう—— 11月号の作品も、10月号と同じくらい高い質を備えているであろうことを。

2号

MYSTERY LEAGUE
NOVEMBER 1933
·1 NO·2
25¢
ELLERY QUEEN, EDITOR
"THE RIDDLE OF VOLUME FOUR"
PHOEBE ATWOOD TAYLOR'S COMPLETE NEW 71,281-WORD NOVEL
SHORT STORIES by THE COLES, HENRY WADE, JOHN MARVELL
BEGINNING AN EXCITING THREE-PART SERIAL by GAVIN HOLT

（1933年11月号）

姿見を通して

エラリー・クイーン

第2回

先月の戦争は終結しました。国中の好みを制圧できず、軍事報道の大見出しになることもできずに。それでも、これは紳士的にして小規模な戦争だとみなしてよいのです。宣戦布告の論説があり、口べただが真摯な演説による蜂起の合図があり、まぎれもない大物作家(ビッグ・ガン)を並べての一斉砲火もあるという具合に、戦争に必要なものは、何もかも備えていましたから。

出版関係の機関だけが、「ミステリ・リーグ」をニュースとして扱いました。ありていに言えば、「ミステリ・リーグ」の私的な戦いを告げるけんか腰の文は、まったく注目されなかったのです。宣戦布告は、このコラムの中で、みなさんのささやかな話し相手の署名の下になされました。ミステリ小説の読者であるみなさんが、「ミステリ・リーグ」お披露目の号における、この高らかに鳴り響く布告文を読みのがしてしまったか、あるいは失念してしまった場合のために、かいつまんでくり返しましょう。

私が激しい口調で主張したのは、大手の一般大衆向け雑誌の編集者連中は、大衆の読書傾向や好みを過小評価している、ということです。長年にわたる敵意をむきだしにして——平和主義者であることがよく知られているこの私が、ですよ——こう言い切りました。「小説雑誌の出来不出来は、そこに収められている作品自体の品質に左右されるのだ」ということを。つまり、みなさんがその雑誌のページ上に見いだすであろう長編や短編や読み物が、高い水準に達しているか——独創的なアイデアや話の展開を持っているか、興味をそそるか、巧みに書かれているか——どうかによって左右されるのだ、と言いたいわけですね。注文が多すぎると思いますか？　しかし、なげかわしいことに、大部分の小説雑誌は、こういった基準に従っていません。これらの雑誌は、偉大な神の〝名〟（ネーム）にすがりついているのです。私はみなさんに——見せかけではない——真の品質を備えた作品を提供することを、ここに確約します。おなじみの手段（編集部への手紙）によって、みなさんの好みに対する編集部の判断が間違っていることが証明される、そのときまで。

早々と感想を送ってくれたことに、心から感謝します。第一号の発行から本号の最終入稿までのあたふたした時間は、ごく短いものでしたが、それでも、編集部の主張や、その主張を裏付けるべく創刊号の目次に並んだ実作に対する賛同の手紙が、滝のように届いたのですから。

かくして、民衆の支持に力を得て、戦争は続きます。今月は、最前線に新たな巨砲(ビッグバーサ)を配備しました。十一月号に掲載された〝充分な長さの長編〟『第四巻の謎』は、かなりの威力を持つ兵器ですよ。あえて言わせてもらうならば、本誌に掲載する価値のある長編を提供してくれるわれらが同業者は、もしいたとしても、かなり少ないと思われます。そして、フィービ・アトウッド・テイラー――編集部が掲載する価値があると保証する長編の作者――については、みなさんもほかの雑誌で何度もお目にかかっているので、すでにご存じでしょうね。彼女こそ、その名を、あるいはその長編を掲載したことを非難されることがない、数少ない作家の一人なのです。本作は、ミステリ小説の分野では、まったくもって希有なタイプ――殺人と捜査を扱った、まぎれもないユーモア小説――なのです。こういった〝殺人〟と〝ユーモア〟を合わせたタイプは、他の司令部ならば、「あまりにもよくない組み合わせで、あまりにもかけ離れている」と言って、撤退させるに違いありません。この誰にでもわかる根拠を否定するという暴挙に出る人は誰もいないはずです。ですが、あいにくと編集部は、ありきたりの作品にうんざりしている一般読者にとっては「あまりにもよくない組み合わせで、あまりにもかけ離れている」ものなど存在しない、と信じているのです。かくしてみなさんは、本号の表紙と裏表紙の間で、このタイプの長編を読めることになったわけです。そして、この長編の巧みに描かれた内容は、みなさんが含み笑いを漏らしている間もずっと、わくわくぞくぞくさせるはずです。もしそうでなかったのならば、雑誌を購入する人々の読書傾向に対する私の強い信念は、すべてが間違いであり、愚鈍で世間知らずの妄想だったことになるわけです。ですが、私は確信しています。みなさんが、『第四巻の謎』がアガサ・クリスティーのミステリ＝探偵小説の質の高さをもって、P・G・ウッドハウスのユーモアとクラレンス・バディントン・ケランド[1]の口当たりのよさの最良の点だけを組み合わせたものであると気づくことに。この作品は生命（いのち）を持ち、息づき、躍動しているのです。この作品はロマンスに満ち、冒険に富んでいるのです。この作品は、みなさんの心に刻まれるであろう登場人物たちを生み出しているのです――毅然（きぜん）とした魅力的な未亡人を、大学の教授から事務員になった「人のよさそうな」人物を、カラーで首を締め上げた仕事一筋の婦人を、愛想はよいが周囲に恐れられているギャングとその情婦ジャーティを。加えて、この作品は一流の技巧によって書かれてもいます。プロットと文章を自在に操る達人――斬新な名探偵アゼイ・メイヨを生み出し、最新作『ケープコッドのプレイヤーの謎』がベストセラーになったフィービ・アトウッド・テイラーによって。

もう一つだけ言わせてください。本号においてみなさんは、称賛されるべきイギリス作家であるギャヴィン・ホルト氏による三回分載長編の連載第一回とも出会うことができるでしょう。連載についての一般大衆の意見は、賛否両論あるようです。したがって、通常ならば、編集部はアンケートの回答で了承を得ることなしに、連載を始める危険を冒したりはしません。ですが、『太鼓は夜響く』はあまりにも風変わりで魅力的だったので、編集部は抵抗できなかったのです。みなさんも魅せられてしまい、読み終えるまでに三号も待たねばならないという現実を喜んで大目に見てくれると思います。

1　クラレンス・バディントン・ケランドは「コスモポリタン」などで活躍していた人気大衆作家。

"Ellery Queen"

HENRY
WADE

完全なる償い

ヘンリー・ウェイド
駒月雅子訳

PAYMENT IN FULL

もしも警察官が人を殺したかったら、どのように実行するだろう。アダムズ巡査部長には動機も知識もある。だがしかし……。自身も警察組織と深い関わりのあったヘンリー・ウェイドが、感動的な探偵小説を書いている。

1

アダムズ巡査部長は無灯火の自転車を静かに降り、それを道端にある藪の中の木に立てかけた。芝生の向こうにウェスティング・ハウスの大きな黒々とした姿が見える。その邸宅は一階の端だけぽつんと明かりがともり、カーテンを引いていないフランス窓から洩れる光が夜の闇に輝いている。暖かい晩なので、フランス窓は開いたままだ。アダムズ巡査部長の予想したとおりだった。彼はコンセット少佐が新鮮な空気と夜更かしを好むことを知っていた。

ビロードのような柔らかい芝生をゴム底の靴で踏みながら、アダムズ巡査部長は開け放たれた窓へ音もなく近づいていった。芝生に落ちた光に入らないよう、外側をまわりこんで建物の影に身を潜める。それから影の縁のぎりぎりまで行って、室内をのぞきこむと、期待どおりのものが見えた。

空っぽの暖炉から離れた大きな肘掛け椅子に、男が座っている。短い上着に黒のタイというオーソドックスな夜会服姿だ。このコンセット少佐、見たところ年の頃は四十五から五十くらい、肌は日に焼けて、きれいに刈りこんだ口ひげをたくわえている。澄んだ力強い目には、あまり禁欲的とはいえない、放縦（ほうじゅう）で活動的な人生を送ってきた世代のイギリス人男性に共通の精力がみなぎっている。同年配の男たちが太鼓腹とはげ頭のせいでとっくに見向きもされなくなったいまも、相変わらず女にもてそうなタイプだ。コンセットは酒の入ったデカンタと炭酸水をかたわらに読書をしていたが、ふと顔を上げ、正面のフランス窓の外にいる人物に気づいた。

アダムズ巡査部長は窓を短く一回ノックし、返事を待たずに室内へ入った。

「こんなところから失礼します」アダムズはヘルメットを脱いで言った。「夜遅いので、お宅の家政婦をわざわざ起こしては迷惑かと思ったものですから」

コンセット少佐は警察官の突然の侵入にぎょっとした様子だったが、すぐに朗らかに応じた。

「いやいや、べつにかまわんよ、アダムズ巡査部長」少佐は言った。「それより、どうしたんだね？　また泥棒騒ぎか？」

アダムズ巡査部長は誘導尋問には答えず、くるりと背を向け、フランス窓のカーテンを隙間ができないようぴっちりと閉めた。カーテンの所有者の顔に驚きと困惑の色が浮かぶ。不安の表情、といってもいいだろう。

「きみ、何をしているんだ？」少佐は詰問口調で尋ねた。

「明かりをさえぎっているのです」平和の番人は答えた。「こんなに煌々と照らされていたら、外の暗闇から丸見えです。あなたに危害を加えようとする人物にとって、格好の標的になってしまいます」

「おいおい、ずいぶん大げさだな。いったい誰がわたしに危害を加えようというんだ？」

「それはあなた自身が一番よくご存じのはずです――わたしを除けば」

話し手をじっと見つめるうち、コンセット少佐の顔から徐々に血の気が引いていった。アダムズ巡査部長はカーテンが閉まった窓の前に立ったままだ。片手を腰にあて、もう一方の手は脇に下ろしてヘルメットの顎ひもを持っている。態度こそ礼儀正しいが、表情に少佐への敬意はみじんもうかがえない。

「いったいなんの話だ？」

「あなたの話です。わたしの娘の話でもありますが」

コンセットはこわばった態度を和らげ、再び椅子に深々と腰掛けた。どうやら懸念していた〝もめごと〟が起きてしまったようだ。目の前にある以上、できるかぎり冷静に対処しよう。ただし絶対に弱みを見せてはならない。コンセットは身振りで向かいの椅子を勧めた。

「かけたまえ、アダムズ」彼は言った。「事情を詳しく説明してもらおう」

アダムズ巡査部長はまだ立っている。

「事情はすでにご存じのはずです。あなたはうちの娘を孕ませました。否定はなさらないでしょうね」

コンセットは、きっぱり否定しようかと一瞬考えたが、アダムズ巡査部長がこういう行動に出るからにはそれなりの確証をつかんでいるにちがいない。じたばたしてみっともない姿をさらすのはやめることにし、無言で肩をすくめた。

「きみは何を、いつから知っている?」彼はウイスキーを一口飲んで訊いた。「言っておくが、憶測は抜きだぞ」にやりとしてつけ加える。

「娘があなたに書いた手紙を見つけました」

「ほう、いつだね? こっちにはそんな手紙、届いていないが」

「三週間前です」

「これは驚いた。知っていながら三週間も黙っていたわけか。ずいぶんと弱腰だな」

「弱腰なわけではありません。自分がどうしたいかはっきりわかるまで、少し時間がかかっただけです」

コンセット少佐はアダムズの言葉を途中までしか聞かず、考えにふけっていた。やっかいなことになったな。アダムズ巡査部長との関係がこじれて、険悪な仲になるのは避けられないだろう。悪くすると恐喝されるかもしれない。治安判事であり警察常任合同委員会の委員でもある立場から、このスキャンダルが表沙汰になるのは非常にまずい。代償をたっぷりと支払わされるはめになる。コンセット少佐は裕福だが、なんの得にもならないものに金を費やすのは大嫌いだった。よし、ちょっとばかり知恵をはたらかせて……

「アダムズ、こういう結果になって、わたしも残念でならんよ」コンセット少佐は言った。「心から遺憾に思う。だが、きみも男ならわかるだろう。これはしょうがないことなんだ。男はしょせん男だし、いまどきの若い娘ときたら娼婦(しょうふ)顔負けだからね。むろん娘さんの面倒はちゃんとみるよ。どこか静かで住み心地のいい場所と、腕のいい医者を探して——むろん費用は全部こっち持ちだ。赤ん坊についても責任を取る」

アダムズ巡査部長の唇が冷笑を描いた。

「あなたにしてはずいぶん気前がいいですね」彼は言った。「もっとも、それは法律上定められた最低限の義務だと思いますが」

コンセットの目つきが険しくなった。やっぱり恐喝か。

「なるほどな」彼は言った。「きみは特別のはからいを望んでいるわけか。まあ、当然だろう。わたしにはそれだけの経済力があるわけだから。わかった、払おうじゃないか。無理でない金額ならば。そう、あくまで無理でない金額だ。楽しんだからにはそれ相応の代価を払わんとな。やむをえんよ。二百ポンドでどうだ?」

女たらしの醜い悪あがきに、アダムズ巡査部長の顔は次第に怒りで青ざめた。彼は一歩前へ踏みだしたが、まだ理性は保っていた。

「はっきりさせておきたいので、うかがいます」アダムズは言った。「まるでうちの娘が金で買われる女のような口ぶりでしたが、実際に娘はそう見えたんですか?　それとも、娘を本気で好きになったから——そのような行為に及んだんですか?」

「あっちはわたしにぞっこんだったよ」コンセット少佐は得意げに答えた。「といっても、単に本人の思いこみかもしれんがね。そのうちに立ち直るだろう。まじめな好青年でも現れれば。で、きみは早い話が、小遣いを要求したいんだろう?　父親の気持ちを傷つけたことへの賠償金だとかなんとか言って」

「もうたくさんです」アダムズ巡査部長は話しながら、すごみのある表情に変わった。「わたしはそんなつもりはまったくありません。金銭を求めているのではありません」

「ほう、そうかね。じゃあ、どうしてほしいんだ？　言ってみたまえ」

人を食った口調だったが、声は不安げにうわずった。コンセット少佐はアダムズ巡査部長を凝視するうち、恐怖に目を見開いた。アダムズの右手が腰からピストルを抜いたからだ。巡査部長はヘルメットを椅子に静かに置くと、ポケットから奇妙な形の物体を取りだし、それを銃身の先にはめた。

「三週間もかかったのはこういうわけなんです」アダムズは言った。「簡単に手に入る代物ではありませんからね。幸い、警察官だとけっこう融通が利くので……動くな！」

コンセット少佐は呼び鈴を鳴らそうとしたが、アダムズの命令が含む不吉な響きに、手は行き場を失ったかのようにはたと止まった。

少佐は真っ青な顔で訪問者を振り向いた。軍隊にいた頃は普通の軍人並みに勇敢だったが、いま相手にしているのは冷血な……

「どうするつもりだ？」少佐の声ははっきりと震えていた。

「あなたの言う楽しみとやらを味わうつもりです。いま、ここで。そしてあなたと同様、代価の支払いを逃れたいと思います。それで消音器(サイレンサー)を使うのです」

「おい、落ち着け。まさかわたしを殺す気じゃないだろうな？」

「殺す気ですよ。二百ポンドの金で本当に償えると思ったんですか？　娘の人生を狂わせ、母親の心を引き裂き、幸福な家庭をめちゃくちゃにしておきながら。無理ですよ、少佐。償えるわけありません。ですから、せめてあなたがこういうことを二度と繰り返さないようにするのです」

コンセットの手がぶるぶる震え、半分ほど入っているウイスキーがグラスの中ではねた。

「ちょっと待て、頼むからやめてくれ。ひ、人を平気で殺すなんてことが、きみにやれるはず……！」

必死の主張をアダムズの軽蔑しきった声が押しのけた。

「あなただってチャンスがあれば」アダムズは言った。「平気でわたしを撃てますよ。ただし射撃の腕前が平均的な陸軍将校程度なら、しとめるのは無理でしょう。わたしは戦後、〈ブラック・アンド・タン〉（イギリス政府がアイルランドの反乱鎮圧のために派遣した警備隊）の一員でした。銃の扱いには慣れています」

「ど……どういう意味だ？　一発でしとめてやるってことか？」

「いいえ、少佐、ちがいます。あなたもピストルをお持ちですね。銃器登録簿を調べたのでわかっています。お互い同時に撃ちましょう。どういうことか、のみこめましたか？」

コンセットの乾いた唇が肯定の返事をつぶやく。

「けっこうです。では、時計が一時を打ったと同時に発砲です。あと残り八分だ。少佐、早く銃を用意してください」

コンセット少佐はこわばった足取りで椅子からのろのろと立ちあがったが、目がきらりと光ったのをアダムズは見逃さなかった。合図より先に発砲しようという魂胆だろう。アダムズは内心にんまりした。

　コンセット少佐は部屋の隅にあるライティング・テーブルへゆっくりと近づき、引き出しを開けようと前かがみになった。その姿勢のまま、あとからついてきた敵に右の横顔を向けた。アダムズ巡査部長は握っていたピストルを静かに上げた。コンセットはその動きを目の端でとらえ、すばやく振り向いたが、後の祭りだった。プスッという鋭い音とともにアダムズのピストルが弾を吐き、コンセットは床に倒れた。

　殺人者は大股の二歩で被害者に近づいた。ぐったりした身体をひと目見れば、知りたいことはわかった。血が右耳上部の傷から流れ落ち、そこから後頭部へ四分の三周したところにもっと大きな二つめの銃創がある。弾の射出口だ。

　アダムズ巡査部長は少しのあいだ、邸内の静寂に耳を澄ました。ピストルのプスッという発射音は室内では大きく響いたが、閉じたドアの向こうや夜の戸外へは届かなかったはずだ。アダムズは少しも慌てることなくサイレンサーをはずし、制服の下にベルトで吊っているホルスターにピストルをおさめた。それから静かに死体をまたぐと、コンセットが手を伸ばそうとした引き出しを開けた。

「おかげでどこにしまってあるかわかったよ」アダムズはつぶやいた。「自分で当てずっぽうに探してもよかったんだが、あんたのことだから凝った隠し場所があるかもしれないからな」アダムズは手袋をはめて引き出しから被害者のピストルを取りあげ、挿弾子(クリップ)をはずし、一番上の銃弾をあらかじめ弾を抜いておいた薬莢と取り替えた。そのあとで撃鉄を起こし、空薬莢を薬室へ送りこんだ。そして銃口を自分のピストルが被害者のこめかみに残した弾の射入口に近づけ、引き金を引いた。銃声は家じゅうに響いただろう。だが誰かがこの書斎に駆けつけるまでに少なくとも六十秒はある。アダムズ巡査部長は落ち着いて慎重に空薬莢を被害者のピストルから排出し、床に落ちていた自分のピストルの薬莢とすり替えた。次に被害者のピストルをコンセット本人の手にしっかりと握らせて金属部分に指紋をつけ、指をゆるめてピストルを離し、かたわらに置いた。そこまでにかかった時間は約三十秒。アダムズ巡査部長はヘルメットを拾いあげてカーテンの裏へすべりこみ、フランス窓から庭へ出た。窓は少し開いたままにしたが、カーテンが閉まっているので光は外に洩れず、逃げる姿を照らされる心配はなかった。アダムズは急ぎすぎない足取りで芝生を横切り、自転車を隠しておいた藪へと戻っていった。

自転車をこいで誰もいない田舎道をたどりながら、アダムズは自分に嫌疑がかからないよう事前に講じた策を頭の中でおさらいした。肝心なのは、自殺に見せかけることだ。銃器登録簿から、コンセット少佐のピストルの製造元と口径がわかったので、それと同じ型の銃と弾を入手する。さらに、『警察官報』で調べたイースト・ロンドンのもぐりの武器商から、自殺の現場をでっちあげるための時間稼ぎに欠かせないサイレンサーを購入する。現場では、コンセット本人の銃を忘れずに死体のそばに残しておく。銃の隠し場所は書斎か寝室のどちらかで、可能性は五分五分。もし書斎なら、探しあてるまでにだいぶ手間取るだろう――しかしコンセットがありかを自分から示してくれれば話は別だ。そこで決闘を申しこむふりをする。コンセットの銃はただ現場に置くだけでは意味がない。実際に発砲し、薬室から弾が発射された痕跡を残しておかなければ、自殺に見せかけることはできない。また、傷口の周囲に火薬が黒く付着している必要もある。ただし死体の頭部の中であれ外であれ、二発目の弾が見つかっては困るので、空砲を用いなければならない。こうした細工がすべてうまくいけば、残忍な殺しと偽装工作の完成だ。むろん、自殺の動機を示唆することまではできないが、コンセット少佐はいろいろと噂の多い男だから、彼を知る人々が代わりにやってくれるだろう。

仮に自殺説がなんらかの予期せぬ原因で破綻したとしても、フランス窓を無防備に開けておくコンセットの習慣から、容疑者の範囲は不特定多数となる。アダムズに疑いが向く根拠はまったくない。彼の動機を知っているのは本人と妻と娘と、彼が撃った相手の四人しかいないからだ。死人に口なし。家族がしゃべる心配もなし。おまけに地元警察の巡査部長としてアダムズ自身が事件を担当するだろうから、捜査をわざと間違った方向へ導いて、本物の臭跡を消してしまうことも可能だ。

安心しろ、と抜け目のない巡査部長はひとりごちた。自分を犯人と指し示す証拠はどこにもない。練りに練った計画は滞りなく実行され、手抜かりは一つも思いあたらないのだから。

2

ウェスティング・ハウスの最上階でドアがゆっくりと開き、おびえきった女の顔が薄暗い廊下の様子をうかがった。すぐに向かいのドアが開いて、派手なピンクのフランネルのガウンに全身を包んだ、まるまると太った人物が悠然と現れた。

「いったいなんの音だろうね?」ロンドンから来た臨時雇いの料理人、ミセス・ヒゲットが言った。

「バンっていう音でしたけど」エセルが心配げに答える。

「バンっていう音?　そんなの聞いたまんまじゃないの。なんでああいう音がしたのか知りたいのよ」

「わかりません。ドアの閉まる音じゃないですか?」

「こんな夜中にあんな閉め方するわけないでしょ。ドアっていうより――銃声に聞こえたけどね。とにかく下へ行って確かめなくちゃ。さ、一緒においで」

「えっ、でも!」エセルは震えあがった。「ヒゲットさん、夜盗かもしれないですよ」

「だったらどうだって言うの?　夜盗はか弱い女を殺したりはしないよ。向こうもあたしたちと同じ普通の人間なら、手荒なまねはしないはずだよ」

本人は気づかなくとも、ミセス・ヒゲットの声にはうっすら後悔がにじんでいたが、エセルの眠っていた勇気を起こすだけの軽蔑も含んでいた。エセルは大胆なミセス・ヒゲットのあとについて階段を下りていった。彼女の後ろには、恐がりつつも興奮している二人の娘が続いた。女たちの遠征隊は裏階段を下り、一階の執事の寝室のそばまで来た。

「ミスター・スプラットがどうしてるか見てみよう」先頭のミセス・ヒゲットが言った。「彼の部屋をノックしておくれ、ミリー。さっきの大きな音の原因をもう調べたかもしれない」

ミルドレッドは言われたとおりにした。応答なし。もう一度ノックした。やはり応答なし。

「ヒゲットさん、ミスター・スプラットはいないみたいです」

「中をのぞいてみて。もしかしたら死んでるかもしれない」

身分の差を考えれば畏れおおいことなので、ミルドレッドは一瞬ひるんだが、そこは物怖じしない現代娘のこと、思いきってノブを回した。結果的には無駄に終わった。

「鍵がかかってます!」彼女は興奮を隠せない声でささやいた。

「どれ、あたしがやってみよう」今度はトテナムから来た臨時雇いの料理人がノブを握り、乱暴にがちゃがちゃ回した。

「ミスター・スプラット、いますか?」彼女は大声で呼んだ。

するとドアの向こうでぶつくさ言う声が聞こえ、錠に差しこまれていた鍵が回り、開いたドアから青ざめて無精ひげの伸びた顔がのぞいた。上着とズボンは明らかにずっと着たままという感じだ。

「どうしたんですか?」ミセス・ヒゲットが訊いた。

「どうもしないよ。わたしの知る限りはね、ミセス・ヒゲット。あんたがドアを叩くから、起きてドアを開けたまでだ」

「それまで何も気づかなかったんですか?」ミセス・ヒゲットは疑わしげに尋ねた。

「ああ、何も」

「あら、そうですか。それにしちゃ、服に着替えるのがずいぶんお早いこと」ミセス・ヒゲットが皮肉たっぷりに言った。「バンっていう音は聞いてないんですね?」

「ああ、聞いていない」

料理人は、執事は夜盗が怖くて自室に閉じこもっていたにちがいないと確信したが、彼の地位と威厳を脅かすような発言はあえて差し控えることにした。

「でも、バンという音がしたのは本当ですよ。すごく大きい音でした。様子を見にいったほうがいいですよ。少佐は寝室においでですか?」

スプラットは腕時計を見た。

「午前一時過ぎか」彼は言った。「旦那様は普段、もっと遅くまで起きている」

「じゃあ、書斎へ行ってみましょう。お先にどうぞ。みんなであとについて行きますから」

というわけで、書斎のドアが開けられ惨事の発見とあいなったのは、十分近くが経過したあとだった――アダムズ巡査部長が見積もった安全な時間より九分よけいにかかったわけだ。

発見の瞬間の恐怖は、ミセス・ヒゲットさえも言葉を失うほどだった。使用人の小集団は主人をただ呆然と見つめた。最初に沈黙を破ったのは執事のスプラットだった。

「ブランデーを！」彼はつぶやいた。

「そんなもんどうするんです」ミセス・ヒゲットが早くも冷静さを取り戻し、ぴしゃりと言った。「もう死んでますよ。頭を撃ち抜いてるのが見えないんですか？　おかわいそうに、どうしてこんなことを。きっとどこかの若い女のせいですよ」

執事は主人のかたわらにひざまずき、シャツの前をはだけ、手を左胸へすべりこませた。そして首を横に振った。

「だめだ、亡くなっている」彼は悲しみに沈んだ声で言い渡し、内心で六十歳の執事が新しい就職先を見つけるのは難しいだろう、ましてや紹介状を書いてくれる人がいないわけだから、とこぼした。

「トンピング先生を呼ばなければ。死亡診断書を書いてくれるはずだ」

「警察も呼ばなきゃ」ミセス・ヒゲットが指摘する。「これは医者だけじゃなくて、警察の仕事でもありますからね」

スプラットは迷惑そうに顔をしかめた。

「警察沙汰にはしたくない」と彼は言った。「この屋敷に悪い噂が立つし、われわれも事情聴取を受けることになる。警察に来てもらっても、こっちはなんの役にも立てない」

「でも一応、呼んできますよ。ちょっと、あんたたち若い娘はさっさと服に着替えといで。紳士方がもうじきここへ来るんだから」不満そうな娘たちを部屋の外へ追い立て、ドアを閉めると、ミセス・ヒゲットはいつもの調子に戻って言った。「じゃ、あたしは出かけてきますけど、この家を執事と女中だけにしておくのはちょっと心配なんですよね」

ミスター・スプラットはむっとして鼻を鳴らしたが、沈黙によって威厳を保つだけの賢明さは残っていた。

「だから、あなたは電話をかけることに専念してくださいな」ミセス・ヒゲットは続けた。「でなければ、もう一度ご自分の部屋に閉じこもってたらどうですか？」

この痛烈な捨てぜりふをあとに、ミセス・ヒゲットは〝紳士方〟においで願うため出かける準備をした。

3

シリル・トンピング医師はベッド脇の電話が鳴ると、悪態をついた。その日は大忙しで、夜の十一時半になってようやく仕事から解放されたのだった。しかたなく半分寝ぼけ眼のまま受話器を取った。が、最初のひと言で完全に目が覚めた。
「なんだって？　自分を撃った？　なんてことだ、お気の毒に。絶命している？　確かか？　わかった、とにかくすぐ行く。バンダー警視にも同行してもらうから」
電話の向こうのスプラットは内心で不平を唱えた。いまいましい詮索好きな警察は、執事を無視して家の中をあちこち嗅ぎまわるだろう。ワイン貯蔵室で動機探しをしないでくれるといいが。

午前二時少し前、トンピング医師はバンダー警視を車に乗せてウェスティング・ハウスに到着した。スプラットは二人を書斎へ案内したあと、その場にぐずぐずしていたが、警視にさっさと追いだされた。トンピング医師は倒れている少佐のかたわらにひざまずいて、左手を持ちあげ、手首の脈に自分の指を押しあてた。かぶりを振り、手を下に置きかけたとき、急に当惑の表情に変わった。

「まだ冷たくなっていない」と医師は言って、そばに立っている大柄な警察官を見あげた。「その写真立てを取ってもらえますか？」

医師は写真立てを受け取り、ガラスがはまっているほうをコンセットの口に近づけた。裏返すと、ぴかぴかの表面がうっすら曇っていた。

「なんと！」彼は叫んだ。「まだ息がある！」

「本当ですか、先生？　どう見ても、銃弾は頭部を貫通していますが」

「貫通したかもしれないが、絶命には至らなかったようだ。テーブルの電気スタンドを持ってきてください。たぶんコードがここまで届くでしょう。頭に光をあててもらえれば、傷口を調べられる」

トンピング医師は長くてほっそりした指を二つの傷口の周囲にそっとあて、電気スタンドの明かりを頼りに傷の内部をのぞきながら、自分の鞄から取りだしたスチール製の器具で慎重に調べた。そのあとゆっくりと立ちあがった。

「不思議なこともあるものだ」彼は言った。「射入口の状態からすると、弾はほぼ直角に入っている。ピストルを頭のすぐそばへ持っていき、至近距離から発射したらしい。傷の周囲の毛髪と皮膚が焼け焦げていますからね。ところが、弾は頭蓋内には入らなかった！」

バンダー警視はあっけにとられた。

「そんなばかな！　じゃあ、後頭部の傷はなんなんですか？」

「弾の出口です。ただし頭蓋骨ではなく、皮膚からの。実に珍しい。銃弾は耳の上部の皮膚を突き破ったあと、頭蓋骨に阻まれて方向が変わり、後頭部の皮膚内をぐるりと回りこんで反対側へ出た。そういう事例は戦争でもあったが、弾はこんな直角に近い角度ではなく、かすめるような当たり方だった。それにしても、腑に落ちない」

「なんですか、先生？」

「二発撃っています」医師はおごそかな声で答えた。「一発はわずかに急所をそれ、絶妙の角度で入って頭蓋骨の外側を半周した。もう一発は撃ちそこないでしょう。だがもしそうなら、二発目の銃弾はどこだ？　頭部内にも見あたらない。傷を悪化させない範囲で調べた限りでは、頭蓋骨は無傷だった。警視、いずれにせよこれはあなたの仕事だ。わたしはこの哀れな男の蘇生に努めます。脈はまったくないが、たぶん命に別状はなく、ただのショック状態でしょう。すぐにベッドに寝かせなければ。すまないが、さっきの執事をつかまえて、運ぶための台になるものを用意させてくれませんか？　わたしは患者に人工呼吸器をつけます。それから女中の誰かに頼んで、フィリップソン看護婦を電話で呼んでください。番号は電話帳に載っています。タクシーで至急ここへ来てほしい、頭部の負傷だ、と伝えてください」

バンダー警視はすぐには動かず押し黙り、考えこんでいる様子だった。やがておもむろに言った。

「先生、少佐が生きていることはしばらく伏せておいてもいいですか？　使用人たちは死んだと思っていますし、実際にそうとしか見えません。このことは捜査に有利かもしれない――自殺に不審な点があるとすればの話ですが。ここにも電話がありますから、わたしがミス・フィリップソンとじかに話しましょう。事前に注意を与えておきたいので」

「ええ、どうぞ。ただし手短に願いますよ。患者を早く楽にしてやりたいですから」

4

「スプラット、誰かにウェスト・ローリング署まで伝言を届けさせてくれないか？　あそこには電話がないんでね。アダムズ巡査部長と巡査を一名、ここへ呼びたいんだ」
「女中に行かせるしかありません、警視さん。靴とナイフを磨く通いの少年がいますが、住んでいるのはここから一マイル離れた場所です」
「じゃあ、きみが行ってくれ。だがその前に、今回のことで話を聞かせてもらいたい」
バンダー警視はさっき自分で火を入れたあかあかと燃える暖炉の前に立っていた。彼と向かい合っているスプラットはげんなりした気分で、早く寝床に戻りたいと考えていた。この悲劇の幕開けの際に立派なふるまいができなかったことは充分自覚していたし、腹が減って喉も渇いていた。それに、ちょっとした悪事をはたらいてきたので、警官にしつこく探られたくなかった。

「あまりお話しできることはありません」彼はぶすっとして言った。「部屋に入ったら、旦那様が……」

「銃声は何回聞いた？」警視が突然鋭く訊いた。協力的でない、あるいは乗り気でない証人の不意をついて真実を引きだすという得意の戦法だ。今回はそれが功を奏した。

「一回だけです」

自分のペースで話せたならば、スプラットはミセス・ヒゲットにドアを叩かれるまで眠っていたと主張するつもりだった。ところがいきなりの質問に、どきりとして思わず本当のことをしゃべってしまった。

「確かか？」

「はい、それしか聞いていません」スプラットはあいまいに答えた。

「そうか。続けてくれ」

「着替えてから、何があったのか確認しようとこの部屋へ来ました。すると死体が……」

「銃声を聞いたのは何時頃だね？」バンダー警視が口をはさむ。

執事は警視をじっと見た。

「午前一時頃です」

「〝頃〟とかそういうのは抜きにしてくれ。こっちが知りたいのは発砲の正確な時刻だ」

「懐中時計を見たら一時五分過ぎでした」

「それは銃声で目が覚めた直後かね？」

「いいえ、部屋を出るときです」

「銃声を聞いてからどのくらい経っていた？」

スプラットは罠にはまりかけていることに気づいた。ミセス・ヒゲットも供述するとすれば、食い違いが生じてしまう。

「そうですね、まず上着とズボンに着替えるのに二、三分かかったと思います」

バンダー警視はスプラットをじろじろ見た。

「ベッドを出るのはあまり気が進まなかったようだな」バンダーはいちかばちか相手の弱点をついてみた。「ところで、そこのフランス窓についてだが、少し開いているね。夜はいつもそうなのか？」

スプラットはうなずいた。

「旦那様は新鮮な空気をお好みでしたので、暖かい晩は窓もカーテンも開け放しておいででした。お休みになるときは閉められましたが」

「カーテンも開けていたのか？」バンダーが顎をさすりながら怪訝そうに尋ねる。「どうして今夜は閉まっていたんだろうな。暖かい晩なのに」

スプラットは推測でものを言わないだけの分別はあった。雇い主の細かい習慣に関する質問にいくつか答えたあと、彼は解放された。自転車で署までひとっ走りして、必ずアダムズ巡査部長を連れてくるように、との指令とともに。

バンダー警視は執事の証言には全然納得していなかった。とりわけ銃声のあと即座に行動を起こしたという本人の弁は実に疑わしい。そこで他の使用人からも供述をとり、油断しているスプラットを射落とす〝引っかけ〟の質問をひねり出すことにした。警視が呼び鈴を押すと、料理人に代わって眠そうな若い娘がやって来た。

ミセス・ヒゲットは少しも眠そうではなかった。臨時雇いの料理人にとって、こういう刺激的な出来事はそうそうあるものではない。この機会を最大限に活用するつもりでいた。おかげで彼女は理想的な目撃者だった。自分が見たこと、聞いたことをはっきりと覚えていて、それを明確に順序立てて説明することができた。そこでバンダー警視は例の〝不意をつく〟質問はせず、彼女の好きなようにしゃべらせた。ただし供述がミスター・スプラットの部屋へ向かう場面にさしかかったときだけ、銃声が聞こえてから執事の部屋の前へ行くまでどのくらい時間が経過したか、という質問をはさんだ。ミセス・ヒゲットはじっと考えこんだ。

「まずあの大きな音がして、目が覚めるまでに三十秒くらいかかりました」彼女は記憶をたどりながら答えた。「いい気持ちで夢を見てたもんですから。そのあとガウンをはおってスリッパをはくのに三十秒です。廊下に出て、女中の一人と少し立ち話をしました。その子がすっかり怖じ気づいていたので、みっともないからしっかりしなさいと活を入れました。それから階段を二つ下りるのに数分かかりました。けっこう急な階段だし、いつものように早足じゃなかったんで。

ですから警視さん、ミリーにミスター・スプラットの部屋をノックしてと言うまでに五分は経ってると思います」

バンダー警視は難しい顔つきになった。

「それだけあれば、彼は自室へ戻って寝たふりができるな」と警視は思った。「ドアを開けたときのミスター・スプラットは」声に出して続ける。「びくびくしたり、おろおろしたりする様子はなかったかね？」

「そう言われてみれば、直立でした」

バンダー警視は彼女をまじまじと見た。

「興奮してたって意味ですよ」料理人は説明した。「陸軍にいらしたんじゃないんですか？」

「いたとも。あんたは陸軍婦人補助部隊員（WAAC）だったんだね？」バンダーはにっこりして尋ねた。

ミセス・ヒゲットは赤くなった。当時の思い出がよみがえったのだろう。

「とにかく」彼女は言った。「あたしたちが呼びにいかなかったら、ミスター・スプラットは部屋から出てこなかったでしょうね」

さらに細かく質問したところ、ミセス・ヒゲットは目が覚めるきっかけになった銃声の前にもう一つ銃声を聞いた気がする、と答えた。だがこの点はミリーの証言であっさり片がついた。彼女は例の大きな音が家じゅうに響き渡る前から起きていて、エドガー・ウォーレスの小説を〝途中でやめられずに〟読みふけっていたのだった。

バンダー警視は証人たちをお役ご免にし、現場となった書斎の捜査に取りかかった。

曙光が射しそめる頃、バンダーは書斎に面した庭の小道や芝生に不審な足跡はないか調べるため、フランス窓の外へ出ようとした。そこへ自転車に乗ったアダムズ巡査部長が現れた。彼は上官の姿に気づくと、驚いた顔で敬礼した。

「ちょうどパトロールから戻ったところへスプラットが来ました、警視殿」と彼は報告した。「昨夜はずっとテッティング通りを警邏(けいら)し、干し草放火の再発防止に努めました。結果は異状なしでした」

「あいにく、ここで異状があったよ」バンダー警視が言った。

「少佐が銃で自殺したとスプラットから聞きましたが」

バンダーは低くうなった。

「きみにそう思わせたかったんだろう」バンダーは言った。「だが彼は今回の件について絶対に何か知っている。銃声がしたあとの挙動がどうも怪しいんだ。供述には少なくとも一つは嘘がある。それに現場のフランス窓が開いていたのも、いかにも外部の者のしわざですと言っているようで、うさんくさいじゃないか」

アダムズは驚きと不安の入り交じった目になった。

「自殺ではないんですか?」と彼は尋ねた。

警視の口元に思わせぶりな笑みが浮かんだ。

「表面的にはそうだが、わたしはすぐに見抜いた」バンダー警視はもったいぶって答えた。「あれは自殺と思わせるための偽装工作だ。具体的な方法はまだわからないが」（この最後の部分は本当だった）「時間の問題だろう。そこできみにも捜査を手伝ってもらいたい。もっとも、真相はじきにコンセット少佐本人の口から聞けるだろうがな。おや、どうしたんだ？」

アダムズ巡査部長は恐怖に目を見開き、茫然自失の体で上官を見つめていた。が、急いで我に返って言った。

「あの……いえ……ちょっとびっくりしたのです。少佐は自分で頭を撃ち抜いたと聞いておりましたので」

バンダーは含み笑いした。

「誰もがそう思っているよ。わたしと医師とフィリップソン看護婦以外はな。ただし、ここだけの話だぞ、アダムズ。コンセットを撃ったやつはかなり狡猾だ。自殺に見せかけたうえ、痕跡を一つも残さず現場を立ち去っている。現時点では犯人の正体を示す手がかりは皆無だ。だがな、犯人は一つだけ間違いを犯した。少佐を殺すのに失敗したんだよ！」

アダムズ巡査部長はすでに自制心を取り戻していた。

「つまりだな」バンダー警視は自らが与えている効果にはまるで気づかずに続けた。「少佐はほんのかすり傷程度で済んだんだ。ひどいショック状態ではあるが、怪我のほうはごくごく軽い。意識が戻り次第、知らせてもらうことになっているから、ただちに供述をとる。アダムズ、それまできみは家の外で、足跡や自転車か車のタイヤ跡がないか調べてくれ。そういう捜査はお手の物だろう？　わたしは家の中を捜査する。もう一度、現場の書斎をしらみつぶしにするつもりだ。

銃弾は見つけたよ。コンセットの頭皮を飛びだしたあと彼の父親の肖像画に当たっていた。きっと……ああ、どうぞ、お入り」

看護婦がドアの隙間から顔をのぞかせ、警視に合図した。少しのあいだひそひそと言葉を交わしたあと、バンダーはアダムズ巡査部長を振り向いた。

「少佐の意識が戻ったよ」警視は言った。「本人が供述したがっているそうだ。だが看護婦の話では心臓がかなり弱っていて、いつまた意識を失うかわからないらしい。すぐに上へ行かなければ。一時間後には一件落着だろう」

書斎に一人残されたアダムズ巡査部長は、ライティング・テーブルの前に腰掛け、頭を抱えこんだ。いますぐ決断しなければいけない。即刻ここを出て、土地勘を頼りに隠れ家と逃げ道を探そうか。警視が戻ってきたら、自分は逮捕されてしまう。逃げるならいまのうちだ。いや、やめよう。どうせ無駄だ。お尋ね者になって、一時間以内に詳細な人相書きがそこらじゅうに行き渡るだろう。とても逃げおおせることはできない。ここにとどまり、男らしく報いを受けよう。

だがそのあとで、娘のことが頭に浮かんだ。果たして娘の名誉を守り通せるだろうか？　コンセットはおそらく口をつぐんでいるだろう。こっちも時間さえあれば、彼を撃ったことについて嘘の動機を考えだせる。犯行の動機は判決を大きく左右するはずだが、刑期が五年くらい長くなろうと、娘の件を隠しておけるなら本望だ。しかし警察のやり方を知っているだけに、バンダー警視が真相を見つけそこなうことはほとんど期待できない。

残るは第三の選択肢だけだ。いますぐ二階へ行って、しくじった仕事をやり直すか？　ちょうどここにコンセットのピストルがある。目の前のテーブルの上に警視が置いていった。もう人生にはなんの未練もない。どうせ刑務所へ行くなら、きっちりけりをつけて、あの男に〝楽しんだつけ〟を払わせてやりたい。

　アダムズの手がピストルに伸びた瞬間、ドアが開いてバンダー警視が入ってきた。アダムズを見ると、純粋な驚きの表情を浮かべた。

「おや、アダムズ、まだここにいたのか?」警視は言った。「そうだ、もう手がかりを探す必要はないぞ。コンセットがしゃべった。ところがそのあと大変なことになってね。死んでしまったんだ。ショックのせいだろうと医者は言っている」

　アダムズはさっと青ざめた。結局は〝殺人〟になったわけだ。

「そうですか、警視殿」彼は言った。「いずれわかってしまうと思っていました。覚悟はできています」

「なんのことだ、いったい?」バンダー警視は緊急事態にすっかり泡を食って、部下のことなどかまっていられなかった。

「何を言いたいのかさっぱりわからんが」バンダーは続けた。「コンセット本人の供述をくつがえすことはできんぞ。彼はわたしが誰だかわからなかったようだが、こう言ったんだ。〝アダムズ巡査部長に伝えてほしい。自分で撃ったと〟そして息を引き取ったよ」

クイーン好み
第2回

エラリー・クイーン

びっくりするほど多くの仕事が編集者の席に持ち込まれてきます。しかも、次から次へと、無遠慮に、「急いで終わらせてください」というメモを添えて流れ込んで来るのです。私もかつては、編集の世界の〝門外漢〟ではない――と称したら嘘になる何百万何千万という人々の一員として、無知なる長き歳月を過ごして来ました。この時代の私は、雑誌における編集者やコラムニストやコメンテーターや特集記事担当者やそれ以外の残った立派な仕事をやる人種を、神のような創造主の地位の頂点に属するものだと思い、あがめたてまつっていたのですよ――大いなる畏敬の念を欠くことなく、そして、よだれが出そうなくらいの憧れの気持ちをまごうかたなく抱き続けて。ところが、もったいつけずに報告してしまいますと、畏敬の念は、この創造主の頂点に立ってわずか一ヶ月で、きれいさっぱり消え去りました。さらに、真実の探求のためには指摘せざるを得ないのですが、憧れの気持ちの方は、九十九パーセントの満身創痍（そうい）と一パーセント—とても小さな割合です—の満足感から構成される奇妙な感情へと化学的変化を起こしてしまいました。みなさんだって、ひと晩もあれば、編集者にうんざりしてしまうに違いありませんよ！

　妻やブリッジや本やパイプをこよなく愛する平凡なかたぎの市民が、〝編集者〟として知られる注目すべきペン細胞に冒されていく過程のすべてには、途方もない量のストレスが伴っています。おかげさまでもう、「私が最近学んだばかりの〝編集の技術〟をずっと以前から身につけている仲間たちには、おだやかな世の中にはそぐわない風変わりな連中が多いのはなぜだろう？」と不思議に思うことは二度とないでしょう。例えば、私はもはや、知人の一人である編集者を、解熱剤や冷湿布や頭痛薬を手放せない陰鬱な病気持ちに変えた秘法について、頭を悩ますことはありません。ほかの知人の中で〈青鉛筆（編集者が校正等で用いる）振興友の会（フラターニティ）〉に所属する紳士方が、もぐり酒場の常連（アビチュエ）になったり、妻を殴ったり蹴ったりして虐待したり、急な階段や地下鉄で不整脈を起こしたり、子供じみたパーティやクロスワードパズルやアナグラムを好んだり、さらには〈神経衰弱〉や〈地名しりとり〉まで好むようになったりするということについても、不思議に思うことはありません。にこりともせずに十四時間もポーカーをやり続けていても、こぢんまりとした目立たないアパートで金髪美女とねんごろになりたがる欠点を持っていても、銀行の口座にお金らしきものが存在しなくとも、私には納得できます。そして私自身はといえば、目下、すさまじい緊張を感じはじめています。一ヶ月もたたない内に、私は〈ジョーの店〉によろめきながら向かうことでしょう。セイレーンが私の手をなまめかしく見つめ、アブサンかスコッチのダブルか、どちらかお好きな方を取りなさい、と誘惑しているのです。それとも――いや、おそらく大丈夫でしょう。本質的には強い意志の持ち主である私ならば、クリスマスまで辛抱することができるはずです。クリスマスには、〈ジョーの店〉が〈ブルー・イーグル酒類小売店有限会社〉に変わっているでしょうからね（禁酒法はこの文の書かれた年の十二月に全廃された）。そして、言うまでもありませんが、この時期にはもはや、合法的な酒をがぶ飲みするくらいでは、わが編集脳にうごめく苦悩を溺死させることはできなくなっているでしょう。かくして私は、慰めを得るために、甘美なる薬であるアヘンやマリファナに手を出してしまうというわけです。

ああ、そうでした。報われることもあります。いろいろな人たちが、すてきな手紙を書いてくれますから。いささかこの仕事が――私には珍しく、顔が赤くなっていることを告白します――好きになりはじめてきましたよ。

ここまで読んできた読者のみなさんは、マターワンの住人（精神病患者）としか思えないこの私が、品行方正にして聖なる題材を今回きちんと扱えるのか、疑問に思ったことでしょうね。そういう人のために、先月のこのコラムで私が言ったことを、要旨だけくり返しておきましょう。「クイーン好み」は、編集者の個人的なパーティなのです。このパーティが好みに合い、参加する気があるならば、みなさんは、毎月毎月、楽しいひとときを共にすることができます。ここで明かされたいくつもの〝事実〟の信憑性については、編集者に責を負わせてはいけません。まともな内容ばかりの本誌において、このコーナーだけは、ほとんどの場合、いささかまともでない記事になるはずですからね。

それでは、今月もこの言葉を実行に移すために、身支度をととのえ、まともでない旅に出かけるとしましょうか。

バンカーヒル

赤服（レッドコート）（独立戦争における英国兵）と反乱兵は、〈バンカーヒルの戦い〉を、かれこれもう――ええと――百五十八年もくりひろげています。そして、赤服（レッドコート）の死体が丘の斜面に点々とすることは一度もなく、その逆ばかりであることを、みなさんに報道せねばなりません。愛国心とはまったくもってすばらしいものですが、公明正大なる人物は、自国が打ち破られたときにはそれを認めねばなりません。一七七五年の六月（独立戦争における最初の戦闘がバンカーヒルの近くで行われた）の記念すべき日からずっと、イギリスはさまざまな戦法で私たちを打ち破ってきました。これは〈ペンと剣〉の古い物語のことですよ。あるいは、現代風にこう言うべきかもしれませんね――〈タイプライターと機関銃〉の物語と。

BUNKER HILL

要は、兵力による戦いに敗れ去った海の向こうの同胞が、紙の上の黒い記号によって私たちを懲らしめ続けている、という話なのです。当然のことながら、私たちが与えられた懲罰はとても穏やかなものでした（が、キップリングとショー（ジョージ・バーナード・ショー）の両氏によって与えられたものだけは例外です）。そもそも、今までこの件について何百語も費やして言及されたことはほとんどないのですよ（が、再び、前述の巨匠（コロッサス）たちによるものだけは例外となります）。にもかかわらず、公明正大なすべての善き（よ）アメリカ人のほほを赤くするようなこの事実は、明白かつ明瞭に存在しているのです。これは文化的な〈戸棚の中の骸骨（身内の秘密）〉なのですよ。ええ、そうです。私たちの国にも巨匠（コロッサス）が――われらがドライサーが、ヘミングウェイが、キャベル[1]が、オニールが、他にも何人も——います。しかし、もしみなさんが、彼らチャンピオンをひっさげて、現代イギリスのライバルたちに戦いを挑んだとしたら、由緒ある輝かしき英国文学の伝統はどう受けて立つと思いますか？　悲しいかな、私たちは彼らと同じ人種ではありますが、たかだか百五十年の伝統しか持っていないのです。それにひきかえ、彼らときたら……。では、イギリス人に向かって「フォークナー」や「ポオ」や「クーパー」や「アーヴィング」の名を挙げてみてください。彼らは寛大なまなざしでこちらを見ると、こうつぶやくのです——「シェークスピア」と。みなさんは「シェークスピア」に対抗できる名前をつぶやくことはできません。おそらく、何もつぶやけなくなってしまうでしょう。みなさんがつぶやこうが、ささやこうが、考え込もうが、すべてを空虚な議論に変えてしまう究極の単語なのですよ、これは。

　もちろん、このコーナーでは、インテリぶったエッセイを書いているわけではありません。みなさんが今、ポオやフォークナーやシェークスピアといった名前についてあれこれ考えたことは、同時に、頭蓋骨測定法の登場する物語における敗戦について考えたことでもあるのです。今ここでは、〈ミステリ小説〉として知られる芸術の一部門にまつわる話をしているのですよ。こちらの国では、ミステリ小説の作者は、決してインテリ階級に属することはありません。おそらくは、それが悩みの種なのです。

　みなさんもおわかりでしょうが、イギリスにおいては、作家がその名前を探偵小説の背表紙に載せたからといって、零落(れいらく)することはありません。それにひきかえ、アメリカ文学界(リテラティ)においては、探偵小説を書く作家は、文壇の戦士のうしろをコソコソついて行く軍用犬にすぎないのです。ひょっとしたら、そこまで情けなくはないかもしれませんね。少尉のブーツを磨く、ただの当番兵の地位くらいには達しているかもしれません。仮にそうだとしても、自分自身を恥じ、自分の職業を恥じ、自分の成果を恥じるという、迫害された奴隷のごとき姿をさらしていることには間違いありません。そして、まったくもって嘆かわしいくらい、みじめな仕事ぶりしか見せられない者が大部分を占めていることも間違いありません。かくして彼らには、せいぜいが寛大な心の持ち主に目をかけてもらうことしか期待できない地位がふさわしい、ということになってしまうわけです。しかし、ご存じのように、これは彼らが過ちを犯したからではありません。彼らはもっと上品な社会に属することによる利益に断固として背を向け、その条件下で可能な限り多くの金を生み出すことができる、たった一つの仕事に就いただけなのですから。しかしこの仕事は、拙速と、カリュブデイス（ギリシャ神話の怪物）による荒廃をもたらしてしまうことが避けられないのです。どうやら私たちに必要なのは、エジプトから脱出させてくれるモーゼですね。彼が導いてくれる〈約束の地〉では、真正直かつ真面目に探偵小説を書くという単純な作業が、実現可能になっているのですよ――われらが少尉が、自らを育（はぐく）んでくれた国土の上で小説を書くときと同じように。

イギリスの文学研究（ベレトレ）学長と言っても過言ではない人物であるギルバート・K・チェスタトンは、探偵小説の主人公を生み出したことを、そして、その人物についての価値ある短編を数多く執筆したことを恥じてはいません。ブラウン神父の方も、チェスタトン氏の安らかな眠りを邪魔する必要は感じていないはずです――疑いもなく、そうすべきではありますが。イズレイル・ザングウィルは、その才の一部を探偵小説に寄付しました。オールダス・ハクスリーは――自身の名前で――探偵小説をちょっとかじってみました。イーデン・フィルポッツやロバート・ヒチェンズもそうです。さらに、探偵小説の親戚にあたる怪奇ミステリの分野では、アーサー・マッケンやR・L・スティーヴンスンやH・G・ウェルズ、それにジョセフ・コンラッドさえも参加しています。そして、このジャンルの名作と呼ぶにふさわしい『赤い館の秘密』を書いたA・A・ミルンも忘れてはなりません。

余技ではなく本職の、すなわちミステリ小説を専門的に書いているイギリス作家にさえも——男らしく認めましょう——私たちは完膚無きまでに打ちのめされています。獅子（英国の象徴）の慈愛に満ちた足下でタイプを叩く世界的なミステリ小説家——ドイル、H・C・ベイリー、アガサ・クリスティー、アーネスト・ブラマ、R・オースティン・フリーマン、ドロシー・セイヤーズ、コール夫妻、それに、他の数多くの作家たち——の卓越した技量に対して、私たちは勝ち誇ることができないのですから。さて、

ここで私は、怒りの手紙がごっそりと届くのではないかと思っています。私に対して、英国かぶれだとか、国家反逆罪か何かそのたぐいの重罪に問われるべきだと責める手紙や、「われわれは世界的なミステリ小説家に対して勝ち誇ることができる」と主張する手紙や、その他もろもろの手紙が。確かに、私の信念があまりにも強すぎたために、非国民的な考えに行き着いてしまったという可能性も無視できません。わが同胞は自分たちの時代を築いている。それでいいのかもしれません。しかし、いずれにせよ、私たちは勝ち誇ることはできません。私が得意げに舞い上がれる場所は、どん底と高波のてっぺんの間のどこかであって、天上ではないのです。私たちが勝ち誇ることができない理由が——もしこのコラムで示したような、世間のミステリ小説に対する態度の差で説明できない理由だとしても——あることは確かで、それが私に、手紙の差出人や〝怒れる読者〟や頑固に反

論を述べ立てる弁証家たちの相手をしない理由でもあるのです。おそらく、私たちは本質的には、インテリではなくインテリきどりなのでしょう。私は認めたくはありませんが。

類義語辞典（シソーラス） THESAURUS

イギリス－アメリカ論争は終止符を打ちましたが、作家の地位についての報告をもう少し続けてみましょう。探偵小説家のみならず、キーを打つ人とペンを走らす人の誰もが頼りとする一つの権威があります。その中で作家の地位がどうなっているかについて、みなさんは興味を持っていただけるでしょうから。これから話すことで、みなさんはパンチをくらったようになるかもしれませんね。しかし、真実は、白い紙と黒い文字の中に――あらゆる現代的な知識の根源にあるものから導き出された小さな記事の中に――あります。

もしみなさんが、P・M・ロジェの努力の結晶であり、なくてはならない業績、すなわち『ロジェ類義語辞典（シソーラス）』[1]として広く知られている本の二三七ページを参照したならば、大項目の五九三番――Book（本）――の中のWriter（文筆家）という小項目が見つかるでしょう。ではここで、この卓越した真面目きわまりない英語の単語と熟語の本の中では、〈文筆家〉の

1　ジェイムズ・ブランチ・キャベルは米作家・評論家。代表作『ジャーゲン』（六興出版）。

2　ロバート・スマイス・ヒチェンズは英作家。映画『ベラ・ドンナ』『パラダイン夫人の恋』の原作者としても有名。怪奇短編ではポケミスの『幻想と怪奇①〈英米怪談集〉』に「魅入られたギルディア教授」が収録。

項には何が並んでいるか、想像してみてください。私たちを幸せな気分にしてくれるものなのでしょうか？　あいにくと、そうではないのです。

〈文筆家〉の項には、三十もの同義の単語や熟語があります。信じようと信じまいと――実は、今回だけは信じてほしいのですが――この内の十三語が直接的に、二語が間接的に、世界中のわが同業の仲間たちを蔑視しているのです。では、その慣用句を挙げてみましょう。Scribbler（乱筆家）、the scribbling race（乱筆の徒）、literary hack（文章売り）、Grub-steet writer（三文文士）、adjectivejerker (!!!!)（業界ゴロ）、hack writer（雑文書き）、hack（売文屋）、ghost（幽霊作家）、ink slinger（インク飛ばし屋）、knight of the plume（羽根の騎士）、knight of the pen（ペンの騎士）、knight of the quill（羽ペンの騎士）、penny-a-liner（一行一ペニイ屋）。

最後の語句などは、最高に面白いのですが、同時に、最高に的はずれでもあります。親愛なるロジェさん、あなたは原稿料の理不尽なまでの安さをご存じないのでしょうか？　他には「ペン」と「乱筆」という単語が使われていますが、私の考えでは、この二つはどちらも作家の名声や預金を増すためには用いられていないのです。三人の「騎士」については、私は侮辱を受けたと感じ、死ぬまで反論を続けるでしょう。私に対して「何とかの騎士」と呼びかける人は一人もいませんし、そう呼びかけて無事にすむ人もいませんからね。

1　イギリスの医師・語学者ピーター・マーク・ロジェが一八五二年に出した辞典。正式な書名は“Thesaurus of English Words and Phrases”。

先月号のこのコーナーでは、コンテストをはじめようという、あらゆる編集者が困惑して尻込みする提案をしました。私の記事を思い出してください。このコンテストの最終目標は、探偵小説（長編）のオールタイム・ベストテンを決定しようというものでしたね。すべての人が、何ら資格を問われることなく参加することによって。

先月号から今月号までは、悲しくなるくらい短い時間しかなかったというのに、読者の方々はきちんと回答してくれました。リストが殺到しているのですよ。とはいえ、編集部は、リストから実際に選び抜いた作品名をもっと増やしたいと望んでいます。リストには十作品の題名とその作者名以外を書く必要はありません。みなさんの選択理由の説明は、余分なものにすぎません（それに、息を切らせている編集者の仕事を増やすだけです）。以上の方針に従ってください。

届いたリストから、数多く挙げられている二十の作品名を選び出し、以下に載せておきました。コンテストがさらに加熱してくれれば、獲得した投票数も添えることにします。その後、編集部に来る郵便配達夫が苦情を言いはじめたら、集計リストから上位の、そうですね、二十五作か五十作を選び出し、みなさんには、その中からさらに選んでもらうことにしましょうか。あるいは、みなさんに再びお手間を取らせることはしないかもしれません。すべてはそのときの気分次第ですね。それはともかく、ここには現時点で上位にリストアップされた傑作が並んでいるわけです。

第1位『モルグ街の殺人』エドガー・アラン・ポオ
第2位『赤い館の秘密』A・A・ミルン
第3位『バスカヴィル家の犬』A・コナン・ドイル
第4位『アクロイド殺し』アガサ・クリスティー
第5位『矢の家』A・E・W・メイスン
第6位『月長石』ウィルキー・コリンズ
第7位『グリーン家殺人事件』S・S・ヴァン・ダイン
第8位『トレント最後の事件』E・C・ベントリー
第9位『Yの悲劇』バーナビー・ロス
第10位『緑の射手』エドガー・ウォーレス
第11位『闇に隠れて』フランシス・ノイス・ハート
第12位『縛り首の綱』フィリップ・マクドナルド
第13位『黄色い部屋の謎』ガストン・ルルー
第14位『リーヴェンワース事件』アンナ・キャサリン・グリーン
第15位『プレード街の殺人』ジョン・ロード
第16位『フレンチ警部最大の事件』フリーマン・ウィルス・クロフツ
第17位『ピーター卿、死体検分』ドロシー・セイヤーズ
第18位『六死人』アンドレ・ステーマン
第19位『黒い駱駝』アール・デア・ビガーズ
第20位『螺旋階段』メアリ・ロバーツ・ラインハート[1]

とても多くの親切な方々が、エラリー・クイーンの作品をリストに入れてくれました。です

が、何にでも規制があります。よけいな悩みを避けるために、そして、疑り深い人たちによる「出来レースではないか」という批判が生まれる可能性を断つために、編集部ではリストにあるクイーン氏の長編はすべて無効とすることにしています。とはいえ、傑作リストに私のミステリを含めるべきだと真剣に考えてくれた人たちに対してはとても感謝しています。

来月号では、このリストは大幅に変わっていると予想します。間違いなく、順位は毎号毎号変わっていくでしょう。今すぐ、みなさんのリストも送ってください。

1　上位二十作の内、『緑の射手（The Green Archer）』『縛り首の綱（The Noose）』『闇に隠れて（Hide in the Dark）』は未訳。『ピーター卿、死体検分（Lord Peter Views the Body）』は未訳だが収録短編のいくつかは創元推理文庫『ピーター卿の事件簿Ⅰ』『同Ⅱ』などで読める。他は邦訳あり。

いにしえの呪われし閏年よ
DAT OL' DEBIL LEAP YEAR

活字になった言葉には間違いなど存在しない、というかつての幻想は、今では粉々に砕け散り、そのきらめく破片は世界中にちらばっています。こうなってしまうと、「作家は神ではない」という指摘などは、まったくもって空虚なものに思えるでしょうね――お気に入りの著者に向かってさえも、嬉々としていろいろなerrata（エラタ）（誤謬・過失）を責め立てること疑いなしの読者のみなさんに対しては。ただし、ここで言いたいことは、冒瀆（ぼうとく）の言葉とは縁もゆかりもないので、あらかじめおわびしておく必要はないでしょう。そう、過ちを犯すという点に関しては、作家は悪魔でもないのです。大部分のもの書きは、遺漏や間違いといった過ちを犯すと、ものを書かない兄弟たちが過ちを犯したときと同じくらい深く傷つくのです。

こういった哲学的な思索を私にもたらしたのは、さきほど私にもたらされた思いやりあふれる一通の手紙でした。差出人はニューヨーク市の明敏なる紳士で、その名はフレデリック・パテといいます。とても親切なパテ氏は、遺漏を犯した過ちで私を責めているのです。先月号を読んでいない人にもわかるように、その号に載った私自身の手による短編（「ガラスの丸天井付き時計」）について話しておきましょう。この短編に出てくる推理のポイントの一つに、うるう年に関する問題があります。私は物語の中で、一九〇〇年は四で割り切れる年であるにもかかわらず、うるう年ではなかった、と指摘しました。

「しかしぼくには、なぜかわからない理由で、一九〇〇年はうるう年ではなかった……（創元推理文庫『エラリー・クイーンの冒険』井上勇訳）」エトセトラ。

パテ氏はまず、きちんと礼儀正しい挨拶を終えてから、以下の文で私を紳士的に責め立てました。

「どういうわけか、短編『ガラスの丸天井付き時計』の中で、あなたはこう書いています。『しかしぼくには、なぜかわからない理由で、一九〇〇年はうるう年ではなかった……』と。これは、何気なくつけ加えた文だという可能性もあるでしょう。あなたがとっくにご存じかもしれないことは承知の上で、以下に、なぜ一七〇〇年や一八〇〇年と同じく、一九〇〇年もうるう年ではなかったかの理由を書かせてもらいます。」

彼はさらに説明を続けます。

「一五八二年にグレゴリオ教皇が暦（こよみ）の改訂を行ったとき、百の倍数の年――一七〇〇年、一八〇〇年、一九〇〇年――は、うるう年にはしないと定めたのです。さらに彼は、一九〇〇年以降の百の倍数の年の中で四百で割り切れる年は、うるう年に定めたのです——言い換えると、二〇〇〇年はうるう年になるわけです。」

この情報に対して、心から感謝します。風変わりで役に立ちそうもない情報の断片を真空掃除機のごとく吸い込む苦労を続けている人種の一員として、パテ氏からの贈り物を自分の知恵袋に納めるのはまったくもって喜ばしいことです。それに、おわかりでしょうが、私は短編の中で真実を述べています。一九〇〇年がうるう年ではなかった理由を、私はわかっていないわけですから。

悲しいかな、パテさん。あなたが親切に提供してくれた情報にもかかわらず、私はいまだに一九〇〇年がうるう年ではなかった理由がわからないのです。そして、これには何の悪意もないと言わせてもらいましょう。グレゴリオ教皇が百の倍数の年の内、四百で割り切れる年はうるう年（リープ・イヤー）とするように制定した事実は明らかになりました。したがって、百の倍数のうるう年（リープ・イヤー）は、一六〇〇年の次は二〇〇〇年まで跳んで（リープ）しまう——何とすごい跳躍（リープ）でしょうか——という事実も明らかになりました。確かにそうです。しかし、私の頭脳が答えを知りたくて知りたくて夜も眠れない疑問は、「なぜグレゴリオ教皇が百の倍数の年の内、四百で割り切れる年はうるう年（リープ・イヤー）とするように制定して、百の倍数のうるう年（リープ・イヤー）は一六〇〇年の次は二〇〇〇年まで跳んで（リープ）しまうようにしたのか？……」なのです。ふう、まったく息切れしそうですね。みなさんもそうだと思いますので、次のコーナーに行きましょうか。いや、ちょっと待ってください。おわかりでしょうが、理由（リーズン）というものは、それが原因（リーズン）でないかぎりは、理由（リーズン）になりません。もしパテ氏が、あるいは他の誰かがさらに補足できるならば、このいささか偏執的な議論を来月も続けようと思っています。

そう、君だよ、サリヴァン

YES, YOU, SULLIVAN

ミステリ小説と探偵小説のあらゆるタイプの中で、ユーモアものが希有な存在であることはしごくあたりまえのことにすぎません。この深遠なる思いつきが浮かんだのは、今月号の呼び物（ピエス・デ・リジスタ）であるフィービ・アトウッド・テイラーの傑作長編『第四巻の謎』が、ユーモアものに属していたからです。

もちろん、なぜユーモラスな犯罪物語が、ことわざで言う「ニワトリの歯のごとく珍しい」のかは火を見るより明らかです。ほとんどのミステリ小説にとって「始まり（アルファ）であり終わり（オメガ）である（新約聖書より）」殺人が、ユーモアを盛り込むことを妨げているのです。未熟な腕でこのはなれわざに挑むならば、ぞっとするような結末が待っていることでしょう。ゆえに、テイラー女史がこのタイプの長編で輝かしい成果を上げていることは、声を大にして称賛されるべきです。形式自体がかなり難しいこと、微妙なバランスが要求されること、不快感を与えないような巧みな筆致が必要であること、さらに、くすくす笑いの中に死体や手がかりや殺人者といったものを——要するに、シリアスな殺人物語に存在するすべての要素を——盛り込むように強いられることが、ユーモアものを生み出そうとするあらゆる試みを危険なものにしているのです。

脳天気なペッパー氏の創造者であるサー・ベジル・トムスン[1]を除けば、私はユーモアを用いて殺人の出てくる小説を描いた一流作家を思い出すことはできません。あるいは、アンソニー・バークリーの最新作『死せるストラットン夫人』[2]もまた、「ユーモラスな」ミステリと呼ぶのにふさわしいかもしれません。エリス・パーカー・バトラーも、ファイロ・ガブものでこういったタイプの作を書いています（もし私の記憶が彼の名前のトリックにひっかかっていなければ、の話ですが）[3]が、バトラーの短編は殺人の話ではありませんし、ファイロ——ヴァン・ダイン氏に対するいやがらせではありませんよ——は平凡で、突飛なところはまったくありません。それにもう一人、比類無きP・G・ウッドハウスも、事件があまりにもミステリアスなのでミステリ小説の範疇（はんちゅう）に含めてよい長編を少なくとも一作は書いています。ただし、この作品においても、面白おかしいウッドハウス地帯で死体が騒ぎ立てるわけではないのです。したがって、ウッドハウス氏を勘定に入れることはできません。

　ウッドハウス氏の機関銃のようなタイプライターから生み出されるユーモラスな殺人ミステリを、私が読みたいと思っていることは間違いありませんが、実は、それ以上に読みたいと思っているものがあることを、ここで告白すべきでしょう。私の二ドルの（あるいは二ドル五十セントの）小切手が、早く支払いに使ってくれと、イライラしながら待っているのは、私の期待に応えて書かれたユーモラスな殺人ミステリの第一作で、作者はユーモアの有段者にして騒乱の総統にして大笑いの大立て者、すなわちフランク・サリヴァン氏[4]であります。みなさんは彼の威光に浴していない珍しい市民の一人かもしれないので、説明しておきましょう。〝サリヴァン〟とは、一風変わった天才で——そう、そうだよフランク——今はなきニューヨークの「ワールド」紙のページに輝きをふりまきながら歩き回り、現在は「ニューヨーカー」や、他のかたぎの刊行物の担当ページに、あふれる才気を惜しみなく分け与えているのです。この人物ならば、死体を使ったユーモラスなミステリを実現できるに違いありません！　ですが、ああ、私たちは何もかもを手に入れることはできないのです。

1　ベジル・トムスンはイギリス作家。『スパイ入門』（荒地出版社）に「スパイ・ノイローゼ」が収録。旧「宝石」昭三二年八月号に「フレイザー夫人の消失」が訳載。

2　『ジャンピング・ジェニイ』（国書刊行会）の米題。

3　「ファイロ・ガブ」という名は「哲学的馬鹿」とも解釈できる。「ファイロ（Philo）」はヴァン・ダインの生み出したファイロ・ヴァンスと同じつづりで、後出の文はそのことにひっかけている。

4　フランク・サリヴァンはアメリカのユーモア・コラムニスト。早川書房の『ユーモア・スケッチ傑作展』などに翻訳あり。最初の活躍舞台である「ワールド」紙は、いわゆるイエロー・ジャーナリズム。このエッセイが書かれたころの活躍舞台である「ニューヨーカー」誌はそうではない。後出の文はそのことを言っている。

みなさんが知らないであろういくつかの事柄
THINGS YOU MAY NOT KNOW

人はその波瀾万丈の人生において、まったく役に立たない情報の断片を拾い上げることがあります。探偵小説家も例外ではありません。そして、おそらくそれこそが、なぜ小説に出てくる探偵がかくも博識なのかを説明できるものなのでしょう。R・オースティン・フリーマンが生み出した法医学教授のソーンダイク博士が、ヴァン・ダイン氏のアインシュタイン風主人公のファイロ・ヴァンスが、アーサー・B・リーブの敬愛すべき科学者探偵クレイグ・ケネディが、バーナビー・ロス氏の俳優探偵ドルリー・レーンが、ギルバート・K・チェスタトンのペンから温厚さと愛嬌をもって現れ出でた古き輝かしき創造物ブラウン神父が、唯一無二のシャーロック・ホームズが、私自身の分身（アルター）が、そして他の数多くの探偵が、いつもいつも、ただいま各人が取り組んでいる事件にさほど、あるいはまったく役立たないような小粒な学識の真珠をばらまく理由の説明がこれなのですよ。

編集者一人の頭のスクラップ入れは、博識とはほど遠いものです。とはいえ、この編集者のコーナーにおいては、博識こそが方針になっていましたね。かくして、みなさんが聞いたことがあろうがあるまいが、私は深くまで掘り下げ、さまざまな妙なものを掘り出さねばなりません。おっと、ここで急いでつけ加えてさせてもらいます。私には、掘り出した事柄が真実であることを保証できませんので。

まず最初に頭に浮かんだのは、ベルギーの劇作家にして詩人にして小説家にして翻訳家であるモーリス・メーテルリンク――『ペレアスとメリサンド』の作者であり、『青い鳥』という言葉に繊細で永遠の輝きを与えた人物――と、他ならぬわれらが旧友であり、大衆小説の歴史において最も魅力的な悪党である不滅のアルセーヌ・ルパンを生み出し、後世に多大な影響を与えたモーリス・ルブラン。この二人の間にある姻戚関係のことです。わが匿名の情報提供者が妄想に取り憑かれていたのではなく、私がそのときに本の印税がもたらす豊饒（ほうじょう）の角（つの）を夢想していたのでないならば、彼はまぎれもなくこう言ったのです――二人は義理の兄弟だと。次の瞬間、私は真に分析的な知性をもって理解しました。メーテルリンクはルブランの姉妹と結婚したか、ルブランがメーテルリンクの姉妹と結婚したのだ、と。[1] そして、まったくもってひねくれている私の頭には、別の考えも浮かびました。メーテルリンクは、息もつかせぬ大衆物語を書きあげる義兄弟の腕前を、いつもうらやんでいるのではないだろうか、と。そしてまた、自分とは別人であるモーリスが生みだした作品に対して果てしなくつのる憧れを、実際に何度も表明しているのではないだろうか、とも。考えられないことでしょうか、あり得ないことでしょうか？……おそらくは、何もかも私の空想なのでしょう。なぜ、この裏付けのない関係に魅了されるのか、どうしても説明できません。しかし、それでも私の目には浮かんでくるのです――目を輝かせたアルセーヌが、美しき青い翼を身にまとい、ガリア（フランスとベルギーが含まれる）の空を飛び回る光景を。そして、はるか眼下のパリ警察の総監に向かって何かまくし立てながら、自らのガリア人の鼻に親指を当て、馬鹿にしたそぶりを見せている光景を。ですが、もしみなさんが、こういった雑談をどうしようもなく無意味で関心をそそらないものだと思われるならば、ここはひとまず言及をやめるふりをしておきましょうか。

　ルブランについて話している内に、私の頭には、もう一つの思いつきがまたたきはじめました。ただ、こちらの方は、ニッケル貨を金貨だと言うようなものなので、みなさんに伝えるのに抵抗がありますが。これは〝うわさ〟にすぎません。そうです、うわさだったのです。もしみなさんが、現実逃避物語の愛好家と名乗るにふさわしい人物であるならば、当然、ルブランの流麗なペンから生まれたきらめくミステリ冒険物語『アルセーヌ・ルパン対ハーロック・ショームズ』[2]を憶えているでしょう。本作は一九〇八年に出版されましたが、他のルパンものの長編や短編集と同じく、英語圏では何度も版を変えて出ています。ルブランはこの初期の作品の執筆にあたり、フランス風ユーモアを用いて輝かしいアイデアを盛り込みました。常にその目的を果たすがゆえにフランス警察の天敵となったルパンは、今回はじめて、自分と同等の優れた知力を持った敵と対峙（たいじ）したことに気づくのです。当然のことながら、その敵には〝ハーロック・ショームズ〟が――サー・アーサー・コナン・ドイルがシャーロック・ホームズという名でこの世に送り出した人物から巧妙に作り出された分身が——選ばれました。この自由奔放な物語で何が起こったかについては、みなさんは間違いなく憶えているでしょうね。ムッシュー・ルブランは魅力的なフランス流の礼儀をもって、英国の盟友の頭脳が生み出した人物を、自らの頭脳が生み出した人物と真っ向から戦わせ、その結果、栄誉を分け合ったのでした。

自分のものである長身でやせた天才が、著者非公認の活動で見せた驚くような知性を、サー・アーサーがどう受け止めたのか、ここでは語るすべがありません。しかし、私には——例のスクラップ入れをあさるならば——思い浮かぶのです。誰かがルブランの礼儀正しき著作権侵害を心から楽しみ、リターンマッチをするようにドイルに提案したことを——そして、その再戦が次のように行われたことを。まず、長編の半分まではルブランによって書かれ、アルセーヌはその器用な手業と途方もない機知で、かつての戦いと同じことを成し遂げます。そして、次に、その原稿はドイルに引き渡され、シャーロック・ホームズが本来の名前と人格で謎を解くことによって、物語は完結するのです。悲しいかな、このひらめきは実現しませんでした。この作品にどれだけの価値があるか、みなさんにもおわかりだと思います……。

さて、お次は何がいいでしょうか。ああ、そうです。映画とベラ・ルゴシ氏とユニバーサル社、その他もろもろのことからの思いつきをお話ししましょう。「ある一つの小説が幻想怪奇の名作の座を占めており、これまでも、いま現在も、そしてこれからも、その座はおびやかされることはない」という事実を、あえてみなさんに指摘する必要はこれっぽっちもないでしょうね。もちろん私は、ハンガリーの吸血鬼伝説を描いた身の毛もよだつような魅惑的な物語、ブラム・ストーカーの『吸血鬼ドラキュラ』[3]のことを言っているのですよ。（余談を少々。ウールコット[4]さん、あなたは最近の流麗な批評の中で「ガイ・エンドア氏の目下大人気の扇情小説(ショッカー)『パリの狼男』の前で『吸血鬼ドラキュラ』がロウソクをかかげている（この場合は「大きな影響を与えている」の意味）わけではない」という意見を述べていますが、これに私たちはまったく同意できません。まあ、「ガイ・エンドア氏の『パリの狼男』がぞくぞくする姿でうろつく前で、『吸血鬼ドラキュラ』が二本もロウソクをかかげているわけではない」と言うのであれば、賛同はしますがね）おっと、旧友のアレックの批評がひょいと頭に浮かんで来る前に話そうとしていたのは、別のことでしたっけ。それは、常に怪奇小説の最高峰に立っている作品の父親であるブラム・ストーカーが、常にユーモア小説の最高峰に立っている作品の父親、他ならぬわれらがマーク・トウェインの個人的な友人の名簿に入っているという事実でした。正反対のこの二人が、ですよ。

そして、今度は二つの事柄が思い浮かびました。一つは、ブラム・ストーカーは『吸血鬼ドラキュラ』に比べるとはるかに知られていないが、名作の誉(ほま)れを受けるにふさわしい小説をもう一つ書いている、ということです。そして、その『北斗の宝玉』[5]は、ファラオの再生、防腐処理されたミイラの復活といったものが登場する、今日のすべてのエジプト考古学的幻想小説のまぎれもない曾祖父だと言えるでしょう。そして、その結末については、私は断固としてみなさんに教えることを拒絶します。というのも、みなさんが大急ぎでこの本を手に入れ、深夜のぞっとする悦びに身を置こうとすることを心の底から願っているからですよ。

もう一つは、マーク・トウェインが――信じようと信じまいと――われらがささやかな同業者組合の一員でもあるということです。尊敬すべきクレメンス氏（マーク・トウェインの本名）は探偵小説もどきを一作書いただけ、などということはありません。とても優れた探偵小説を二作も書いたのです。「大はずれ探偵小説」[6]——本作では、どこにでも出没するシャーロック・ホームズが、またもやドイルの手を借りずに登場します——と『探偵トム・ソーヤー』という、あまり知られていないが、もっと評価されてしかるべき、ミステリ形式のジュヴナイルの名作です。どちらも正統的なミステリではありますが、同時に、マーク・トウェインの自由奔放でくすくす笑いの絶えないペンがいつも通りに踊るのも見ることができます。(みなさんもご存じのように、私生活における氏は、最も笑うことの少ない人物でした。心理学者さん、これを分析してくれませんか?)

次なる出し物は、私がウィラード・ハンティングトン・ライト氏、別名S・S・ヴァン・ダイン氏の恩恵を受けた話です。彼の方はと言えば、A・E・W・メイスン氏に恩恵を受けています。かくして〝ティンカー——エヴァース——チャンスのダブルプレー〟[7]とも言うべき連係が完成したのです。話を進めますと、ヴァン・ダイン氏は『世界推理小説傑作集』というミステリ小説のアンソロジーに添えた卓越した序文[8]の中で、「A・E・W・メイスンは、デフォーは完全な探偵小説を書けたであろうと確信している、という彼自身の考えを述べている」と語っています。メイスンがそう確信した理由についてまでは、ヴァン・ダイン氏は説明していません。おそらく、彼には自明のことだったからでしょうね。もちろん、デフォーがディテールの達人だからに違いありません。みなさんも、『ロビンソン・クルーソー』を思い出してみたならば、豊潤な挿話や行動場面が印象に刻まれていることがわかるはずです。物語での途方もなく劇的な瞬間——クルーソーによる浜辺の裸の足跡の発見——は、まず間違いなく、文学における純粋な探偵捜査の最初の例です。現代の私たちにとっては初歩的に見えますが、昨今のミステリ小説家の大部分が、蛮人フライデーの足跡を衝撃度で上回る〈手がかり〉や〈推理〉を用いてはいない点を勘案してください。そうすればみなさんも、エドガー・アラン・ポオが現代ミステリの先鞭をつけるより百五十年ほど前に書かれた、開拓者の作品の価値を認めるでしょうね。

　古き作家たちについて考えをめぐらしていると、どうしても、あまり知られていない、ある古典が思い浮かんでしまいます。クリーヴランド・モフェットの『壁をとおして』[9]——私の知る限りでは、犯罪捜査用のベルティヨン式人体測定法を、小説の中で主要な題材として扱った最初の例——のことです。目下のところ、本作について特別な情報を持っているわけではありませんが、ぜひ読んでください。公立図書館ではかなり容易に入手できるはずです。私は、この本を読んだみなさんの感謝の言葉を聞きたいのですよ。

　古き作家たち……。アンナ・キャサリン・グリーン——私に関して言えば、青春時代に彼女の長編をむさぼるように読んだものでした——について、みなさんの内の何人くらいが理解しているでしょうか？　彼女は世界で初めて探偵小説を書いた女性であるばかりではなく、書かれた時代を考慮するならば、二番めに偉大なアメリカのミステリ作家——一番めは、もちろんポオですよ——だとみなしてもおかしくない、ということを。ある点では、彼女はポオを上回る評価を受けるに値します——ポオがひかえめにしか書き込まなかった領域のあちらこちらに、たっぷりと書き込んだがために。この結果、今日このジャンルで用いられている基本的な原理のかなりの部分に、彼女が寄与することになったのです。特にプロットに関しては、重要な寄与を行いました。みなさんは、彼女が『透かし細工の玉』[10]で用いた独創的にして魅力的な殺人手段を忘れることができるでしょうか？　あるいは、『リーヴェンワース事件』の豊潤なプロットは？　あるいは、のちに何度も再利用されることになる、博物館での展示品による殺人という――『性急な矢の秘密』の――設定は？　アンナ・キャサリン・グリーンは、ドイルの第一作よりも九年も先んじていたことを思い浮かべてくれたならば、華麗なるA・K・Gがこのジャンルにおいて成し遂げた開拓者としての仕事が、いかに刮目(かつもく)すべきものであったか、おわかりになると思います。彼女はクジラひげのコルセットを身につけていたでしょうけど、その手のペンは、最も現代的なインクにひたされていたのです。

さてと、スクラップ入れはこれで空になりました。でもこれは、ちゃんと補充のできるタイプなのですよ。ですから、私はこれからも何度も掘り返し、さらなるほこりまみれの知的骨董品を掘り出すとしましょう――あるものは信憑性があり、あるものは疑わしいものですが。まあ、大部分は疑わしい方に属すのですが、みなさんの怒りは心の奥にしまっておいて下さるよう、切に願います。わが編集部は、ゲームの開始早々に名誉毀損で訴えられたくはありませんから！

1　実際にはルブランの妹がメーテルリンクと結婚した（籍を入れていないという説もある）。

2　日本では『ルパン対ホームズ』のように、「シャーロック・ホームズ（Sherlock Holmes）」として訳され、アナグラムである「ハーロック・ショームズ（Herlock Sholmes）」の方は、使われないことが多い。

3　『吸血鬼ドラキュラ』（一八九七）の映画化は多いが、ベラ・ルゴシが演じたのはトッド・ブラウニング監督の『魔人ドラキュラ』（一九三一）。

4　第一回にも登場したアメリカの著名なジャーナリスト、アレグザンダー・ウールコット。後出の「旧友のアレック」も同じ。

5　原題 "The Jewel of Seven Stars"（一九〇三）。未訳だが、『王女テラの棺』（一九七一）、『ピラミッド』（一九八〇／チャールトン・ヘストン主演）、『ブラム・ストーカーズ マミー』（一九九七）等の映画化作品がある。

6　クイーン編アンソロジー『シャーロック・ホームズの災難』（ハヤカワ・ミステリ文庫）などに収録されている。

7　一九一〇年前後のシカゴ・カブスの内野手、ジョー・ティンカー（遊撃手）、ジョニー・エヴァース（二塁手）、フランク・チャンス（一塁手）によるダブル・プレーは芸術品と言われた。この場合は、デフォーに関するメイスンの見解をヴァン・ダインが中継し、クイーンが受け止めた、という意味だと思われる。

8　アンソロジー『世界推理小説傑作集』（The Great Detective Stories）は未訳だが、序文は『ウインター殺人事件』などに収録されている。

9　クリーヴランド・モフェットの『壁をとおして（Through the Wall）』は未訳。

10　A・K・グリーンの『透かし細工の玉（The Filigree Ball）』と『性急な矢の秘密（The Mystery of the Hasty Arrow）』は未訳。

探偵作家の品質評価

PROOF OF THE PUDDING[1]

私たちのドアの外には広大にして無知なる俗世間が存在し、その俗世間における一般的な通念の中には、ある人が便利なネズミ獲りを発明したならば……[2]おっと、これは別の話でした。ある人が探偵小説を書いたならば、その人は探偵に違いない、という一般的な通念の話です。親愛なる世間様、それはあふれかえる一般的な誤解の中でも最たるものなのですよ。実に驚くべきことですが、世間の人々はこの件に関しては、最大級の好奇心を寄せているようです。私が〝エラリー・クイーン〟の情けないくらい陳腐な覆面を着けて人前に姿をあらわす機会はめったにないのですが、そのときはこれまで感じた中では最大級のしつこさをもって、この質問が投げかけられますからね。「実際に事件を解決したことはありますか？　現実の事件ですよ？　もちろん解決しましたよね、あなたの小説みたいに」などなどなど。私は正体不明の作家ということになっているので、これを口実にすれば、答えをごまかすことができます。実際、いつもこの手を用いているのですよ。しかし、このコーナーでは、輝かしき真実の前にいつまでも幕を下ろしたままではいられません。ついに告白するときが来ました。答えは「ノー」です。

質問された者がパズラー型探偵小説の作家であれば、答えはいつでも——あるいは、ほとんど——「ノー」になるでしょう。頭が痛くなるくらい厳格なルールを受け入れなければならない物語の中でも最高峰に立つパズラー型は、現実に合ったものではないのです。現実に合わない大きな理由は、作家がいくつもの状況と複雑な手がかりを縒り合わせ、一本の糸に仕上げる作業を強いられているからです。しかも、その作業に際しては、探偵の根拠のない思いつきが入る余地を残してはなりませんし、すべてが完璧に結びついていなければなりませんし、探偵が最後に組み上げる論理では、ちっぽけな建築用ブロックさえも欠落してはなりません。ああ、ですが、現実の殺人者も運命も、そんなことをする義務はないのです。現実における犯罪物語は、次の二つのものしかありません。あまりにも単純すぎるもの——言うなれば、真に強い動機を持っている容疑者が一人しかいないとか、殺人者が指紋を残していたとか、パグリージ夫人が左頰に傷のある怪しい長身の男が犯行現場から逃げ去るのを目撃したとかいったもの——か、絶望的なまでに複雑なもの——別の表現で言うならば、手がかりも痕跡もなしだとか、手がかりや痕跡があっても、どちらも壁に突き当たるだけだとか、要するに、事件の何もかもが永遠に謎のまま残ることを運命づけられているもの——か、です。あなたが毎朝読む新聞が喜び勇んで掲載するような犯罪における現実的な特徴とは、こういったものなのですよ。そして、これらが誠実なパズラー作家にとって役立つ題材でないことは明らかでしょう。現実の殺人の大部分において関心をそそるのは、性的な、心理的な、あるいは社会的な特質であり、決して、たぐることのできる手がかりや、目立った痕跡などではないのです。他方では、パズラー作家はパズルを組み上げなければならないことは言うまでもありません。かくして、パズラー作家は現実を元にせずにパズルを生み出すことになるわけです。はい、一丁あがり（プレスト）！　現実味は赤面した顔を隠して逃げ去ってしまうか、そこに留まって、「どこをとっても馬鹿げている。現実では犯罪はこんな風には起こらない。まったくもって、つまらないとしか言いようがない」と憤慨する現実の警察官たちの姿を眺め、誰が一番怒り狂っているかを探すことしかできなくなってしまうのですよ。悲しいことに、警視、あなたはまったくもって正しいのです。ただし、私が言っているのは、「現実では犯罪はこんな風には起こらない」という部分についてだけです。「つまらない」という部分については、同意できません。パズラー派のしもべたる私たちは、あなたのような人には、さまざまな大衆紙（タブロイド）の一面を、隅から隅まで注意深く読んで、どちらがつまらないかを考えてみることをおすすめします。

　もちろんのことですが、みなさんがリアリズム派の探偵小説を手にした場合は、まったく異なる血統の馬に乗ることになるわけです。われらがダシール・ハメットやフレデリック・ネベルやラオール・ホイットフィールドやキャロル・ジョン・デイリーが書いているのは、毎日のように新聞でお目にかかることのできる、古き良き暴力沙汰に他なりません。そこに出てくるリアリズムとは——紳士諸君は下品な表現を使うことをお許しください——スラングであり、腕力が取り柄の無口な男であり、威嚇とは無縁の射撃であり、女をひっぱたく探偵であり、汚い悪態であり、あるいはそれら全部なのです。

そして、こういったリアリズムにどっぷりつかった要素こそが、くだんの警視が慣れ親しんでいるものなのです。いや、本当にそうでしょうか？　警視、あなたの部下には、ハメット――ネベル――ホイットフィールド――デイリー風の刑事が、実際にいるのでしょうか？　あるいは、ハメット、ネベル、ホイットフィールド、デイリー、といった諸氏の作品が自ら放つ〝現実的な〟光沢は、実のところ、ロマンティシズムというニスによるものなのではないでしょうか？――いやいや、これは紳士方の作品を批判して言っているのではありませんよ。とどのつまりは彼らもフィクション作家であり、フィクションは現実を投影したものではあっても、現実そのものではないわけですからね。意識的にせよ無意識的にせよ、作者の手によって余分な部分がそぎ落とされたり、特定の部分が強調されたり、劇的な脚色がされたりするのは当然のことであり、そうでない作品はごくわずかでしょう。

それはそれとして、どうやら本来の道を見失ってしまったようです。おそらく、私が下等動物の目を持っているからでしょうね――わき道に迷い込んでウロウロしている私の目は、ものが見えない下等動物の目に違いありません。私が深遠なる思索にふけってしまう前に話しかけていたのは、いわゆる知性派探偵小説の作家たちは、探偵としては情けないほど無能だということでした。しかし、なぜ作家たちが優れた探偵でなければいけないのでしょうか？――私に答えを教えてください。自らが生みだした想像上の部屋を、すみずみまで顕微鏡のごとき精密さで描写すること。現実の犯行現場に歩を進め、何を探せば良いのかもわからぬままに、すみずみまで見てまわること。みなさんにとっては、どちらが気楽なことでしょうか。というわけで、これこそが、フィクション作家を探偵とみなしてほしくない理由なのです。そもそも、探偵は経験と分かちがたく結びついているものなのです。おそらく、パズラー派の中で最も冴えている探偵作家よりも、靴をすり減らした平凡な刑事の方が、現実の犯罪を素早く解決できるでしょうね。

実を言うと、著名な同業者の一人に起こった歴史的とも言うべき実例が――悲しみと哀れみを込めて述べさせていただきますが――あります。運命の気まぐれによって、彼は現実の犯罪を解くように頼まれたのですよ。そのヴァン・ダイン氏には、まったくもって申しわけないのですが、当時の新聞雑誌に何もかも書かれてしまっている上に、要点をここであらためて述べることに対して〈禁止令〉も布告されていないようなので、許していただけると思います。ファイロ・ヴァンス作品でとてつもない成功をおさめたヴァン・ダイン氏は、ちょっとした話題作りのために地方の警察の名誉署長に任命されました。そこはニューヨークからさほど離れていない有名な町で、確か、氏の夏の別荘がある地域だったと思います。しばらくの間は、まあ、何事もなく穏やかそのものの日々が過ぎていきました。とりたてて言うほどの犯罪は起きなかったので、ファイロ・ヴァンス氏は、その名声に傷のつく心配のない仕事に、余裕綽々で専念していました。それから――みなさんが予想したとおり――犯罪が起こり、ヴァン・ダイン氏は（本人の意に反してであることは間違いありません）自らの新しい肩書きによって、解決を強いられたのです……。その結果については、これ以上話さない方がいいでしょう。しかし、ヴァン・ダイン氏が今でも毎晩のようにうなされて飛び起き、その自慢のあごひげの根もとまで真っ赤にしていることは疑うべくもありません。私がかけられる同情の言葉はたった一つ、「あなたの気持ちはよくわかる」しかないのです。まずありそうもないことですが、私が同じ立場に置かれたとしたら、すっとぼけて夜の闇の中へと逃げ出してしまうでしょうね。

　一方で、腕っ節自慢の紳士諸君ならば、もっとうまく、いや、かなりうまく現実に対応できます。もちろん、その最たる例はダシール・ハメットです。彼は探偵小説家の列に新顔として加わる以前に、探偵事務所の所員として経験を積んでいました。その当時の実績については何の情報も手に入れていないという事実にもかかわらず、彼はそのウィリアム・J・バーンズ[3]ばりのキャリアにおいて、いくつもの事件を解決したはずだと言い切ってしまいましょう。もしかすると、それが明らかになる日が来るかもしれませんよ。

1　"The proof of the pudding is in the eating"（論より証拠）ということわざから。

2　アメリカの詩人・評論家・哲学者のR・W・エマスンの言葉「ある人が隣人より便利なネズミ獲りを発明できたならば、世間はその人の家のドアに向かうだろう（「より便利な製品を作れば、客は自然とそれを買うようになる」という意味）」より。

3　アメリカの国家捜査局で一九二一年から局長を務めた人物。

エラリー・クイーンの採点表

十の基準項目	『透かし細工の玉』	『バスカヴィル家の犬』	『813』	『プレード街の殺人』	『フレンチ警部最大の事件』	『僧正殺人事件』
	アンナ・キャサリン・グリーン	サー・アーサー・コナン・ドイル	モーリス・ルブラン	ジョン・ロード	フリーマン・ウィルス・クロフツ	S・S・ヴァン・ダイン
プロット	7.5	8	10	10	9	9
サスペンス	8	9	10	9	8	8
解決の意外性	7	6	9	7	8	6
解決の分析	7.5	10	すばらしい 10	8	8	8
文体	7.5	9	9	7.5	8	7
人物描写	8	10	9	7.5	7.5	7
舞台設定	6	7	8	6	7.5	7
殺人方法	9	10	8	6	6	7
手がかり	7.5	8	8	6	9	9
読者へのフェアプレイ	6	9	フェアプレイは考慮外なので他項目の平均の9とする	8	8	9
合計	74点	86点	90点	75点	79点	77点
コメント	評価はもっぱら探偵小説を開拓したことによる。もし現代に書かれていたら評価は下がる。	ドイル唯一の正統的な長編ミステリ。こちらも現代に書かれていたらランクは下がる。	探偵小説のすべての条件ではないが、大部分は満たしている。私見では、オールタイムのミステリ=冒険長編の名作である。	低い項目があるにもかかわらず高評価。これまで考案された中で、最も独創的な殺人がらみのプロット上のアイデアの一つが用いられている。	しっかり組み立てられ、中身も詰まっており、練達の技が用いられた、並外れて興味深い物語。題名にふさわしすぎるほどふさわしい。	多くの点で『グリーン家殺人事件』より優れているが、合計点は下回った。中心となるアイデアがすばらしい。

G・D・H&M・コール

編集部は、どちらだとみなせばよいのかわかりません。G・D・H・コールは、社会経済についての本を執筆する息抜きとして、M・コールの卓越した協力のもとにミステリ小説を書いているのでしょうか。それとも、ミステリ小説の執筆の息抜きとして、社会経済の研究をしているのでしょうか。ともかく、彼はどちらの分野においても権威者なのです。そして、この二人のコールが夫婦だと聞くと、みなさんは驚くでしょうね。著作のアメリカ版は――もちろん、どちらも生粋のイギリス人です――ハーコート・ブレイス社から刊行されています。彼らの生み出したウィルスン警視は、架空の人物であるにもかかわらず、肉体と存在感を備えています。二人の合作の成果は、『ブルクリン家の惨事』からはじまり、その後には、傑出した探偵小説の長いリストが続いているのです。

CONTRIBUTORS

本号の寄稿者

作家よ！ 作家よ！

フィービ・アトウッド・テイラー

フィービ・アトウッド・テイラーが、ミステリ長編『ケープコッドのプレイヤーの謎』に対して傑作という評価を得たのは、しごく当然のことでした。この作品は、著名な出版社W・W・ノートンによって、「これまで自社の目録に載った中で最高の探偵小説」に選ばれたのです。テイラー女史は、温厚なニューイングランド人にして架空の探偵の中でもトップクラスの人物、アゼイ・メイヨを生み出しました。そして、上記の長編も、本号掲載の『第四巻の謎』も、どちらもニューイングランドだけを舞台にしています――前者はケープコッド、後者はボストンを。ですが、彼女の物語は、じっと留まることを知りません。すでに『第四巻の謎』を読み終えた方には自明のことですが、彼女はライト・コメディの女王なのです。

ABOUT OUR CURRENT

ギャヴィン・ホルト

「ギャヴィン・ホルト」はあるイギリス青年のペンネームです。彼は世界のあらゆる場所を旅して回り、合衆国には長期にわたって滞在しました。奇妙なことですが、氏はアメリカ人よりイギリス的で、イギリス人よりアメリカ的なのです。クリケットと同じくらい熱烈に、ベースボールを愛しているというわけですね。『太鼓は夜響く』でわかるように、氏は新聞業界に関する豊富な知識を持っていますが、これはイギリスで得たものです。そして、そのイギリスでは音楽評論家でもありました。当然のことながら、『太鼓は夜響く』に登場するトムトム（訳注：原住民の太鼓）や音楽の手がかりは、これによって説明がつきます。彼は、ニューヨークで数年前に書いた短編シリーズにおいてバスティオン教授を生み出しました。加えて、すでに九冊を超える長編も上梓しています。

CONTRIBUTORS

本号の寄稿者

作家よ！ 作家よ！

ヘンリー・ウェイド

現実味あふれる犯罪小説を執筆する際に必要な権威や経歴を持つ作家は、イギリスには一人しかいません。その人物とは、イギリスのバッキンガムシャー州で行政長官を務める、ヘンリー・ウェイドその人なのです。彼の物語には真実味があふれ、彼の描くスコットランド・ヤードの面々や地方警察の人々には血肉が通っています。おそらく、彼の最も知られているミステリ長編は、アメリカ版がベストセラーになった『ヨーク公の階段』でしょう。他には、『首吊り大尉』、『相性の悪い薬』、『塩沢地の霧』、『議会に死体』、『消えた共同経営者』などがあります。想像をたくましくするならば、彼を「イギリスのダシール・ハメット」と呼んでもよいかもしれませんね。(著作はハーコート・ブレイス社から)

ABOUT OUR CURRENT

NEXT ISSUE

次号

先月、編集部が抱くミステリ魂とでも言うべきものによって、11 月号の予告は闇に閉ざされることになりました。そして、この考えは多くの読者の賛同を得て、楽しんでもらえたようです。奇妙に見えるかもしれませんが、大部分のおたよりは、サスペンスが保たれる方を好んでいました。投稿者たちは、不確定であるがゆえに読書欲がそそられるというアイデアを噛みしめ、毎回毎回、自分が熱心に予想した「次号」の内容がどれくらい一致したかを確かめるというアイデアを味わってくれたのです。というわけで、本誌は、「次号内容の予告はしない」という主義を貫き続けることにしました――少なくとも、みなさんの好みがもう一方に鞍替えするまでは。

12 月号がニューススタンドに並ぶのは 11 月 1 日になると思います。もちろん、内容について秘密にしても意味がないものもあります。例えば、ギャヴィン・ホルトの息もつかせぬ緊迫感あふれる連載『太鼓は夜響く』の第二回が掲載されるはずです。それに、J・C・キャネルの読み物「フーディーニの秘密」の最終回も。付け加えるならば、この連載の最終回において、フーディーニは心霊主義者の誤りをあばくことを、そして、舞台奇術師によってこれまで演じられた中で、最も大がかりなイリュージョン――公衆の面前での生きた象の消失――を公開することを予告しておきましょう。そしてもちろん、連載コラムも載ります――編集長の内幕話や新作パズルや、他にもいろいろなものが。

ですが、12 月号の“充分な長さの長編”と、12 月号の短編については――ひと言も漏らしませんよ！　ヒントさえも！　編集部が約束できるのは次のことだけです。みなさんが 12 月号の目次に並ぶキラ星のような内容をちらりとでも見たならば、とびきりのスリルに――人によってスリルを味わう部分は別でしょうけど――捕らえられるということを。

3号

MYSTERY LEAGUE
DECEMBER 1933
VOL·1 NO·3
ELLERY QUEEN,
EDITOR
25¢
NRA
"THE SPIKED LION"
A NEW COMPLETE 80,750-WORD NOVEL BY
BRIAN FLYNN
JOHN MARVELL, THOMAS WALSH, GAVIN HOLT

（1933年12月号）

姿見を通して

エラリー・クイーン

第3回

あれやこれや……。二冊の発行を経験した編集部は、今や、司令部への報告を行う立場に立たされました。これまでの戦いの煙は晴れ、みなさんへの戦勝報告ができることは、この上ない喜びです。まずは評価。まぎれもなく圧勝でした！　大がかりな宣伝なしで、ひっそりとニューススタンドに姿を見せたにもかかわらず、「ミステリ・リーグ」は威風堂々たる登場を果たしたことになりました。本誌の主義と作品の双方が、口を揃えて称賛されたのです。一般の読者のみならず、さまざまなグループの人たちに――作家やジャーナリストや大学教授や旅行者に――よって。その上、こういった読者は、買って、読んで、楽しむだけではなく、手紙まで書いてくれたのですよ。私は確信しつつあります――これこそが編集者の理想郷なのだと。

アンケート結果

連載長編……回答は圧倒的に「ノー！」が多いようです。その理由についてはこう考えました。平均的な知的読者は、お気に入りの雑誌が連載小説をはじめると、自分がカモにされたように感じるのです。そして、どうしてそう感じるかを率直に言うならば――大部分の編集者は認めざるを得ないはずですが――連載を載せる狙いが、まず第一に、販売部数を押し上げること、そして第二に、新たに獲得した読者に継続的に買わせることにあるからです。もちろん、連載小説が選ばれる際に、狡猾な計算がなされていることも理由の一つですね。不自然なまでにサスペンスをたたみかけ、物語は興味をあおったところで型どおりに中断できるような作品ばかりが選ばれるのですよ。編集者たちは、作品それ自体の価値よりも、単なる好奇心という心理的要素を当てにしているわけですね。読者はこういったことを何もかも見抜いていて、不快に感じているのです……。言うまでもありませんが、現在「ミステリ・リーグ」で連載中のギャヴィン・ホルト氏の『太鼓は夜響く』は、こういった下心からではなく、純粋に優れた作品だから掲載しました。諸事情により、一挙掲載できなかっただけなのです。ですから、連載についての読者の意見が、「ノー」が圧倒的多数だったことは私には実に意外でした……。この結果に従い、『太鼓は夜響く』は、本誌が公言している小説の方針の中では、たった一つの例外になるでしょう。この長編は、本誌における最初の連載でしたが、最後の連載になることもまた、運命づけられました。神に誓って約束します。それでも、みなさんの連載ものに対するかたくなな気持ちを、真に優れた長編の最終回に対しても抱き続けるのはやめてください。そして、本作が抜きん出て価値のあるラストを迎えるはずだという私の言葉を、心にとめておいてください。

名作の再録……意見は二つに割れているように見えます。ほとんどのおたよりは、「出来の良い短編は、どれもこれも ad nauseam（アドナジーム）（うんざりする）ほど再録されていると思う。再録されていないような凡作は再録に値しない」というものでした。これは、まったくもって正しくありません。みなさんは、そんなにたくさんの短編を覚えているのでしょうか？　ドイルの「緑柱石宝冠事件」をちゃんと覚えているのですか？（実を言うと、このシャーロック・ホームズもの短編の正確な題名については、私の記憶はあやふやなのですよ。ドイルがこれまで書いた中でも最良の作の一つである本作の内容については、印象が鮮明に残っているというのに！）　みなさんは、アルセーヌ・ルパンの探偵としての冒険を描いたルブランの短編集――わが国では数年前に『ルパンの告白』という題名（これは覚えています！）で刊行された短編集――の中で、どれを思い出せますか？　チェスタトンのブラウン神父ものの名作「イズレイル・ガウの誉れ」はどうです？　確かに、傑作短編の内、数ダースくらいならば、多少なりとも知られています。ですが、それ以外は、みなさんの大部分が読んだことがないか、仮に読んだことがあるにしても、何も覚えていないのです……。その内、そういった物語の一つを再録してみて、みなさんの正確な反応を調べてみるとしましょう。

ミステリ評論……回答者の総意は、圧倒的な〝賛成〟でした。「フーディーニの秘密」の連載がかなり人気があったので――約束はできませんが――これが終わる前に、もう一つ別の評論をお目にかけることができるかもしれません。その後も、みなさんの興味をそそること請け合いの評論を、ひそかに準備しています。

ついでにもう一つ。「ミステリ・リーグ」の発売日に関する問い合わせもかなり届きました。第一号は九月一日頃にニューススタンドで売られ、第二号は十月十日、そして、この最新号は十一月十日に並ぶ予定です。みなさんは、この先ずっと（人としての限界を迎えるまで）十日だと思ってくださって大丈夫です。印刷上の事情で、一日よりも十日の方が都合がよいのですよ。

以下を報告することは私にとって嬉しいことですが、ささやかな戦争は続けていきます……巧みに書かれ、作家の〝名前〟に頼ることのない、卓越した作品の数々によって。本誌は高い品質の長編を、短編を、読み物だけを載せ続けます――いわゆる〝実利〟を生むかどうかなどには目もくれることなく。私が長い間感じてきたことは、そして、みなさんの万雷のようなおたよりが確信させてくれたことは、いわゆる〝実利〟を追うことは、どうしようもなく間違った編集方針によるものとしか言いようがない、ということです。あらゆる読者が望んでいるものは――知的な読者の誰もが望んでいるものは――愉しい読書のためにこそ本を購入したい、ということなのです。みなさんは「ミステリ・リーグ」の中で、それを手に入れることができます。

"Ellery Queen"

なんであれ最上と呼ばれるものがある。トマス・ウォルシュの手による、この毛色の変わった作品以上に巧みな腕っ節派小説がかつてあっただろうか。

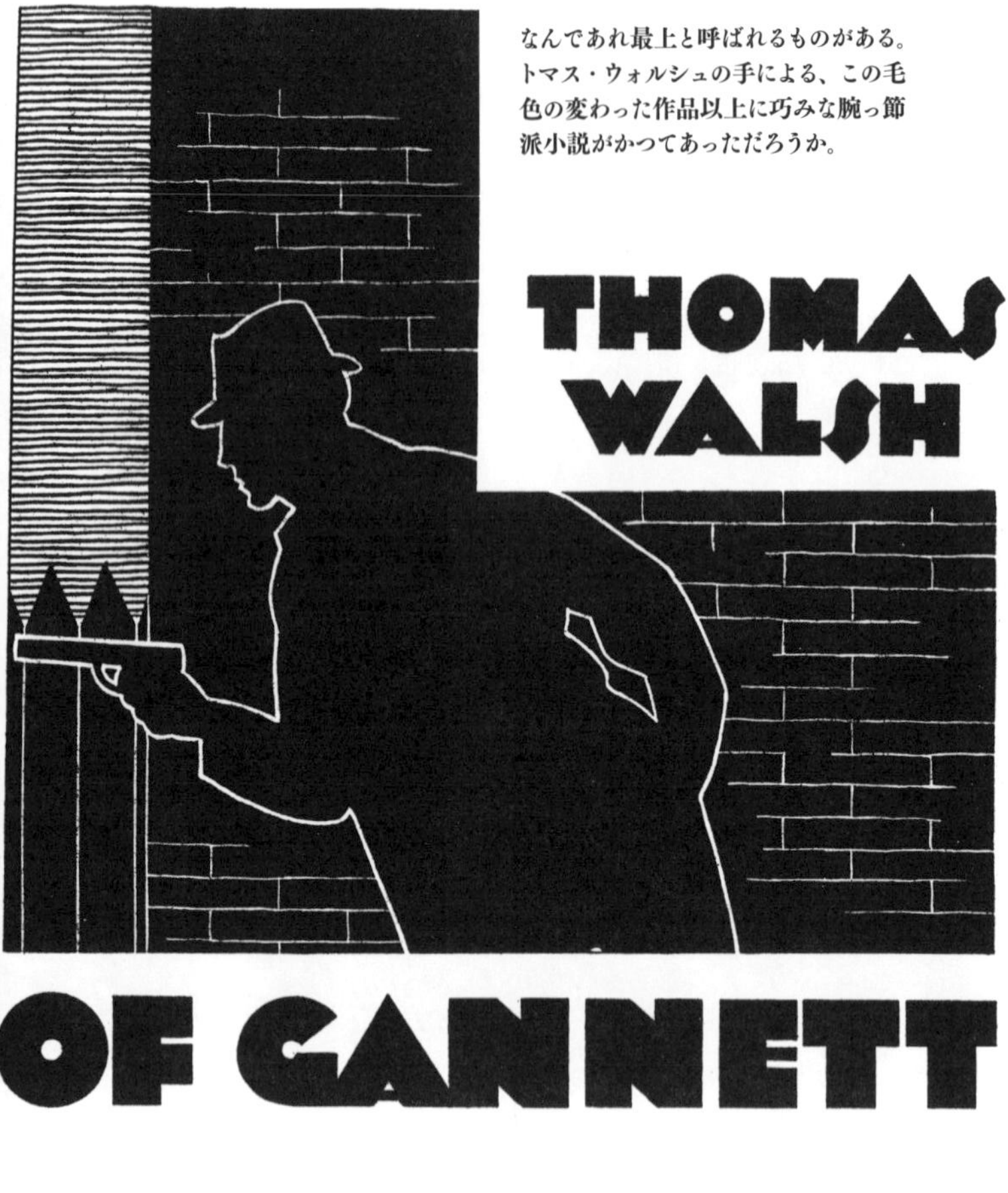

ガネットの銃

トマス・ウォルシュ
水野恵訳

GUNS

娘の名はメアリー・モリス。黒い髪が豊かに波打ち、艶やかに輝いている。きれいな子だ、とガネットは思った。赤ん坊のように透きとおった白い肌。均整のとれた繊細な顔だち。青い瞳は恐ろしい記憶がよみがえるにつれて色褪せ、表情を失っていく。唇がぶるぶる震え、言葉を聞きとるのは容易ではない。声は低く、早口でかすれていた。そうして膝の上に置いた両手をせわしなくよじっている。ガネットの眼差しは苦悩と哀れみに満ちていた。彼女が不憫でならなかった。肩を優しく叩き、「さあさあ」と途方に暮れて力なく言う。メアリーはいま、どのようにマードックが殺害されたかを説明しているところだった。

その夜、メアリーとマードックは映画に行った。それはもちろんゆうべのことだ。しかしいまはずいぶん昔のことのように感じられる。ビリーはもう……。彼女はしゃくり上げた。ガネットは喉の奥で言葉にならないうめき声をもらし、唇をすぼめてかぶりを振った。彼女がかわいそうでならなかった。

ビリーは映画館の向かいの駐車場に車を停めた。ふたりで映画を見るときはいつもその場所に車を置く。映画のあとはドライブに出かけた。それもいつものことだ。彼女の家には幼い子どもが大勢いるし、ビリーは下宿暮らしだ。だから三週間前にビリーが車を買ってからは、人気の少ない静かな場所に車を停めて、ふたりきりの会話を楽しむようになった。その晩、ふたりは海岸通りを目指し、途中で草原を越えて海辺に車を停めた。周囲に家はあるものの明かりはついていない。どんなに早くても五月まで海岸に下りてくる者はいない。だからふたりきりだった。ビリーが明かりを消し、おしゃべりを始めた。それから十五分ほど経ったころ……。

メアリーは少しだけ前に身を乗り出し、それでいくぶん声が通るようになった。視線はガネットではなく、自分の青白い指のつけ根に注がれている。ふたりは物音をいっさい聞いていないという。最初にそれを見たのはメアリーだった。ビリーの肩の向こう、漆黒の闇に男の顔がぼうっと白く浮かび上がり、身じろぎひとつしない。当然、彼女はぎょっとした。ビリーに何かを訴えたが、なんと言ったかは覚えていない。

ダッシュボードのぼんやりとした光が唯一の明かりだった。男はハンカチの上から目だけをのぞかせ、何も言わず、ただふたりをじっと見つめていた。メアリーは怖気(おぞけ)を震った。男の目は狂気じみていて、ギラギラ輝いていた。銃は見えなかった。ビリーの体の陰になっていたにちがいない。

メアリーはますます早口になり、わけのわからないことを口走りはじめた。机をはさんで座るガネット刑事に向かって。そこは警察本署の細長い一室。午後のまばゆい陽射しが、小刻みに震える彼女の手をやわらかく包んでいる。彼女は話しながらその手を顔に近づけた。と思いきやそこに顔をうずめた。ガネットにはわかっていた。彼女はいまも鮮明によみがえる恐怖を必死でぬぐい去ろうとしている。しかし、頭を銃で吹き飛ばされた凄惨(せいさん)な光景は決して消えないだろう。夜の闇、ふたりきりの幸せなひととき、覆面をした殺人鬼の顔、その言葉、深い沈黙、そして銃声……。

　彼女はふたたび話しはじめた。声は低く、話す速度はさらに増している。ビリーは両手を挙げて金のありかを教えた。しかし男はまったく興味を示さず、ただじっと見つめるばかり。やがて男は口をひらき、しわがれた大声でしゃべり出した。内容は悪徳や罪業（ざいごう）について――聖書の一部らしい。そのとき、もちろんメアリーは男の正体に気づいた。前の週に起きた事件のことは新聞で知っていた。停めた車に恋人と乗っていた青年が、宗教かぶれの殺人鬼に銃で撃たれたというものだ。

　だから、メアリーは男に車から降りろと命じられても拒否した。恐ろしかったが、自分が残ればビリーが殺されずにすむかもしれない。その後、ビリーからも降りるように言われたが、頑（がん）として動かなかった。するとビリーは男に飛びかかり、腕を押さえようとした。しかし男は銃を二発撃ち、近づいてもう一発撃った。ビリーの頭に銃口を突きつけて。倒れ込んできたビリーをメアリーが抱き止めようとしたとき、とどめを刺したのだ。そして男は逃げ、ビリーは死んだ。それでも彼女はもしかしたらと思っていた。もしかしたらビリーは……。

　メアリーは腕に顔をうずめ、すすり泣くかぼそい声がヒステリックに高まっていく。ガネットの無骨でいかめしい顔は途方に暮れていた。婦人警官を電話で呼び出し、メアリーのかたわらでぎこちなく、怒りを募らせながら待った。薬指の指輪に気づいた。素肌に小さなダイヤモンドがきらめいている。婚約指輪にちがいない。ふたりは六月に結婚することになっていた。ガネットはため息とともに悪態をついた。

　婦人警官が現れると、娘をまかせて廊下に出た。ガネットは四十代後半。背が高く、顔色が悪い。どんよりと曇った茶色い瞳、しゃくれた顎、手がつけられないほど乱れたもじゃもじゃの頭。いまの彼はむっつりと押し黙り、不機嫌そのものだ。娘の甲高い泣き声は薄汚れた灰色の壁に阻まれて、混乱と底知れぬ悲しみが渦巻く低い嗚咽(おえつ)へと変わった。ガネットは深く息を吸い込み、その声を意識の外に追いやろうとした。いったいなんのために？　ガネットは苦々しく思った。あんな若いふたりを……。

同じ建物のべつの場所で、ガネットは回転木戸を通りぬけドアを押しあけた。その部屋には黒い絨毯が敷かれ、くすんだ白い壁は味気なく殺伐としている。しかしデスクの前の男は陽気に鼻歌で『セント・ルイス・ブルース』をうたっていた。机に片肘をつき、もう片方の手で受話器を耳にあてがっている。

目玉だけをぐるりと動かしてガネットを見上げた。ガネットはじっと見返して言った。「例の娘と話してきたよ。だが、たいした収穫はない。ホシはマスクをつけていて、ガイシャを撃ち殺す前に聖書の一節をまくしたてた。覚えているのはそれだけだ。ホシが車に乗ってきたのか、歩いてきたのかさえわかっちゃいない。ひどくまいっているからこれ以上問い詰めてもむだだよ、ウォリー」

パウエル警視は鼻歌をやめた。「それっぽっちの情報じゃあ、くその役にも立たんぞ、くそったれめが。たぶんおまえは——」そして受話器に向かって吠えた。「ああ、パウエルだ。ちゃんと聞いてるよ。どうせチェスでもしてたんだろ。悪かったな、お楽しみの最中に」

ひたいのてっぺんに向かって薄くなるブロンドの髪、血色のよいやせた顔、冷酷そうな青い瞳。

両手の爪はきれいに切りそろえられ、肌は白く、蜘蛛の巣のような静脈が透けて見える。パウエルは五十四歳だが、四十代半ばにしか見えない。ときおり受話器に向かって不満そうに鼻を鳴らしながら、何やらメモをしている。電話の相手の声が途切れると、椅子をくるりとまわしてガネットに向き直った。

「しっかりしろよ」パウエルは嘆いた。「こんな仕事、朝飯前だろう。おまえみたいな百戦錬磨の刑事(デカ)なら、なあガネット。おまえはどんなささいなこともさぐり出す。誰が誰で何がどうなっているのか。それが、あの娘に泣かれたもんで――」

ガネットが制した。「よせよ」声に怒りがにじみ、こわばっている。「はらわたが煮えくり返るよ、パウエル。あのモリスっていう娘、あんないい子が――六月には結婚するはずだったのに――なんだってこんな目に遭わなきゃならないんだ？　なんの落ち度もないのに」

パウエルは椅子をまわして机の上のタバコを手に取った。夢見るような退屈そうな顔で。タバコの煙で完璧な輪っかを作り、それが天井にのぼっていくさまを、唇をすぼめて眺めている。

「わたしの意見を訊きたいのか？　見たところ頭のいかれたキチガイ野郎の仕業だな。先週、べつの若者を殺そうとしたのと同じホシにちがいない」

ガネットはうなり声をもらしてタバコをさぐり、一本口にくわえてブーツの分厚いかかとでマッチをすった。「何かわかったのか？」

「ああ」パウエルはぶっきらぼうに応じた。デスクに身を乗り出して四角い紙を手に取り、ガネットに放った。「今朝がた、〈ヘラルド〉紙の事務所で見つかった。届いたのは昨日の夜だけどな。ゆうべ八時、事件が起きる二時間前だ」
罫紙にふぞろいな活字が並んでいる。下の隅には奇妙な円と交差する数本の線、さらにその下に赤い十字架がぞんざいに描かれている。内容は以下のとおり。「現代のゴモラ（市民の堕落のために神によって滅ぼされた古代都市）から悪徳や罪業を根絶せねばならない。さもなくば天罰がくだり、業火と疫病がこの世を破壊するであろう。今宵、ひとりが死に多くを救う」円と十字架を除けばサインはない。

「ひとり目の若者が襲われたときにも、ヘラルドはそういう手紙を受けとっていた。その奇妙な円やら何やらは一通目とまったく同じだ。しかし、被害者のドーランは幸いにも二の腕に一発くらっただけで命に別状はなかった。ホシはとどめを刺す前に現場からずらかっている。だいぶ度胸がついてきたようだな」

ガネットはもじゃもじゃ頭を指ですき、帽子をかぶって立ち上がった。憂鬱そうな口調で言う。

「ウォリー、今夜は俺もか？」

パウエルはうなずいた。「おまえ抜きでやるわけにはいかんだろう。いかれた野郎は犯行を繰り返したがるものだ。だからおまえたちにはデートをしてもらう。やっこさん好みの薄暗い路地でな。女と男、どっちにする？　おまえならゴージャスな金髪美人になれるぞ」

ガネットは一声うなって踵を返した。「男でいい。いまの俺はな、ウォリー、誰かが悪徳って言っただけで、そいつのどてっぱらに一発食らわせてやりたい気分なんだよ」

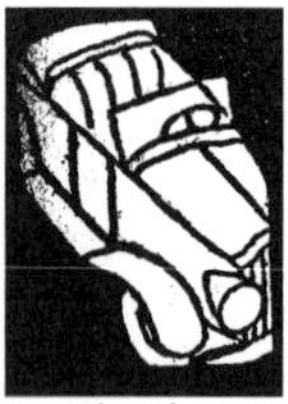

ガネットはロードスターの運転席に座っていた。片腕をシェイ巡査の肩にまわし、もう一方の手は太ももにはさんだ支給品のリボルバーの台尻をずっとつかんでいるせいでこわばっている。初春の夜気は湿気を含み、じっとりと冷たい。薄い霧が灰色の流れとなって、車を包む闇のあちこちで渦を巻いている。遠目に薄暗い場所で見れば、シェイ巡査は体格のいい女と間違われるかもしれない。つばの広い派手な帽子で顔を隠し、毛皮のコートで首から膝までをすっぽりと覆っている。巡査はガネットの腕のなかでときおり体をくねらせ、気まずそうに身じろぎしては小声で悪態をついた。十度目にはガネットが毒づいた。俺だってタバコ一本吸えないんだぞ、と。

地の底から湧き上がるように、一マイルほど離れた海から寄せては砕ける波の音が響いてくる。その長く尾を引く雷鳴のごとき轟音は、いつ終わるとも知れぬ静寂によって不意に破られる。後方の市街地では、彼らのほかに四十組のカップルが殺人鬼を待ち受けている。薄暗い路地で、人通りの途絶えた街角で、人目につかない公園の隅で。どのカップルもひとりが太ももに銃をはさみ、女装をした窮屈そうな巡査と肩を寄せ合っている。そのどこかに獲物がかかることをガネットは祈っていた。

十時半をまわると、ガネットはため息をつき、車内灯をつけてシェイ巡査に言った。「引き揚げるぞ。頭の切れるやつだから遅くに動きやしないだろう。このあとの時間帯は危険だと思っているのさ。俺たち刑事(デカ)がひとり乗りの車を片っぱしから停めたり、電車の乗降客に目を光らせてるにちがいないって。いずれにしろ一週間はねぐらでおとなしくしているさ」

シェイ巡査はほっと息をついた。「了解。運転しましょうか？」大急ぎで帽子とコートを脱ぎ捨て、男の姿に戻った。

「頼む」ガネットは巡査と席をかわり、助手席のシートに体を預けて車が繁華街の混雑に呑み込まれるまで身動きしなかった。やがて信号で停止すると、急に起き上がって車を降り、片手をひらひらさせながら歩き去った。目をすがめて何やら考え込んでいる様子だった。二ブロック歩くあいだも、三階建のビルの地下へと続くドアのベルを鳴らすあいだも、細くて暗い階段を下りて、酒場のカウンターでストレートのライを二杯あおるあいだも、ずっと同じ目つきをしていた。

ガネットは通りに戻ると、しかめつらでぶつぶつ言いながらのろのろ歩いた。そして街角ではたと立ち止まった。指をぱちんと鳴らし、目を輝かせてつぶやいた。「なるほど、そういうことか！」ガネットはいきなり振り返って太った男にぶつかった。詫びもせずにその勢いで軽食堂に飛び込んだ。そのまま電話ボックスに駆け込み、番号をダイヤルしてパウエルを呼び出した。

しばらくすると、パウエル警視の鼻にかかった物憂げな声が聞こえてきた。

ガネットはたたみかけるように言った。「いいか、パウエル。殺しの目的はなんだ？　世間はこの事件をどう思っている？　犯人は聖書の一節をまくしたて、いかれた手紙までご丁寧に送りつけてきた。そうだよな」蒸し暑い電話ボックスのなかで、ガネットはもどかしげに片手を振りまわした。「これがもし頭のいかれた野郎の仕業じゃないとしたら？　ホシにはマードックを葬りたい理由があったとしたら？　キチガイじみた言動は真相を隠すための方便だったんじゃないか？」

飲んでいるのか、とパウエルは冷ややかに問い返した。

ガネットはいきりたった。「よせよ、ウォリー。ホシがひとり目の腕を撃ったのは単なるお膳立てだったんだ。はなから殺す気などなかったのさ。つまり、あの若者は無関係で単なる小道具にすぎなかったってことだ。世見がこの事件をどう思うかやつにはわかっていた。そして一週間鳴りをひそめていた。二度目はないと思わせるために。やつはマードックの車やあの娘のことを知っていたのさ。毎週水曜に映画に行くことも。それでゆうべは待ち伏せをして、映画館を出てきたふたりのあとをつけ――」

「ブロモセルツァー（鎮痛剤の商品名）」パウエルはうんざりだと言わんばかりの口ぶりでさえぎった。「大さじ三杯飲め。明日の朝、そんなザマで顔を見せたらクビだからな」

パウエルは電話を切った。

「なんだと、ケツの穴の小さい能なし野郎め！」ガネットは受話器をフックに叩きつけた。憎々しげにそれをにらみつけ、くるりと背を向けた。と思いきやふたたび振り返って硬貨返却口を指でさぐった。何もない。悪態をつき、外へ出た。

ガネットはどんよりと曇った瞳に怒りの炎をくすぶらせながら二ブロック歩き、ドラッグストアに立ち寄ってふたたび署に電話をかけた。今度呼び出したのはジョー・コナーズだった。ジョーはガネットの質問に耳を傾け、うなり、しばしの沈黙のあとようやく口をひらいた。

「マードックは下宿で暮らしていたんだ。切り盛りしているのは会社の同僚の母親で、その同僚はマードックの友達でもあった。昼間訪ねてみたよ。何か知っているんじゃないかと思ってね。

でも空振りだった。母親の名前はハズリット。とっつきにくい婆さんだよ。行ってもむだ足になると思うぞ」

「なあ」ガネットはじれて声を荒げた。「俺は住所を知りたいんだよ、昔話を聞きたいわけじゃない」

「なら先にそう言ってくれよ。マートル・ドライブ八四六の……」

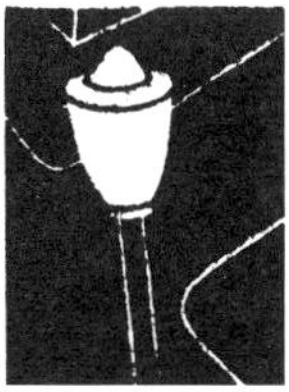

マートル・ドライブ八四六は色褪せた茶色い建物だった。うらぶれた木造家屋が軒(のき)を連ねる一画で、うち数軒は窓の貼りが空き家であることを告げている。ガネットは曲がり角で電車を降り、街路樹が影を落とす薄暗い路地を抜けて、ぼやけた黄色い光を投げかける街灯の下まで歩いた。その距離からだとドアの部屋番号を読みとれない。ガネットは一分ほどためらったのち、周囲を見まわして眼鏡を取り出し、さもいやそうに鼻に乗せた。黄色い木製のドアに目を凝らすと、風雨にさらされて褪せた番号がぼんやりと浮かび上がって見えた。ガネットは玄関前の階段をのぼりながら、安堵のため息とともに眼鏡を外した。
ガネットが鳴らしたベルに応えて現れたのは、小柄で潔癖そうな女だった。やせた青白い顔、生え際から丁寧にくしけずられた鉄灰色の髪。黒い衣服に身を包み、まるで尼さんみたいだとガネットは思った。きつく握りしめた両手を押しつけるたびにカサカサと音を立てる糊のきいた白いエプロンを除けば。眼窩(がんか)は深く落ちくぼみ、まばらな眉毛の下の目尻に化粧が黒くにじんでい

る。夫人は落ちつき払った、いかめしい表情で言った。「何か？」

ガネットは帽子を軽く持ち上げた。「夜分すまないが、奥さん。わたしは警察の者で、ガネットという。マードックさんの住まいはこちらで？」

骨ばった小さな顔は、興味がなさそうにガネットを見ていた。おまけに、とガネットは思った。さして悲しんでもいなさそうだ。夫人はドアを引いて脇へよけた。「かわいそうなことをしました。あの子の持ちものをご覧になりたいのでしょう？　先にいらした刑事さんが、あとでべつの方を寄越すとおっしゃっていたから起きてお待ちしていたのです」口調は平板で感情に乏しく、少し冷たい感じがした。ガネットは夫人のあとについて狭い玄関ホールに入った。家具は几帳面に磨き上げられ、どことなく古びている。リノリウムの階段にたどりつくまでに室内をざっと見まわす余裕があった。二階へ上がると、右側の寝室に案内された。窓がひとつとベッド、ドレッサー、それに椅子が一脚あるだけの狭い部屋だった。

ベッドの格子柄の上掛けの上に、丁寧にたたまれた衣服が一そろい。その近くにシャツ、ネクタイ、下着、靴下が置いてある。シャツの襟元は黒ずみ、下着にはそれよりも大きくて不気味なしみがついている。ガネットがそちらに足を踏み出したとき、廊下から呼ぶ声が聞こえた。「母さん、さっきのベルは誰だい？」

夫人はガネットに言った。「息子です。こっちへいらっしゃい、ロジャー。ビリーの部屋にいるわ」

ロジャーはパジャマにバスローブというでたちで現れた。黒い瞳に、ひとなつこい笑顔、黒い巻き毛の感じのよい若者だった。「こちらはガネットさん――警察の方よ、ロジャー――息子のロジャー・ハズリットです」

ガネットは気のない握手を交わしたあと、ベッドの衣服を手に取り、ひととおり調べた。ポケットには何も入っていなかった。むろん、パウエルが署で保管しているのだろう。クローゼットの青いスーツのポケットには、タバコと小銭が数枚、それに次の土曜日にひらかれるダンスパーティのチケットが二枚。ガネットは顔をこわばらせて、それらをもとに戻した。メアリー・モリスのことを思い出したのだ。

タバコに火をつけ、部屋の中央に立った。何やら考え込むような目つきで。ビリー・マードックの衣服はこざっぱりとしてきちんとアイロンがかけてある。とはいえスーツは三着しか持っておらず、どれも高価なものではない。ポケットの内側のラベルは十七ドル五十セントの服を売る衣料品チェーン店のものだ。明らかに金はなさそうだ。なのに殺されたとき、マードックは真新しい高価なロードスターに乗っていた。車検証によれば本人のものだという。妙な話だ。

ガネットは急にわれに返ってロジャー・ハズリットを振り返った。

「マードックと勤め先がいっしょだったらしいな。給料はいくらだったかわかるか?」

「三十五ドルですよ」ロジャーが言う。「僕ら見習いの会計士なんです。もちろん、ゆくゆくは――」

ガネットはいらだたしげにさえぎった。「なるほど」それではつじつまが合わない。それっぽっちの給料でどうやって車を買うというのか。そのためには――。

ガネットは帽子をかぶり直して夫人と息子に会釈をした。「いや、ご協力ありがとう、奥さん。これでもう警察が邪魔することはないだろう。悪かったね、こんな遅くまで」

ハズリット夫人は一階の玄関まで見送りにきた。ガネットは長い鏡の近くに据えられた公衆電話に気づいて立ち止まり、硬貨を入れた。署に電話をかけて再度コナーズを呼び出した。

「ガネットだ、コニー。マードックの件だが、車庫の場所がどこか知らないか？」

「ちょっと待ってくれ」コナーズは言った。受話器を置くゴツンという音が聞こえ、二分ほど静寂が続いた。ガネットは待つあいだ壁紙の模様を眺めていた。一輪のバラと、その両側に小さな模様が二つ——まるで頭のないキューピッドのようだ。隣のバラはもっと——。「もしもし」コナーズが言う。「パウエルにはまだ報告していないんだが、ガイシャのポケットにチケットが入っていた。アヴァロンだ、グリーンとファルトンの交差点にある。当たってみるといい」

「アヴァロンだな」ガネットは繰り返した。「恩にきるよ、コニー」

「パウエルが知りたがっていたぞ、おまえが何をしているのか。さっさと帰って寝ちまえって言われたんだって？」

「一杯やってるところさ」ガネットはさも愉快そうに言った。「敬愛なる警視殿によろしく伝えてくれ」

ハズリット夫人は出口のドアノブに片手をかけて待っていた。ガネットは彼女の生真面目な顔をちらりと見やり、壁に視線を転じた。壁の横木の下に何やら白いものがある。小さな木製の額縁に入れられた四角い紙。ドアに向かって歩きながら目を細めると徐々に焦点が合い、そこに記された標語がはっきりと読みとれるようになった。「御名(みな)の栄誉を主に帰せよ。神聖なる祈りによって主を崇めよ」

ガネットは歩道に下り立つと、物思わしげな顔で振り返った。玄関の明かりが消える間際に、ハズリット夫人のやつれて骨ばった顔が見えた。暗くなったあともまだ夫人が玄関から見ている気がしてガネットは落ちつかなかった。冷えびえとした黒い眼(まなこ)を細め、糊のきいたエプロンの前で両手を握り合わせて。

ガネットはのろのろと通りを歩いた。聖書の一節について思いをめぐらせながら。

アヴァロン駐車場の夜警はそのロードスターのことを覚えていた。持ち主はたしかベンソンだか、ベネットだかって名前の若い男だ。いや、ゆうべは来なかったよ。旅行でも行ったんじゃないのかね。ガネットは夜警のあとからガソリンくさい小さな事務所に入り、ファイルのなかから目当ての人物を見つけ出すのを待った。持ち主の住所はステートストリート九〇九。名前はJ・L・ベンソン。

ステートストリート九〇九で、ガネットは管理人の呼び出しボタンを押した。二度鳴らしたところでバネがきしみ、鍵が外れた。安っぽく飾りたてられた細長い廊下を進む。石のベンチが二、三脚と、大きな鉢に入った生気のない観葉植物が数本。壁には銀と黒のギザギザ模様がのたくっている。

ガネットはエレベーターのそばで待った。針金のようにやせた小男が背後から現れる前に、タバコに火をつけ一服するだけの時間があった。男は眠たげで不機嫌な顔をしていたが、ガネットを見るなり、驚いて目をしばたたいた。

「警察だ」ガネットはバッジを示した。「ベンソンの部屋の合鍵を貸してくれ。いま持っているか?」

男の瞳がぱっと輝いた。「そらみろ! 例の若者のことですよね? やっぱりなあ、さっき女房に言ったんですよ。新聞の写真は彼じゃないかって。なのにあいつときたら——」

ガネットはうんざりした口調で言った。「で、鍵はあるのか?」

「ありますとも」ベルトから大きな鍵束を外し、エレベーターのボタンを押した。「うちの入居者はしょっちゅう鍵を忘れるんですよ。今回もそうだと思ったので、こうして持って出てきたってわけです」

エレベーターが下りてきてドアがひらいた。ガネットは先に乗り込み、管理人が階数パネルの四階を押すのを見ていた。「そのベンソンという男に会ったことは?」

「せいぜい一度か二度ってとこですね。うちのエレベーターは自動だから入居者が自分で動かすんです。だからもう何ヵ月も会っていないひともいますよ。家賃は管理会社が集金するので、いっさい関知しませんし」

エレベーターが止まり、管理人が扉をあけた。ガネットは下り際に尋ねた。「彼はどのくらいここに?」

「二ヵ月前ですね、引っ越してきたのは。口数の少ない若者で、パーティとかそういう類のことは一度もしたことがありません」

ガネットはうなった。「ここで寝泊まりしていたのか?」

管理人はあやふやな表情を浮かべた。「さあ、わかりませんね。なにしろうちのエレベーターは自動で――」

「ああ」ガネットは口をはさんだ。「さっきも聞いたよ」管理人が部屋のドアをあけると、ガネットは先に入って、落胆した顔の管理人をすげなく廊下に押し戻した。そして壁の明かりのスイッチが見つかるまで閉めたドアにもたれていた。

そのアパートには部屋が三つと風呂がついていた。すべての部屋の明かりをつけて歩いたあと、帽子とコートを椅子に放り、洗面所に向かった。カビのにおいが鼻をつく。庭に面した窓をあけてまわった。

ガネットは物思いに沈んだ顔で唇をへの字に引き結び、口笛で『ラ・パロマ』を吹いた。クローゼットにはスーツが四着、きちんとハンガーに吊るしてある。どれも真新しく仕立ても上等で、コートの内ポケットには高級テーラーの店名が刺繡(ししゅう)されていた。ガネットはそのうちの一着を引っぱり出して体に当ててみた。ビリー・マードックにぴったり合いそうだ。ポケットには何も入っていない。

たんすの引き出しを一段ずつあけ、衣服をくしゃくしゃに丸めては床に放り投げた。最下段の洗濯していない肌着類の下から、大きなマニラ封筒が出てきた。分厚く、封はしていない。なかをのぞいたとたん、『ラ・パロマ』が途切れた。それから改めて口笛を吹いた。今度の口笛は長く、節はついていない。

封筒の中身は百ドル札と五十ドル札、合わせて八千ドルあった。

ガネットは顔を上げ、鏡のなかの自分をにらみつけた。「八千ドルだ」ゆっくりとかみしめるようにつぶやいた。

そのとき居間から物音が聞こえ、ガネットは振り返った。かすかな足音、さらに小さなカチリという音。玄関のドアがひらいて閉じたようだ。ガネットのどんよりと曇った瞳がさらに曇り、しゃくれたいかつい顔から表情が消えた。右手にリボルバーを構え、忍び足でドアまで歩いた。

男の背中が見えた。上背があり、肩幅が広く、腕が長い。ソファの上に身をかがめている。夜会用の礼服に身を包み、ジャケットから糊のきいた白い襟がのぞいている。男が振り向くとやせた顔が見えた。日に焼けて威厳に満ちている。冷ややかな黒い瞳、大きな口。ガネットに気づいて男の動きが止まった。目に警戒の色が浮かんでいる。「どうやら部屋を間違ってしまったようだな」

「そうは思わないが」ガネットは陰気な顔で銃を振った。「この部屋に用事があるんだろう?」

「マードックのアパートを探している――つまり、ベンソンの」大柄な男は言った。声は落ちついていておびえた様子はない。「まさか同居人がいるとは――」

「ああいや」ガネットはうなり、首を振った。「同居人じゃない。警察だ」

「なんだ」薄い唇がゆるみ、微笑んだ。「そうか。銃を持っているんでぎょっとしたよ。明かりがついていたから誰かいるのかと疑うべきだったんだが。たぶんゆうべからつけっぱなしなんだろうと思って」

ガネットはドアにもたれかかった。「この部屋に用事があるんだな?」

大柄な男はかすかに眉をひそめた。「いや、まあそうだな。しかし、きちんと説明できるかどうか。わたしはジョージ・ブレーク。〈ハノン・アンド・ブレーク〉社の共同経営者だ。マードックはうちの社員だ」

ガネットは依然として眉根を寄せている。

「二日前、ハノン氏のもとに匿名の手紙が届いた。マードックが会社の金を横領しているという内容の。ここの住所とアパートの鍵まで同封して。ハノン氏もわたしもまともに取り合わなかった。どうせ単なる逆恨みだろうと思ってね。何者かがマードックをクビにしたがっている。そういうことは初めてじゃない。それに、われわれはあの青年が好きだったし信頼していた。実を言うと、彼はハノン氏の遠い親戚でね」

そこでひと呼吸置き、ガネットを見て先を続けた。「ところが、ゆうべあんな恐ろしい事件が起きたものだから、当然、われわれは調べてみることにした。今朝早くから会計士に帳簿の洗い直しをさせて、その結果、マードックの計算書に四万ドル以上の不足があることが判明した。最終的な金額はもっと膨れ上がるかもしれない。調査が終わるまでいくらになるか知りようがないんでね」

ガネットはリボルバーをひとにらみしたあと、親指でくるりとまわして、上着の下のホルスターに滑り込ませた。「ここへはずいぶん遅くに来たんだな。なぜ警察に連絡しなかった？　そうとわかっていれば、俺たちだって余計な手間が省けたのに」

ブレークは曖昧な表情でしばしためらっていた。「なんとも答えにくい質問だな。いま言ったとおり、マードックはハノン氏の親戚だから、当然できるだけ内密に片をつけたいと考えていた。ハノン氏は大きな損失を出したことに責任を感じている。それで、わたしは彼に頼まれたんだ。今夜この部屋へ行って――」

「なるほど」ガネットは体を起こし、無言のまま親指の爪で前歯を叩いた。「署に電話したほうがいいな。この部屋を調べたいだろうし。あんたにはここで待っててもらう」

ブレークは肩をすくめ、視線をガネットからタバコに近づけたマッチの先に移した。そしてさりげなく尋ねた。「ゆうべの一件は、金――つまり、その、マードックが横領した金と関係があると思うかね？」
ガネットは不機嫌に応じた。「俺が知るわけないだろう」電話を探すためにその場を離れて寝室に向かい、悪態をつきながら戻ってきた。「電話がないのか、この家には。下に行くよりなさそうだな」ガネットはちょっと考えて、どんよりと曇った視線をブレークに転じた。「何か身元を証明するものは？」

ブレークはジャケットのポケットをさぐり、数通の書類と運転免許証を引っぱり出した。ガネットはそれらを検分しうなずきながら返した。

「よし、嘘はなさそうだな。俺が電話をかけにいくあいだ、ここで待ってるんだぞ」

ガネットは廊下に出て、扉がひらいたままのエレベーターに乗り込んだ。一階まで下りると、建物の裏手にまわって公衆電話を探した。しかしどこにも見当たらない。

三ブロック歩いて、ようやく深夜営業のうらぶれた喫茶店を見つけた。カウンターの店員にコーヒーを二杯注文してから公衆電話に移動し、パウエルと短い言葉を交わした。その後、カウンターに戻ってブラックのコーヒーを飲み干し、金を払って店を出た。

ガネットはJ・L・ベンソンの部屋のベルを鳴らした。鍵があくのを待つあいだ、背後のカーテンに映る自分の影を暗い顔で眺めていた。一分後、ふたたびベルを鳴らした。今度は長く執拗に。返事はない。帽子の下ににじんだ小さな汗の玉が急速に冷え、ひたいを流れ落ちていく。ガネットは悪態をついた。銃を握りしめて、先ほどの管理人が廊下に駆け込んでくるまで、呼び出しボタンを親指で押しつづけた。

管理人は目を剝き、息をあえがせている。「おいおい！　いったい何事――」

ガネットはベルトから鍵の束をもぎとり、男を脇へ押しやった。なかなか動き出さないエレベーターにいらだって扉を叩き、四階にたどりつくと、前のめりになって廊下に飛び出した。四本目の鍵がようやく一致し、四Eと記されたドアを押しあけた。

明かりはついたままだが、例の大柄な男は消えていた。ガネットは部屋じゅうを駆けまわってクローゼットをあけ、居間の窓から外を見渡した。通りはしんと静まり返って人通りもなく、物陰に目を凝らしても動くものは何ひとつない。再度室内を見てまわったとき、寝室のドレッサーに置いておいたマニラ封筒が消えていることに気づいた。ガネットは椅子にどさりと腰を下ろし、十分後、管理人がパウエルと本署の警官四人を連れて部屋に現れるまで、そこから動かなかった。

パウエルはこげ茶の帽子をぐいと後ろに引き下げ、とがった顔に愛想のよい笑みを浮かべている。にんまり笑って言った。「さすがだな、ガネット！　たいしたもんだよ、いつだって何かしら見つけ出してくるんだから。はっぱをかけられないとやる気を出さないのが玉に瑕だがな、相棒！」

ガネットの肩をぽんと叩き、鼻歌をうたいながら室内を見まわした。返事がないのでおどけたふうに眉を吊り上げてガネットを見下ろした。「なんだ、すねているのか？　もったいぶらずに手柄話を聞かせてくれよ。なあ、さっさと片づけちまおうぜ」

ガネットは顔を上げた。表情は暗く口元に深いしわが刻まれている。パウエルのいぶかしげな視線に出くわすと、急いで目をそらした。遠くの窓をじっと見つめたまま、ガネットはうちひしがれた様子で話しはじめた。

「今回のことは大目に見てくれ、ウォリー。誰だって同じことをするはずだ。まさかこんなことになるなんて――」

「ああん？」パウエルは妙な声を発した。椅子の肘かけに座って片足をぶらぶらさせながら、すぼめた唇を左側に引きつらせた。そして何も言わずに無表情で一同を見まわした。

ガネットは上目遣いに顔を上げた。しかし冷ややかな眼差しに見据えられてたじろぎ、かすれた声で語を継いだ。「マードックがこの部屋を借りていたんだ。俺は駐車場でここの住所を教えられ、寝室で八千ドルを見つけた。そのあとあの男が現れて、マードックの雇い主のブレークだと名乗った。そいつの話では、マードックは四万ドルかたぶんそれ以上の金を使い込んでいたそうだ。そのブレークという男は身元を証明する書類や財布なんかを俺に見せた。それで俺はあんたに連絡しようと思って、電話を探して街じゅう歩きまわるはめになった」

パウエルはうなずいた。苦りきった顔で、目のまわりに干した桃のようなしわを寄せて。そして出し抜けに、噛みつかんばかりの勢いでわめきはじめた。

「そのブレークという男はどこだ？　それにその金は？」

「消えちまったよ、電話をかけていってるあいだに」ガネットは怒鳴り返した。「金はやつが持ってったんだろう」

警官のひとりが笑い出し、パウエルの鋭い一瞥を食らって息を詰まらせ顔色を失った。

「身分証を持っていたんだ」ガネットは必死に訴えた。「でなきゃ、ひとりで残したりしないさ。てっきり俺は――」

ガネットはパウエルの低く威圧的な声にすっかり気圧(けお)されていた。悔しそうに目を伏せて、敷物の端から端へと弧を描くようにゆっくりと視線をめぐらせた。警官たちはそんな彼をうやうやしく、生真面目な、どこか見下すような目つきでじっと見ていた。ガネットは喉の奥で言葉にならないうめき声を一、二度発したが、誰も気にとめなかった。

パウエルは手を振って話を切り上げた。「まさに警官の鏡だな、諸君。うちの課の誇りだよ」うんざりした目つきで立ち上がり、下唇を震わせて大きなため息をついた。「おまえたちは室内をもういっぺん調べ直すんだ。そのぼんくらは椅子に縛りつけておけ。捜査の邪魔をされないように。おまえらが引き揚げるときも放っといていいからな」

ガネットは椅子に座ったまま顔を上げなかった。パウエルが立ち去る物音を聞くと、あまり威勢のよくない啖呵を切った。「ろくに働きもしないで偉そうなことを言いやがって。辞めてやる。オフィスに押しかけて、鼻っ柱に一発お見舞いしてやるからな。俺は――」

警官たちがいっせいに不満の声を上げた。

家宅捜索に一時間かかった。ガネットはむっつりとその様子を眺めていたが、じわじわと怒りが込み上げてきた。一行が帰る直前にガネットは洗面所へ行って手を洗った。そして声をかけられると「とっとと失せろ」と毒づき、全員がすっかり引き揚げるまで浴槽の縁に腰を下ろしていた。腕時計を見た。二時だ……。

ガネットは居間に入ろうとして戸口でつまずいた。段差に気づかず危うく転びそうになった。体勢を立て直すや、いまいましげに敷物を三度蹴りつけた。タバコに火をつけてかかとでマッチを踏みにじったあと、キッチンに水を飲みにいった。そして天井の照明のひもをつかみそこねて悪態をついたとき、きしむような小さな物音が壁の向こうから聞こえてきた。

ガネットは素早く体の向きを変えた。居間からもれる明かりが闇を薄くしている。足音をひそめて奥の壁まで移動し、しゃがみ込んで耳を澄ました。

目の前には冷蔵庫、白色合金の棚、幅の狭い掃除用具入れ。ガネットは顔をしかめてかぶりを振り、素早く三歩進んで、太い柱のようなでっぱりの前で立ち止まった。給仕用エレベーターの昇降路だ。扉の隙間に耳を押し当てると、こするような小さな音がはっきりと聞こえた。ときおり木を削るようなガリガリという音が混じっている。

ガネットはキッチンを駆けぬけ廊下に飛び出した。エレベーターのドアが閉まっているのを見てののしり声を上げ、右手の階段に突進、一段飛ばしで駆け下りた。階段は一階で唐突に終わっていたが、その角度からだと陰になって見えない場所に扉があった。先刻、電話を探しにきたとき見つけたのだ。ガネットはその扉をひらき、体を滑り込ませて後ろ手に閉めた。

なかは真っ暗だった。石炭の塵(ちり)が鼻腔を刺し、熱気と空気が薄く乾燥しているせいで喉がひりひりする。階段を下りて耳を澄ませたが何も聞こえなかった。

ガネットは階段の位置とマードックの部屋の見取り図を思い浮かべた。そして用心深く左側に前進した。給仕用エレベーターの昇降路はそっちにあるはずだ。どこかそのあたりに――。さぐっていた指先が板壁にぶつかり、その角をなぞった。数ヤード先の壁に明かりが淡い光を投げかけている。ガネットにはその反射した光が見えるだけだった。通路はそこで曲がっていて、電灯も給仕用エレベーターの土台の部分も見えない。

銃を構えて血走った目をすがめ、足音を忍ばせて角を曲がった。天井の電球が部屋番号〈G‐E〉と記された扉を弱々しく照らしている。光の届く範囲には誰もいない。

右側の木の階段のほうへ足を踏み出した。てっぺんのドアがきしみ、冷たい夜気が流れこんできた。ガネットは夢中で階段を駆け上がり、青みがかった闇のなかに飛び出した。その刹那(せつな)、閃光が闇を切り裂き、甲高い金属音が石の壁に反響して耳を弄(ろう)した。壁が粉々に砕け飛び散った。ガネットはとっさに頭を下げて体を前に投げ出した。その瞬間、三発目の銃弾が腕をえぐった。ガネットはやみくもに二発撃った。左腕はしびれて力が入らない。その腕をなんとか突っぱって前に進もうとしたが、ぐにゃりと曲がってつんのめりコンクリートの床に倒れ込んだ。それで命拾いをした。倒れた瞬間、何かがうなりを上げて帽子を弾き飛ばし、暗闇に運び去った。

ガネットの頭上で様々な音が入り乱れ、膨れ上がっていく。延々と続く女の悲鳴、男の叫び声、あわただしく窓をあける耳ざわりな音。だが、ガネットの視線は目の前の空間、路上へと続く階段に注がれていた。巨大な物体が闇のなかでぐらぐら揺れながらバランスをとっている。その途方もなく大きな塊(かたまり)は、普通の人間より上背があり、横幅もあって輪郭が定かでなかった。

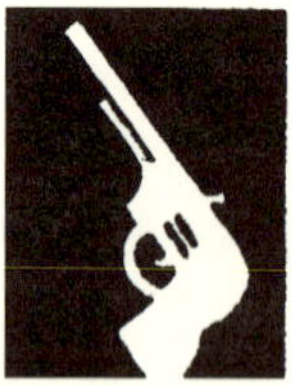

ガネットは目の錯覚かと思った。コンクリートに寝そべったまま慎重に引き金を絞った。一発、そしてもう一発。反撃の銃声とともに、えぐられた石の破片が彼の頬に刺さりかすめていった。そしてガネットは不気味な光景を目にした。巨大な物体が階段の上でふたつに分かれ、上の半分はぐらりと揺れて手すりの上に崩れ落ちた。一方、暗闇でうずくまっていたほうは、あわてて立ち上がり姿を消した。

ガネットは体を起こし、よろよろと前に進んだ。上階の窓に明かりがともり、手すりのそばで大の字に倒れている男の顔に、傾いた長方形の光を投げかけている。ジョージ・ブレークだった。死んでいる。触れてみるとすっかり冷えきっていた。ガネットは驚いた。

おぼつかない足どりで遺体をまたいだ。管理人の白い顔が手すりの向こうからぬっと現れ、ガネットの腕にしがみついてべらべらしゃべりはじめた。何を言っているのかさっぱりわからない。ガネットは怒鳴りつけた。「あっちに行ってろ」腹立ちまぎれにリボルバーを振りながら体を起こした。どくどくと脈打つ腕の傷から、目に見えぬ津波のように激痛が全身に広がっていく。ガネットはめまいに襲われた。

通りに出るとすでに誰もいなかった。どこかで執拗に鳴り響くパトカーのサイレン。神経に障る音だ。ガネットは手すりから体を引き離し、その場を立ち去った。表通りまで出たとき、手にしたままの銃に気づいて驚いた。それをにらみつけ、意味のわからぬ言葉をつぶやいた。二ブロック歩いてタクシーを拾い、ある住所を告げた。

一時間後、ガネットは署に戻ってきた。東の空はすでに白んでいるものの、ビルの谷間は依然として冷え冷えとした夜の闇に支配されている。薄墨色の空に屹立（きつりつ）するのこぎりの歯のような塔や四角い屋根のシルエットは、巨大なブロックのおもちゃのようだ。ガネットは身震いし運転手に金を払った。何もかも殺伐としていて寒々しく陰気に見えた。

パウエルのオフィスの前には数人の記者がいて、何やら話し込んでいる。ガネットが現れると口をつぐみ、通りすぎる彼を横目でじっと見ていた。撃たれた腕は包帯を巻いてコートの下で吊るしているものの、乾いた血が胸元にこびりつき、苦痛で歪んだ顔に疲れが色濃くにじんでいる。ガネットは気分が沈み、少し気弱になっていたが、頭は冴えていた。

オフィスには思いのほか人が集まっていて、ガネットは少し驚いた。パウエルは身を乗り出して椅子に座り、顎の下で両手を合わせている。青い瞳は輝き、一点を見つめている。その前で速記者が素早くペンを走らせ、壁際に私服刑事が三、四人並んでいる。やせた小柄な女がガネットに背を向けて、ひとりでしゃべりつづけていた。デスクの向こうにまわってみると、その女はハズリット夫人、すなわちビリー・マードックの下宿の主人だった。

骨が透けそうなほど肉の薄い顔はげっそりとやつれ、幽霊のように生気がない。黒ずくめの服に、色褪せた黒い帽子をかぶり、ほつれた髪が頬に垂れかかっている。目つきが尋常でないとガネットは思った。ギラギラした狡猾そうな瞳の輝きは人間のものとは思えない。ハズリット夫人は甲高い早口で、ヒステリックにまくしたてている。まるで細い金属の弦を鋼鉄の弓でかき鳴らしているようだ。

パウエルは眉根を寄せ、顎から手を離してガネットを見上げた。「ちょっと待ってくれ。ジョージ・ブレークがこの一件にどう関係しているのかさっぱりわからん。なんだってあんな場所でやつを殺ったんだ？」

ガネットはけがをしていないほうの手を腹立たしげに振った。寝不足で黒ずみ、むくんだまぶたのあいだから、どんよりと曇った瞳でパウエルをにらみつけた。「殺ったのは俺じゃない、ウォリー。俺が撃つ前から死んでいたんだ。少なくとも死後一時間は経っていた」

パウエルの細い顔が見るみるうちに曇った。「さっぱりわからん。どうして報告しなかったんだ、銃を撃ち合ったことを。無線を聞くまで知らなかったんだぞ！」

　ハズリット夫人の声が一段と高くなった。言葉の合間にしゃくり上げる声があたりに響く。

「殺ったのはわたしよ。わたしがビリー・マードックを殺したのよ。だって――」

　ガネットはどっと疲れを感じた。「こんなことを続けてもむだだ、パウエル。マードックが殺された理由は俺が電話で言ったとおり。つまり、キチガイじみたまねは俺たちの目をごまかすためのものだったのさ」
　ハズリット夫人はたまらず立ち上がった。逆上し、目が爛々と輝いている。パウエルに向かって叫んだ。「息子が心配だった。だから殺したのよ。あいつらは息子を金で誘惑し、仲間に引き入れようとした。あの連中は――」夫人は急に泣き崩れ、しゃくり上げながら、ガネットのコートの下襟にしがみついた。
　パウエルは暗澹とした顔で、投げやりに彼女を親指でさした。「いかれてるな。さっきから同じことの繰り返しだ。ブレークとマードックは会社の金を横領していて、彼女の息子を仲間に引き入れようとしていた。それで不安に耐えきれず、連中を殺しちまったって。それがことの真相だ」
　ガネットは机をこぶしで叩き、真顔で言った。「マードックは横領なんかしちゃいない。あのアパートの部屋を借りたのも、車を買ったのも、ハノンに匿名の手紙を送りつけたのも、マードックがやったように見せかけるための罠だった。ずっと前から仕組まれていたことなんだよ、ウォリー。マードックが死ねば、もはや彼がやったことに疑問を持つ者はいない。アパートにあった八千ドルも、ブレークにそれを見つけさせてマードックがくすねた金の残りだと思わせる算段だったのさ。マードックをだますのは簡単だったろう。あのアパートや車を気に入ったはずだし、それを自由に使っていいと言うんだからな。おそらく車の名義はおまえにしてほしいと言われたんだろう。その友人の好意に対する見返りとして。そして、あのアパートも……。

とにかく、俺がアパートの存在を知ったとき、ホシは俺の行き先を知っていて追いかけてきたにちがいない。だが、あとから来たブレークには気づかなかった。だから俺がアパートから出てきたときホシは部屋に行ってみることにしたのさ。誰もいないと思って。たぶん、何か用事があったんだろうが、それが何かはわからない。ひょっとすると様子を見にきただけかもしれない。ところが部屋にはブレークがいた。そしてブレークはホシと面識があった。だから殺すしかなかった。そのうち俺が戻ってきてベルを鳴らした。ホシはそれで一刻の猶予を与えられたが、すべてを隠蔽するほどの時間はない。それでブレークを給仕用エレベーターに押し込んだ。死体を持ち去ることでまたしても捜査をかく乱しようっていう魂胆だ。馬鹿げた思いつきだがゆっくり考えているひまはなかった。ブレークの死体を残していくわけにはいかない。見つかれば真相を暴かれる恐れが多分にあるからな」

ガネットはひと呼吸おいて一同を見まわした。みんな黙りこくっている。ハズリット夫人の黒い瞳に燃え上がった炎は消えかけていた。一気に老け込み、不安げでおどおどしている。

ガネットは夫人を気の毒に思いながら先を続けた。「俺は給仕用エレベーターが下がっていく音を聞いて階段を駆け下り、地下室でホシに追いつくと、銃を二発撃った。するとやつはブレークを放り出して走り去った。俺が触ったときブレークはすでに冷たかった。死後一時間か、もっと経っていたはずだ。だから俺の弾が当たって死んだわけじゃないし、自分の足で地下室まで下りてきたわけでもない。運ばれてきたのさ。俺が電話をかけにいっているあいだに上階（うえ）で殺されたんだ。なぜか？　二つの殺人に関連があるとすれば理由はひとつしかない。ブレークはホシと顔見知りだった。死ぬ前にブレークから聞いた話ではマードックはハノンの親戚で、横領された金がいくらであろうとハノンは穴埋めするつもりでいた。そこで俺は考えた。マードックの身近な人間が金を盗んでいたとしたら、彼に罪を着せようとするんじゃないかと。ハノンは警察に届けることなくその一件をもみ消したがるはずだ。まさか俺があのアパートを突き止めるとホシは思っていなかったんだろう。あれはハノンを納得させるためだけに用意されたものだった。だが俺はアパートを見つけ出し、やつはそのことを知った」

パウエルは顔をしかめた。「そのへんは話が一致するな。おまえは夫人の下宿からコナーズに電話をかけ、駐車場の名前を知った。それを立ち聞きしていた彼女にはわかっていた。おまえがそこに行けばアパートを突き止めるにちがいないと」

ハズリット夫人の瞳に狡猾そうな輝きが戻った。「たしかに聞いたわ。刑事さんがアヴァロンと言うのを。それでわたし――」

ガネットは優しく言い聞かせた。「奥さん、もう充分だよ。あんたがブレークのような大柄な男を抱えてあの階段をのぼれるはずがない。それにビリー・マードックが横領していたとされる金は、あんたにはどうにもできないものだ。だが息子にならできる。同じ会社で働いているんだから。帳簿を操作して――」

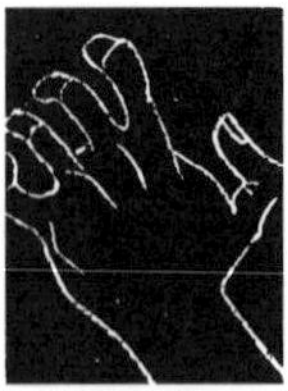

夫人は泣き出した。かぼそい嗚咽がもれ、しゃにむに手で口を覆った。ガネットは彼女の目を見ることができなかった。

「その息子は」パウエルは大声を上げ、弾かれたように立ち上がった。「捕まえてこなかったのか、ガネット?」わめきながら受話器に手を伸ばす。

「捕まえなかったよ」ガネットは言った。寒さと疲労がどっと押し寄せ、えぐられるような痛みが腕全体に広がっていく。疲れた目でハズリット夫人の顔を一瞥し、無情な結末が露呈しつつあることを見てとった。夫人が叫び出す前にガネットは急いで言った。「彼女は息子をかばおうとしたんだよ、パウエル。しかし手遅れだった。一時間前に銃であの世にいっちまったよ。俺が駆けつける前に。いずれ尻尾をつかまれるとわかったんだろう。そしてやつには犯した罪に向き合う勇気がなかったのさ」

読者コーナー

早め早めの進行を強いられる出版スケジュールのせいで、本誌はこれまで〝おたよりコーナー〟を設けることができませんでした。しかし、あれやこれやの苦労の結果、なんとか少しは息がつけるようになりました。というわけで、ここに、〈読者コーナー〉をお届けします。みなさんの協力によって、当コーナーが、本誌で最も興味深い記事の一つになることを望んでいます。

文字通り何百通ものおたよりが、読者の方々から編集部に寄せられました——どれもこれも知性がにじみ出ている、歓迎と激励の手紙の山が。おわかりでしょうが、いただいたおたよりすべてをこのコーナーに掲載するのは不可能です。ただし、あるおたよりがここに載っていないのは、ただ単に、載っていないだけにすぎません。掲載されていてもいなくても、いただいた手紙はすべて、注意深く目を通し、参考にしています。

以下に掲載したのは、読者のみなさん全員が興味を持つと思われる内容のおたよりを、膨大な山の中からピックアップしたものです。

どうか、これからも投書を続けてください。というのも、みなさんからのおたよりによってこのコーナーが成立するという理由以外にも、心から投書を希望する理由が——みなさんが「ミステリ・リーグ」について考えているすべての事柄を、いつでも摑んでおきたいという理由が——あるからです。では、手間を厭わずにペンに片手を、あるいは、タイプライターに両手を伸ばしてくれた情熱あふれるみなさんに、個人的にお礼を言わせてください——編集長より。

筆跡学者

わたしは『ローマ帽子』以来ずっと、あなたの作品を読み続けており、どれも気に入っています。型通りでない作品を提供するという編集方針には、胸が高鳴りましたね。何回も同じ言葉を読んだことがありますし、何人もの編集者が同じ言葉を言ってきました。しかし、いざ差し出されてみると、型通りのものだったのです。あなたなら実現してくれると確信しております。たとえ一年たっても、実現し続けてくれるように願っています。

一つ提案があります。あなたの雑誌が目利きの読者に向けたものであるならば、どうして表紙をもっと良くしないのですか？　気取った作り顔が表紙に描かれた雑誌はもう充分です。ニューヨークは創意に富む画家であふれているではないですか。彼らがもっとましな絵を描けるはずがないと、なぜ決めつけてしまうのでしょうか？

もしあなたが、作家たちの作品に対して、作品番号1から7に整理番号1から4といった、そっけない処遇ではなく、すばらしい絵を提供するならば、執筆意欲がわき、寄稿したがる人は増えるに違いありません――。

ルイーズ・ライス

三六W　四〇番通り　ニューヨーク市

高名な筆跡学者にして作家のライスさんは毒舌家でした、とその毒舌に刺されながら心にとめておきましょう。ええ、確かに私も、よいものを発行すると言っている連中の一人であることを認めましょう。そして、これからも言い続けます――それが言行一致になるように――一年後どころか五年後までも……。表紙については、意見の対立こそが人生のスパイスだと言わせてもらいます。私個人としては、かなり見事な表紙だったと思っているのですがねえ……。ところで、私はチャンスは決して見逃さない性格ですので――ライスさん、私の筆跡を鑑定してもらえませんか？　はっきりした肉太の筆づかいが、言ったことを誠実に守る私の性格を示してくれるはずです。それとも、これもまた、私が勝手にそう思い込んでいるだけなのでしょうか？

ミステリ作家

「ミステリ・リーグ」創刊おめでとうございます。わたしは、〈底辺（アンダーワールド）〉か〈上層（ハイブロウ）〉かに関係なく読むことができるミステリ雑誌を長らく待ち望んでいました。

　あいにくと、いくつか間違いがありますね。あなたも人の子であることを示しているのでしょうか。S・S・V・D（S・S・ヴァン・ダイン）が『トパーズ（Topaz）殺人事件』などという作品を書くはずがありません。彼はいつも六文字の単語しか使わないからです。フランケンシュタインは創造物の名前ではなく、造物主の名前です。そして、クロスワードをやる人たちから、「すべての単語は、どこかで他の単語とつながっていなければならない」と、すでに指摘されていることは疑うべくもありませんね。

　ですが、こういった小さな傷はあっても、誤植はなく、おかしな言葉使いもありませんでした。今日（こんにち）では――これまでの雑誌ではお目にかかることができなかったので――奇跡というべきですね。

　わたしは出版された探偵小説（単行本）は、暗黒街物とギャング物を除いて、すべて読んできました。そのわたしが、喜びの声を上げて「ミステリ・リーグ」を歓迎したのですよ。ますますのご健闘をお祈りします！

キャロリン・ウェルズ[1]

―W　六七番通り　ニューヨーク市

　キャロリン・ウェルズのような業界の有名人から適切なる助言をいただけるのは、すばらしいことです。誰もがあまりにも暖かい言葉をかけてくれるので、ときおり、涙がこぼれそうになります——まあ、実際に泣いたりはしませんが。言いたいことは、わかってもらえると思います……。『トパーズ』の件は、遺憾ながら、その通りです。あちこちで言われていますよ……。単語のつながりの規則についての問題は後まわしに——私が言っているのは、クロスワードのデザインの話です。フランケンシュタインについては議論の余地がありますね。確かに、〝フランケンシュタイン〟は、メアリー・シェリーの小説に出てくる科学者の名前です。でも私には、長らく使われているうちに、彼の創った怪物が、その名前で呼ばれるようになっているように思えるのですから……。あなたの喜びの声は、私の耳にまで響いていますよ。今も、そしてこれからもずっと。

1　キャロリン・ウェルズはクイーンの大先輩にあたる女流作家。

トパーズ

「ミステリ・リーグ」創刊号の充実ぶりと、雑誌の編集方針に関するあなたの宣言をかんがみるならば、ミステリ＝犯罪小説の中毒者たちは、〝貴誌においては、この分野に属する質の高い娯楽と文学を味わうことができると期待してもよい〟と判断できるだろう。貴誌が祝福されるべきすばらしいスタートを切ったことは間違いない。

　たった一点だけ、それもごく些細なことで、意義を申し立てねばならない。「題名の連続性」のくだりで、あなたはS・S・ヴァン・ダインの作とみなすべき仮題として『トパーズ殺人事件』を挙げている。さて、次なる単語を見ていただきたい——ベンスン（Benson）、カナリヤ（Canary）、グリーン家（Greene）、僧正（Bishop）、ケンネル（Kennel）。これらの言葉は何文字だろうか？　六文字ではないか！　おそらく、ファイロ・ヴァンスの生みの親は、犯罪文学における最初の試みが成功したので、縁起をかついで六文字の単語にこだわっているのだろう。あるいは、〝読者は自作の「殺人事件」の前には、六文字の単語だけが来ることを期待している〟と思い込んでいるのかもしれない。少なくとも、彼はこの方式にずっと忠実であり続けている。

私の指摘したい点は単純である。ヴァン・ダインのこのこだわりを知っていれば、『トパーズ殺人事件』なる題名は、彼の作品として認められるわけがないということである。Ich mache vielleicht aus einem Furz einen Donnerschlag. Es ist aber doch ein Punkt,nicht?（私はおそらく屁を雷鳴のごとく（「針小棒大」の意味）扱っているのだろう。だがこれは指摘するに値することではないかな？）

あらためて、第一巻第一号の刊行におめでとうと言わせてもらう。これからも、この文学の向上のためにけわしい道を歩み続けてもらいたい。

ジョン・J・ベンダー
五〇九W　イリノイ通り、
アルバナ、イリノイ州

ヴァン・ダイン氏の作品の仮題として、『トパーズ殺人事件』などというものを挙げてしまった赤面編集者の嘆かわしい過ちを指摘したおたよりは、文字通り山のように届きました。ベンダー氏の手紙は、その中から無作為に選んだものです。私は目を伏せて、過ちはまぎれもなく過ちだったことを告白します。これまで――わが自慢の観察眼にもかかわらず――ヴァン・ダイン氏がずっと六文字の単語を題名に使い続けていることに気づいていなかったことを。そして、私が過ちを認めたのは、自分の持つ悪の心と壮絶きわまりない闘いをくり広げた結果であることをどうかわかってください。私はここ数日にわたって、本号では次のような文でとぼけようという誘惑にかられていたのですから。「私が『トパーズ（Topaz）』という五文字の単語を使ったのは、わざとだったのです――読者のみなさんの観察力を試そうとしたわけですよ、ハッハッハ」という。しかし、悲しいことに、真実が勝利を収めてしまいました。大衆の眼力たるや、恐ろしいものがあります。たとえるならば、私は今、公衆の面前で裸にされてしまったわけですよ。過ちに気づかなかったことを許してほしいと思います……。おっと、あやうく忘れてしまうところでした！　ベンダー氏のオランダ語への答えとしては、こう言えるだけです。「Ja（はい）」と。

暗号作成者

E,hbqfryk;ru.yw lz hy czxdoodyb ,yurkq. hyntce ir hiyv ywq jzf;q,yc, Nqh K yiow rg;r ryd wgzhs;fe wdr qko. gc uqkybqkycs ;w hiy g;rc oe.ukwwso Byka qko. gw wwbewucoh ekrkemog ;drwe tiyf yzf,yt jwds die tiye rkfwg rjok kcyfrg b.rdo gyc twdr oeiejeb i bl eqgc i lr Uv Eiaao

Xiyks y,r tiyv u;f;/,yc tc uied wre,egot ub xg;fqebwe kr wgieuww lr gyd rtow lr gyw iyc tn Jzecdoo swew iu,rwso

? wjffdwb e.yruymws jww id arieudw tn okr,hb jzwgwea ;hc y. wdeu;kxl

E.yb,yyws Amexwaa

ジェイ・ストックハルト
二〇　ファレル通り
ニューバーグ　ニューヨーク州

この文が、頭のおかしな人物のうわごとを書き記したものであることは明々白々に見えますが、そうではありません。ある朝、実際に「ミステリ・リーグ」編集部のエラリー・クイーン宛てに届いたものなのです。私は探偵として、大した苦労もなく、これが自分宛ての暗号文であることを推理できました。ですがまだ、内容を解読するという苦労が残っていたのです。かくして私は、解読のために、辛い時間を過ごす羽目になりました……。パズルを好むすべてのみなさんに、ここできっぱりと申し上げます。この暗号に挑もうという誘惑に負けないようにしてください。これはタイプライター暗号のヴァリエーションです[1]——間違いなく、九月の号[2]で私が使った同種のささやかな暗号に触発されたものでしょう。しかし、こちらの方は、一貫性がない上に粗雑で、従うべき規則性もほとんどありません。おかげさまで、まがまがしい言葉の解読を終えるには、数時間にわたる悪戦苦闘が必要になってしまったわけです。ストックハルトさん、二度とこのような業務妨害をしないでください。さもないと、めげたミステリ作家は、いやおうなしに、めげた殺人者と化しますからね。

解読されたメッセージは、もし興味がおありなら、（そして私が謎を解けたのかとお疑いの方々に身の証（あかし）を立てるため、）次のとおりです。

"Congratulations on an excellent initial number of your new magazine. May I hope that the standard set will be maintained as you have promised. This will be extremely dificult (PLEASE OBSERVE THE SINGLE "f") after your having used for your first full length novel the best product, to date, of Mr Ross.

"Would not your magazine be more strictly in character if stories of the type of the one by Marvell were omitted?

"I suggest continued use of stories by living masters and no serials.

"Continued Success"

「すばらしい新雑誌の創刊号に、お祝いを言わせてください。あなたが約束した質の高さが維持されますように。でも、ロス氏の最高傑作たる長編を一挙掲載してしまったからには、維持するのはとても難しい（difficult = difficult の"f"が一つしかない点を注目）でしょうね。

「マーヴェルのようなタイプの短編を省いたとしたら、この雑誌の性格を強調できませんでしたか？

「現役作家の作品を今後もお願いします。連載ではなく。

「この成功が続きますように」


暗号に興味をかき立てられてしまった読者のみなさんには、ストックハルト氏が自分の暗号文に、ちょっとしたペテンを持ち込んでいることに気づいてほしいと思います。同じ文字でありながら、違う文字に置き換えられているものがあるのです。たとえば、最初に出てくる「お祝い（Congratulations）」には「n」が二つあるのですが、一つは「h」に、もう一つは「y」に置き換えられています。同じように二箇所に出てくる「a」も、片方が「f」、もう片方が「；」になっていますね。ストックハルト氏は、これらの不統一の上に、さらなる不統一を――暗号文の「．」は「o」でも「s」でもあり、「r」は「t」でも「s」でもあるという不統一を――重ねてもいるのですよ。

1 「A」を表すのに、タイプライターのキーボードで「A」の隣りのキーを使う方式のこと（パソコンの標準キーボードの並びがほぼタイプライターと同じなので、パソコンを持っている読者は、それを見るとわかりやすい）。例えば、「D」のキーの隣り（上下左右）には「E、C、S、F」があるので、そのどれかと置き換えることになる。この暗号では、さらに斜め隣り方向のキーまで置き換える対象に含めているらしい。また、下段キーの下側の隣りは上段、上段キーの上側の隣りは下段と考える。右端のキーの右隣りは左端、左端のキーの左隣りは右端となる。ただし、八つある隣のキーのどれを使うかは法則性がないため、クイーンに後続の文で批判されている。

2 九月に出た十月号のこと。この号の〈パズル・デパートメント〉の第四問が暗号の問題なので、「私が使った同種のささやかな暗号」とは、このことを指すと思われる。ただし、第四問はタイプライターを用いてアルファベット文字を一対一で置き換える暗号だが、方式は異なっている。クイーンの場合は、キーボードの上段左から右に「Q、W、E、R、T、……」と並んでいるキーに、「A、B、C、D、E、……」を割り当てる方式。つまり、AはQに、BはWに、CはEに置き換えられている。

骨董商

私が「ミステリ・リーグ」の創刊号を買ったのは、ひとえにあなたが編集長だったからです。——そして、裏切られることはありませんでした。

ミステリ長編の第一弾に選ばれた『レーン最後の事件』が、この新雑誌に今後も期待できることを示しているならば、私は一号たりとも買い逃したくありません——ので、定期購読の小切手を同封します。

ロス氏によるこのすばらしい長編は、有名なブック・コレクターにしてミステリ・ファンでもある二人——ローゼンバッハ博士とクリーブランドにいる私の友人ポール・リンパリー[1]——を魅了するに違いありません。そこで私は、喜び勇んであなたの新雑誌を紹介しておきました。

今朝ポールは、雑誌の存在を教えてくれたお礼と共に、『レーン最後の事件』を読んだ感激も私に伝えてきました——彼はこれを「考え抜かれた傑作」だと言っています。

私の定期購読は十一月号から始めてください。プレゼントの本[2]は『死は蔑む』と『スティンガリー殺人事件』をお願いします。

W・J・ボウアー
三二四七E　フェアファックス通り
クリーブランド・ハイツ　オハイオ州

この賛辞はバーナビー・ロス氏にこそ与えられるべきですので、彼にこの手紙を見せることにしました。彼はリンパリー氏の熱意に感謝の言葉を述べ、ローゼンバッハ博士が示すかもしれないとほのめかされた熱意——私は疑わしいと思っていますが――に対しては、いささか畏敬の念を抱いたようです。著名なお二方とも、この〈読者コーナー〉にご登場願い、そうそうたる顔触れの仲間に加わってほしいと思います。

1　ローゼンバッハ博士もポール・リンパリーも著名なコレクター。ローゼンバッハ博士の方は、『クイーン談話室』や『クイーンの定員』にも登場している。

2　創刊号には「定期購読を申し込んだ読者には、リーグ出版（本誌の版元）が発行したミステリ三冊の内、ご希望の二冊をプレゼントします」とある。その三冊はウィル・レヴィンリュー『死は蔑む（Death Points a Finger)』、W・S・プリーゼント『スティンガリー殺人事件（The Stingaree Murders)』、ブリストウ&マニング『マルディグラス殺人事件（The Mardi Gras Murders)』。

大学教授

私は「ミステリ・リーグ」を定期購読しようとは思っていない。ニューススタンドで買うつもりだ。大学教授なので、現在の住所には九ケ月しかおらず、夏休みはメキシコかキューバかヨーロッパ、あるいはアメリカのどこかということもある。だから、売店で買うならよいが、配達では確実に雑誌を受け取れる保証がないわけだ。

後日、私が恥ずかしくない文章を書けるようになったら、貴誌に原稿を送るかもしれない。これまで私が書こうとしていたのは、別のタイプの小説だった。ミステリを書こうとしたことはなかったのだ。舞台や登場人物、それにシチュエーションまで外国になっている作品は、取り上げてもらえるだろうか？　もちろん、「外国」とは、イギリスではなく、メキシコ、キューバ、ヨーロッパ大陸の国々という意味だが。私はスペイン文学の教授として少しは知られている。加えて、研究と放浪の生活の中で、数多くの風変わりな伝説と人々に出会ってきた。目下、一つの小説の構想を温めているところだ。まだぼんやりとしているが、メキシコの古代伝説をベースにしている。この伝説をうまく現代に持ち込むわけだ。私はこれを完成させ、貴誌に送ろうと思っている。編集者というものは、長きにわたって、最悪のものから顔をそむけない覚悟が必要なのだ——どれか一つが最高のものであることがわかる、その一瞬が訪れるのを期待しつつ。

　私にとって、「ミステリ・リーグ」創刊号は、創作のよいきっかけになったように思える。のみならず、将来にわたって真の娯楽のひとときも約束してくれた。この雑誌の引き続いての成功を期待してかまわないだろうか？（もちろん、私は期待しているのだが）　私以外の読者もみな、私のようにこの創刊号を楽しんだとしたら、この雑誌の将来の成功は間違いなしである。

　リントン・ロマス・バレット[1]
　一一三N　セントラル・アベニュ
　サマセット　ケンタッキー州

この哲学的な反響が私を悟らせました——「誠実なる雑誌はあらゆる階層から成る読者の坩堝（るつぼ）となる」ことを。まあ、私がかねてから言っていることではありますが。漂泊のスペイン文学教授は、本誌の読者名簿の輝かしい新人です。とりわけ、創作への秘めたる熱意をお持ちとあれば。親愛なる教授、「ミステリ・リーグ」は、素質のある寄稿者に制約など課しませんよ。私が求めるのは、巧みに書かれた優れた作品です。そこで、教授に——そして同じことに興味をお持ちのみなさんに——この場で確約します。本誌に送られてくる原稿は、すべて私自身が読むことを。

1　バレットは一九五〇年以降にスペイン文学関係の本を数冊出しているが、ミステリは見当たらなかった。

女流詩人

あなたの雑誌は、〝通俗的〟な路線の探偵雑誌に飽き足らなかった通のファンたちの、長きにわたる渇望を癒してくれるものだと言わせてください。「クイーン好み」では、わたしが特に関心を寄せていた二つの点を指摘していましたね――『アクロイド殺し』におけるとてつもなく意外な結末と、S・S・ヴァン・ダインがエドガー・ウォーレスのトリックを使った件について。後者の件は、最近のヴァン・ダインが安易に流れていることを示していると思います。『グリーン家殺人事件』が彼の最高作だというのは、わたしも同感です。登場人物が個性的で、『ケンネル殺人事件』のような、ファイロ・ヴァンスが組み立てるジグソーのピースなんかではありませんから。

わたしのごひいきの作、フリーマン・ウィルス・クロフツの『英仏海峡の謎』にも眼を向けてください。最初は退屈かもしれませんが、だんだんと盛り上がってきます。そして、他の多くの優れた探偵小説でさえ、結末では失速してしまうことが避けられないというのに、本書はそうではありません。そこに至るまでに描かれた事柄から論理的に導かれた緊迫感あふれる結末は、読者を間違いなく驚かすことでしょう。「ミステリ・リーグ」の成功を心から願いつつ。

ウォーレス・ボンド夫人

二二二東二一番街　シャイアン

ワイオミング州

主婦のための小説

ハリエット・ボンド作

主婦たちは甘い恋物語が好きなもの

ハッピーエンドですべてが収まるもの

でも違う主婦も――いないこともない

ありきたりの物なんかには惹かれない

わたしなんぞは恐ろしい犯罪が大好き

探偵は身を粉にして働き

何か奇妙なことを探して

薄気味悪い雰囲気に身を投じて
夜な夜な挑む奇怪な出来事
これがわたしの大好きなこと
本を読む環境だってとても大事に
あなたの本ならこんな風に
イギリスの田舎の屋敷が最適の場所で
そこは完璧な憩いの場所で――
ベッドでとるのは朝食か、いえいえあなたの本
サイドボードから取ったあなたの本
キドニー、ハム、いろんな食べ物代わりに
もうここは本の雰囲気とぴったりに
(本の執事はもちろん〝如才(カード)なく〟
惑わす相手は親愛なるスコットランド・ヤード)
食事の支度も支払いも放ったらかしになる
――かくして家族は、うんざりして退散する
でも謎の糸は解きほぐされ、結末は近い
いかにも怪しい人はみな無罪
疑われざる優しいお人
幽霊の正体はまさにその人

そして悪(あ)しくも――妻を一人か二人あの世に
でも、それはわたしのために、あなたのために
「すべての人に楽しい時間(とき)を」
作家の先生にカーテンコールを!

ボンド夫人は九万語の探偵小説を三十行の詩で書いてくれました。本当によくできた詩なので、私は自分の非才を嘆きましたよ、ボンドさん。このやり方が世界中に広がり、すべての探偵小説が三十行の詩になったら、私たち探偵小説作家も従わなければなりません。そうなったら、私たちの生活は……。クロフツのその小説については知りませんでしたが、あなたのご意見に従って、時間ができ次第、読もうと思います。あいにくと、二年後くらいになるでしょうけど。なぜこんなに時間がかかるかといえば、私が目下埋もれている原稿と手紙の山から抜け出してお日様を拝むのに、そのぐらいかかりそうだからです。

好事家

「ミステリ・リーグ」創刊号の部数がどれほどかは知らないが、他の雑誌より二十五から五十パーセントは上回っているだろう。この私に起きたことが、何千という〝賢明な〟探偵小説購読者にも起きたに違いないからだ。

売店でこの雑誌を見たときは、手を伸ばしてから、腹を立てて引っ込めた。「これだけの作家が揃って」と、私はつぶやいた。「二十五セントだなんて！　どうせ再録でごまかしているのだろう」と。私はこれまで、何度も何度も見せつけられ、呪ってきたからだ――不況とはいえ、こんなひどい雑誌をまた一つ増やすことに手を貸した、作家やそのエージェントたちを。

だが、やがてある考えが頭をよぎった。「それにしても、連中はどうやって、こんな雑誌の編集長として、クイーンの名前を出す許可をもらうことができたのだろうか？」。そこで私は雑誌を手に取り、バーナビー・ロスの作品がXYZのどれかの再録では**ない**ことを確認し、大喜びで五十セントを取り出すと、自分のために一冊と、学校から戻って来る息子のために一冊を買い求めた。

さて、率直に答えていただきたい。あなたは本当に、本の人気に関係なく、作家を選んでいるのか？　クノッフ社を誉め称える文が載っているので（創刊号「作家よ！作家よ！」のハメットの項）、本誌は、レベルの高い探偵小説への興味をかき立てるために、そして、より多くの人たちに最高のものを売り込むために、出版社がバックアップしての作戦のように思われるのだ。もしそうなら、不平を言うつもりは毛頭ない。よりいっそうの健闘を期待する。私の好きな作家は、順番に、セイヤーズ、ロス、クイーン、ヴァン・ダインであるが、その差はほとんどないので、明日には序列が変わってクイーンが一番になるかもしれない。あなたに対する唯一の不満は、『フランス白粉の謎』では、殺人者を手品師の帽子の中から取り出したと思えることである（これは死体がショーウィンドウに転がり出る話ではなかったのかな?）。あなたはいつも、サスペンスの項目は10点満点である。

ラプトン・A・ウィルキンスン
C／oミス・グレース通り
ルイジアナ州立大学
バートン・ロッジ　ルイジアナ

大学も私たちの仲間になりましたね……。質問に答えましょう。いかにも、私は本の人気にこだわらずに作家を選んでいます。何度も言っていますし、ヘトヘトになるまで言い続けますが、私は作品を、優れた作品を、すばらしい作品を、とびきりの作品を求めています。私の選んだ作者が、精神病院で奇声を発している人でも気にしません。もう一つ、はっきり言っておきましょう。みなさんが「この雑誌は、よりレベルの高い探偵小説への興味をかき立てるために、出版社がバックアップしての〝作戦〟だ」と思っていると知ったら、クノッフ氏はびっくりして気絶してしまうでしょうね。もしクノッフ氏が「ミステリ・リーグ」に関与しているなら、それは、遠く離れたところからの霊的支配に違いありません。氏は本誌のことを事前には知りませんでしたし、私も氏の名前を出すことを伝えていませんでしたから。そう、「ミステリ・リーグ」は完全に独立した事業なのです。出版社の利益になることがあったとしても、それは偶然であって、意図したものではありません。

会計士

情報をくれたウィンチェルに感謝しよう……クイーンがこんなことに手を出すなんて……ど

んな宣伝よりも効果がある……。この雑誌はすばらしい――すばらしすぎて、続きそうもない……。読む値打ちのある作家は、ロスやクイーンやアボットくらいしかおらず、彼らは毎月長編を書くことはできないからだ……。おっと、ヴァン・ダインを忘れていた……。しかし彼は協調性に欠けている……小説で飯を食っているわけではないからだろう……。クイーンはいささか情熱的すぎる……まるでロータリークラブの会長のようだ……誰とでも親しげに……まるで本当に相手と知り合いであるようにも感じた……。もし彼があのふざけたマスク[1]を外してくれさえすれば、実際に誰とでも知り合いなのかがわかるのだが……。マスクは安っぽい演出としか思えない……今ではもう、大物すぎて、そんな演出は似合わない……。私がクイーンを、あのとんがり髭のライト氏に匹敵するとみなしているのを彼は知りたがるだろうか……。S・Sがウォーレスから盗んだと批判するのはいかがなものかな？……クイーンのカウボーイもロスのX氏と同じトリックを使ってなかったか[2]……カー（殺人は囁く[3]）もグリーン家の拳銃のトリックを盗んでいなかったか……それと――いやはや、みんなやってるのだ……まったく、作家連中が、いいかげん打ち止めにしてくれることを望む……。読む値打ちのある作品というのは、読み通すだけの時間を使う価値がある……。どうしてクイーンは〈パズル・デパートメント〉を〈ジューナのコーナー[4]〉と名付けなかったのかな？……彼は子供なので、その資格は満たしているはずだが……読者の怒りの声が起こるかもしれないな……その場合は、昔の警察記録を使った「警視の回想[5]」として知られている膨大なコーナーを作ってみてはどうだろう……。クイーンは探偵小説の読み方のコツを公開すべきである……よい指南ができるはずだ……。オールタイムの探偵小説ベストテンを選んでほしいのか？……そうだな……ポオの『黄金虫』は落とせないだろうし、私からブルーリボン賞を授与しよう。それからラインハートの『バット』……ヴァン・ダインの『カナリヤ殺人事件』……ビガーズの『チャーリー・チャンの活躍』……クイーンの『エジプト十字架の謎』……ロスの『Xの悲劇』……アボットの『ジェラルディン・フォスター』……ヴァン・ダインの『カブト虫殺人事件』（ひねりが利いている）……クリスティーの『アクロイド殺し』……クイーンの『ローマ帽子の謎』……。昔の大家を無視してしまったな……昔の大家も悪くはないのだが、若手の新興勢力にランク外に追いやられてしまったようだ……。個人的には、カーの才気溢れる結末が好きなのだが……これらの優れた作家たちが「よい子のみなさんにお薦め」学級の教室から逃げ出してしまって、カーのような衝撃の結末を迎える作品を書くことはないだろうか……犯罪者が電気椅子（ホットシート）へ送られることも、銃で撃たれたり毒薬を盛られたりして退場することもないという結末を……。二ドル五十セント払って十一月号を待つのがよさそうだ。そして、クイーンが約束を守るかどうか見極めるとしよう。

フランク・ヤングマン
八〇三　バロン・ビル
ニューオリンズ　ルイジアナ州

これだけのお誉めの言葉やお叱りの言葉を前にすると、一言もありませんし、尊敬すらおぼえます。どこから反論すればよいというのでしょうか。そうですね、たぶん、やらないほうがいいのでしょう。この手紙それ自体が、十二分に語り尽くしています……。でも、ひと言だけ言わせてもらいましょう、ヤングマンさん。クイーンはいつも約束を守りますぞ！

1　この当時のクイーンが正体を隠すために使っていたマスクのこと。

2　クイーンの『アメリカ銃の謎』と、当時はロス名義で発表されていた『Xの悲劇』のこと。

3　ジョセフ・ベイカー・カーの一九三三年の作「Death Whispers」のこと。後出の「衝撃の結末」のカーも、こちらだと思われる。

4　〈パズル・デパートメント〉の出題の一つに「小学生でも解ける」とあったので、クイーン作品に登場する少年を引き合いに出している（本書43ページ参照）。

5　「『ローマ帽子の謎』等の序文で出てくる、〝過去の膨大な捜査記録〟を使った警視の回想コーナーを作ってくれ」という意味と思われる。

音楽家

科学や芸術や小説といった、あらゆる分野の本を四十年以上にわたって読み続けてきましたが、今回初めて、雑誌の編集長に手紙を書きました。貴誌をすみからすみまで読み、きわめて大きな満足感が得られたことを伝えたかったからです。あなたが「ミステリ・リーグ」に力を注いでいることは、私にとっても大変な喜びです。そして、この言葉に嘘いつわりがないことを証明するために、第二号から一年分の定期購読料として、二ドル五十セントの小切手を同封しました。特典としては、『スティンガリー殺人事件』と『死は蔑む』を希望します。

一つ質問を。殺人を物語の中心に置くことなく、スリルに富んだ――〝読者をとらえて離さない〟と言った方がいいでしょうか――ミステリ小説を書くことはできないものなのでしょうか？　作家のみなさんは、「読者の興味を引くためには誰かを殺さなければならない」という考えに取り憑かれているように思えます。そうだとしたら、みなさんは間違っています。証拠は『月長石』で、これには殺人は出てきません。

ハイレベルなミステリ小説を約束してくれる貴誌が、あらゆる面で成功を収めますように。

ルロイ・O・ブラント
音楽財団　サン・ホセ
カリフォルニア

探偵小説において、殺人という重大な犯罪を描く必要性については、すでに広く受け入れられています。これに対するあなたの問題提議は興味深いものでしたね。私の考えですが、これは、驚くほど多くの作家が、ヴァン・ダイン氏がかつて提唱した、ミステリにおいて「しなくてはならないこと」と「してはならないこと」についての二十則の影響を受けているためでしょう。氏はこの規則を一つずつ詳しく説明する中で、〝分厚い長編探偵小説の最後まで読者の興味を引っ張るだけの強い力は、殺人という読み手の琴線に触れる犯罪だけが持っている〟と述べています。私の知る限りでは、この断定に挑戦しようとした作家はいませんし、それは、おそらくこれが基本的には正しいからでしょう。もちろん、個々の作品においては、例外もあるでしょうね。しかし、そのような作品は基本を超越した何かを持っていなければなりません。あいにくと、『月長石』はその実例には該当しません。ミステリ小説の分野での先駆的作品の大部分と同じく、その評価の高さは、草創期の作例としての地位に結び付いているにすぎないからです。たぶん、現在の目で読み返してみると、あなたの興味は最後まで持続しないでしょうね。おっと、付け加えますと、物語自体の各要素は悪くありませんよ。古めかしい重厚な文体が足を引っぱっているのです。したがって、先ほども言ったように実例には該当しません……。もう一点、考慮しなければならないことは、読者の嗜好(しこう)というとらえどころのない要素です。高い知性を持つ読者ならば、犯罪そのものではなく、それ以外の部分から生まれるものに対しても、純粋な興味を抱く感性を備えています。ですが、もう一方の読者は、願望を充たすために、暴力による刺激を求めるというわけです……。「ミステリ・リーグ」の読者のみなさんが、このような大事な問題に意見を寄せてくれることを、大いに歓迎します。

英文学修士

「ミステリ・リーグ」の知性あふれる編集と
パズルのセンスに称賛の言葉を送ります。あな
たの作ったクロスワード・パズルは、正しい語
だけをきちんと埋めていくのが無茶苦茶難しい
ので、完全正解が殺到するなんてことがあるの
か、疑わしくなってしまいます。というわけで、
何日間も取り組んだあげく、化学記号みたいに
無意味な語が並ぶ、ひどい代物が出来上がって
しまいましたよ。もちろん、特別な図柄を用い
たクロスワード・パズルを作る際に生じる問題
については百も承知ですが、それでも、あなた
のパズルが、きちんと完成させるための条件に
反していることは、指摘せざるを得ません。こ
のパズルの表では、一つどころか、四つものパ
ズルが作れてしまいますよ。[1]

この間、英文学の修士論文を完成させたばか
りだったので、特に『レーン最後の事件』が楽
しめました。探偵小説を徹底的に味わうために
は、一気に読み通さなければならないので、こ
れからも長編の一挙掲載を続けてください。こ
の分野の短編は、私にとっては食い足りないの
で、「ミステリ・リーグ」創刊号における〝長
編掲載〟という他に例を見ない試みは、実にあ
りがたいと思っています。

ウォルター・ガットマン
九五〇E 一六三番通り
ニューヨーク市

あまたの読者が、本誌のクロスワード・パ
ズルの図柄の不完全さについて言及していま
す。あの不完全さは、うっかりミスなどではな
く、慎重に考え抜かれたものなのですよ。パズ
ルに添えた説明のとおり、表の中の図柄は毎号
同じにしています。そしてこれは、本誌のシン
ボルマークを表そうとしたものなのです。です

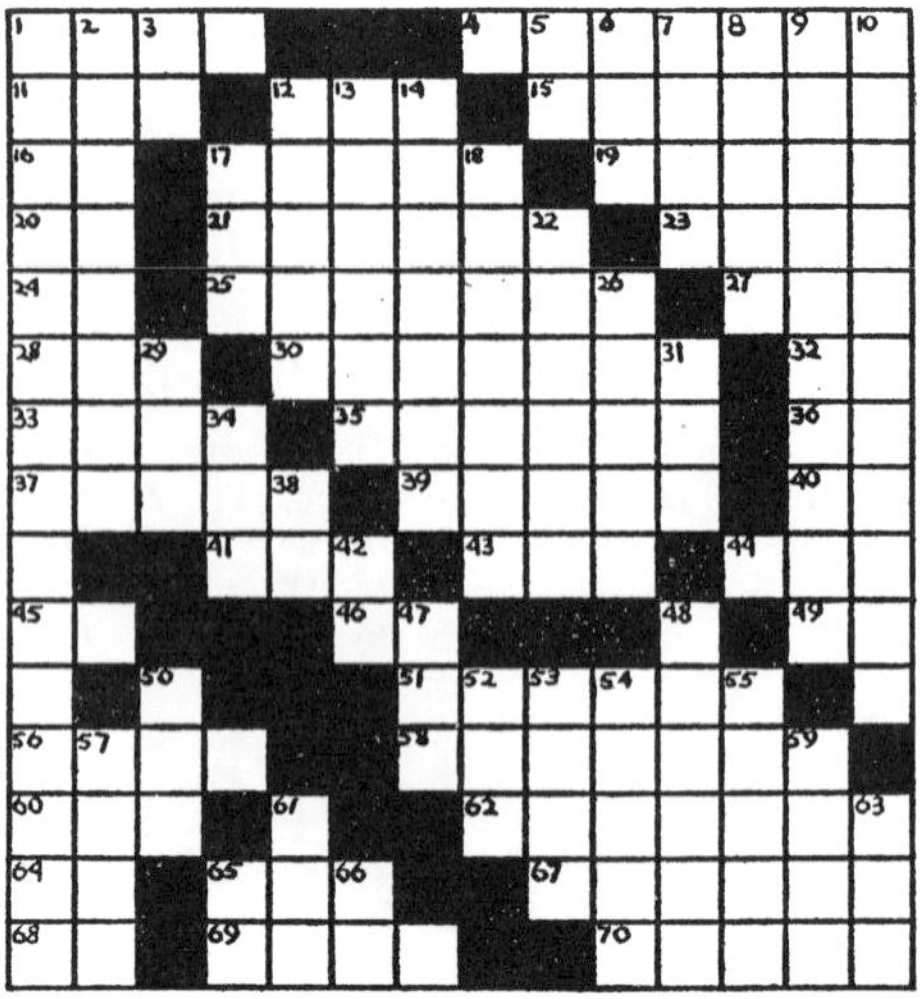

からご覧のような図柄になっているわけですね。各語がきれいに結びついた表にすると、マークとしての視覚的効果が損なわれてしまうのです。このようなわけですので、読者のみなさんにはお許しとお見逃しをいただけると信じています。

1　クロスワードの表は、1号から4号まで升目の数と黒い部分は共通となっていて、黒い部分は人と拡大鏡の形をしている（上図参照）。白い部分は四つの島に分かれてしまっており、これはクロスワードとしては駄目だと批判されている。もともとこれは、本誌の版元であるリーグ出版の〈ミステリ・リーグ〉叢書のシンボルマーク。雑誌の「ミステリ・リーグ」でもこのシンボルマークは受け継ぎ、目次などで用いている。

友好的な助言者

君が新しい雑誌で大金を失うことがないよう、歓迎されざる役割を果たすことを許してほしい。君は単行本向きの小説で雑誌読者を獲得しようとしている。これはしばしばくり返される間違いで、ガーデン・シティー（ニューヨークの中心街）の連中が何度も試みているが、うまくいったためしがない。もし七万語の雑誌小説で雑誌が売れなければ、それは短編の十倍の長さを持っているから売れなかったのではない。だからといって、短編をいっぱい並べても、やはり売上を伸ばすことはできない。七万語の長編で雑誌が売れない場合、それは長さではなく内容に問題があるのだ。

　雑誌向けの小説には、主人公のキャラクター的な部分に関心を抱かせるタイプが望ましいのだ。ドロシー・セイヤーズやロスやその他の作家たちでは、雑誌購読者を虜にできないのである。残念だが、これはどうしようもないことなのだ。今できることは、私の言葉を信じるか、それとも――出版、編集、執筆の仕事における私の体験によらずに――自分で体験してみるかである。

　私の言葉を信じるのにまだためらいがあるなら、一九三〇年から一九三二年にかけて、合計五十万語を超えるミステリ・スリラーが、アメリカとイギリスの主要なパルプ探偵雑誌に、私の名前で発表されていることを、そして、フランスとドイツでも何作かが訳されていることを指摘させてもらおう。私は貴誌に、テンポがよくて、興味津々で、読者をハラハラドキドキさせる雑誌向け小説を提供することができる。それはペーパーバックで売れるタイプなので、ペーパーバック・スリラーを買う男女を雑誌の購読者として獲得することもできるのだ。

　君の事業に不安があるなら、いつでも知らせてくれたまえ。そうすれば――ああ、いや――私は自分が全能だと言いたいわけではないのだよ。

ヘクター・ギャビン・グレイ[1]
ウィギィンズ
サウス・キャロナイナ州

「これを提供しよう」派の投書の興味深い実例です。グレイ氏は創刊号に載ったドロシー・L・セイヤーズやバーナビー・ロスやその他の作家たちでは「雑誌購読者を虜にできない」と言っています。ではグレイさん、その証明をどうぞ。もしあなたが「ミステリ・リーグ」の目的と方針について述べた編集前記をちゃんと読んでいるならば、本誌の目指すものが何かは充分わかっているはずです。今でも私たちは、大衆の好みというものが過小評価されていると思っています。毎週送られてくる何百というおたよりが、例外なく、われらがcred（クレド）（主義・信条）をますます確かなものにしてくれました。なお、遺憾ながら、あなたがこれまでに書いた作品の量によって質を評価することは、私にはできません。ただ、私自身の経験からいうと、作家が原稿を仕上げるのに手間をかければかけるほど（必要なだけの時間をかければかけるほど）、作品の仕上がりはよくなるものなのですがね。とはいえ、あなたの〝計五十万語の作品の数々〟を不当に評価するつもりはありません。もし優れた作品をお持ちなら、「ミステリ・リーグ」は、まぎれもなくその市場となるでありましょう。

1　グレイは、一九三〇年代前半にあちこちの雑誌に短編を書いているが、邦訳は見つからなかった。

ジャーナリスト

私はこれまで雑誌を誉めたことなどないし、妻も同様です。にもかかわらず、今回は、「『ミステリ・リーグ』はこの上なくすばらしい」という言葉を与えたいと思っています。しかしながら、読者に110ページのアンケート用紙を切り取らせるような、雑誌のことを考えない行為は慎むべきでしょうね——私は、再読のために雑誌を切らずに残しておきたいのですよ。

貴誌の第一巻第一号に出会えて喜んでいます——見逃していたら、大損をするところでした。他意などなく、心からそう思っています。「ミステリ・リーグ」が創刊号のすばらしさを持続できますように。

W・W・アンダースン

アソシエーテッド・プレス（アメリカの大手通信社。AP）
シャーロット　ニューヨーク市

わが常なるポリシーは、「新聞社の紳士と議論をするな」です。それでも、実際にジャーナリズム業界に属する方に賛同してもらえると、まことに光栄です。まあ、世間の喝采を浴びてしかるべきだと、遠慮がちに自負してはいましたが……。アンケート用紙のページに関して、あなたが蛮行であると指摘した点については、他にもかなりのおたよりが来ています。実に多くの方々が、あれはやめてくれ、と書いてきました。しかしながら、アンケートのページは続けたいと思っています。本誌の内容について忌憚のない批判を求めていることを、読者に分かってもらうためのものですから。ここで、私からの提案があります。もしみなさんが再読のために雑誌を切らずに残しておきたいなら、再読時の印象と照らし合わせるためにも、小説と読み物の初読の後で、熱々ホヤホヤの印象をアンケート用紙に書き留めておかれてはどうですか？　そして、編集部には別紙に転記して送ってください。

アンソロジスト

「ミステリ・リーグ」の創刊号と、その編集前記で打ち出された方針は、共に称賛に値する。私は、作家としても読者としても、いわゆる〝大衆の好み〟についてのあなたの意見に対し、心から同意したい――根拠のない大衆の好みに迎合するのは馬鹿げていて許しがたいし、そんな好みを作り上げるのが雑誌の仕事だというのは、もっと許しがたいことだ。

私の観点からすると、「探偵小説の長編のベストテンを選ぶ」という方針のコンテストに参加するのには抵抗がある。長い目で見るならば、この分野における優れた作品は、長編よりも短編の方が強く印象に残っているからである。『シャーロック・ホームズ短編集』『アンクル・アブナー』『ブラウン神父全集』『ドロシー・セイヤーズ・オムニバス』『プリンス・ザレスキー』（M・P・シール）以下は余白にしておこう――というのも、マーチン・ヒューイット、隅の老人、思考機械、フォーチュン氏、その他の傑作集が、まだアメリカでは出ていないからだ。

　これらの作品が落選することはあり得ないと思うのだが――残念なことに、短編集は貴誌のコンテストから除外されてしまっているのである。

オーガスト・W・ダーレス[1]
ソーク・シティー
ウィスコンシン州

　短篇集を除外した不公平については完全に同意します。しかし、残念ながら、短編集まで含めるコンテストならば、今さら始めるまでもないでしょう。しかも、短編集にまとまっていない個々の短編まで入れるには、何エーカー分もの誌面を費やさねばなりません。あなたの短編集のリストはほぼ完璧だと思います。

1　ダーレスはソーラー・ポンズものや怪奇小説、それにアーカム・ハウス（出版社）の設立などで有名だが、この時点では、短編が雑誌に載る程度だった。したがって、見出しが「アンソロジスト」となっているのは、「アンソロジスト的な意見」という意味と思われる。

定期購読者

　一冊の長編を出すのではなく、「ミステリ・リーグ」という月刊雑誌を刊行するという斬新なアイデアに称賛の言葉を送らせてください。創刊号で言われているとおり、長編が丸ごと一つと短編がいくつも入って二十五セントだなんて、世間一般に大いにアピールするものがありますね。それに、長編の単行本の表紙は、大きくカラフルな雑誌の表紙のようには読者の目を引いたりはしませんしね。

載せる作品は、〝誰が書いたか〟ではなく、〝何が書かれているか〟による、という貴誌の方針を読んで感激しました。他の編集者も同じ方針を持つべきですね。これは、雑誌の売上げを大きく伸ばすだけではなく、大勢のあまり知られていない作家たち——世に知られる値打ちがありながらも、これまでは売り出すことができなかった作家たち——にとっての朗報となるに違いありません。

私は知的なタイプから血みどろタイプまで、あらゆる種類の探偵小説を好んでいます。「ミステリ・リーグ」が最初の息吹を保ち続けるならば、あなたが言った「実験」は大きな成功を収めるでしょう。

ロス・ラヴレス・ジュニア
サン・アントニオ　テキサス州

追伸　一つ提案です——作品についての一般読者の本音を知るために、掲載された小説と読み物についての、意見交換と批評のページを作ってはどうでしょうか？　コーナーの見出しは、ええと、「編集者のための手がかり」とか、何かぴったりしたものを。

あなたの提案は優れたものですが、この〈読者コーナー〉が批評の場になっています。もっとも、個々の作品に対する批評だけが書かれた手紙のほとんどは、ここに掲載されずにファイルに綴じられることが多いのですが。理由は色々ありますが、その一つは、批評の投書をいくつもいくつも並べると、読者はだんだんと飽きてくるということです。実のところ、私たちは本誌の編集のために、他の何よりも、みなさんの感想を求めているのですよ。ですから、批評の手紙は全て精読され、感想は記録されています。投書者の発言内容が、より広範な読者の興味をそそると思われたときのみ、その手紙の全部もしくは広範な興味をそそる部分だけが掲載されるわけです。

表紙ふたたび

創刊第一号のすばらしい内容は称賛に値しますね。〝本を読む大衆の好みというものは、一般に考えられているよりも高いレベルにある〟というあなたの考えは正しいと思います。いずれにせよ、大いに売れることによって、その正しさが証明されることを望んでいます。

『レーン最後の事件』はとびきりの出し物で、短編も実に良かったですね。私はミステリ小説の専門家ではありませんが、貴誌の内容が同じような雑誌の平均的な質をはるかに上回っていることは分かりました。どうか、この立派な仕事を続けてください。あまたのミステリ・探偵雑誌の、けばけばしく、醜悪で、どこから見ても美的センスに欠ける表紙をおぞましく思っている読者は私ひとりなのでしょうか？　「ミステリ・リーグ」は、この点、おぞましさとはかけ離れたすばらしさを持っています――貴誌の表紙は目を愉しませてくれ、血を滴らせることなく想像力を刺激してくれますから。ほとんどの編集者連中は、自分たちの雑誌の読者予備軍は――編集者たちが「インテリのみなさん」と言って媚びている読者のことですよ！――頭が鈍いと思っているに違いありません。だからこそ、表紙では怪物や異常者に金髪美人を襲わせ、お決まりの〝ペンからインクが垂れるように血が垂れているナイフ〟を手に持たせた絵を描かせるのです。そうしなければ、読者は中身が探偵小説だとは判らないと思っているのでしょうね。

これについては、一つ持論を持っています。おそらく、雑誌の歴史の黎明期(れいめい)においては、おぞましい表紙が効果的だったからに違いありません。なぜ効果的だったかというと、初期の表紙の大部分がおとなしいものだったからです。ゆえに、ドキリとするような表紙が——たとえそれが、醜悪で低俗な表紙であっても——目立つことになって、注目を引いたわけですね。ところが今日(こんにち)では、ほとんどすべての探偵雑誌がけばけばしい色で、どれもこれも同じような外見になってしまいました。それゆえ、私の持論では、表紙からおどろおどろしさを取り去って、もっと目を愉しませてくれる雑誌が目立つことになるわけです。この持論の正しさが証明されるかどうか、興味を持って貴誌を見ていくことにしましょう。

私が俎上(そじょう)に上げているこの種の雑誌は、内容もまた、普通の人なら落胆して放りだしてしまうように思われます。魅惑的な題名につられたときには、実にしばしばこれが起こりますね。私はこう考えます。「やあ、これは頭を絞って読むミステリの題名みたいだな。ひとつ味わってみるか」と。しかし、悲しいくらい何度も何度も、物語は竜頭蛇尾に終わり、青二才のインテリにとってさえも、離乳食の味わいにしかすぎなかったのです。嬉しいことに、「ミステリ・リーグ」の作品は、幻滅とはほど遠いものでした。セイヤーズ女史の「疑惑」は特にすばらしく、魅力的で洗練された作品であり、本当にワクワクしましたよ。

ローレンス・B・フィッシュベック
ガバナー　ニューヨーク州

あなたが表紙について言われたことは、まことに興味深いものでした。私もまったく同じ意見を持っていることは、あなたがご覧になった「ミステリ・リーグ」の表紙が証明しているはずです。私は本誌の企画に参加するにあたって、いくつか自分自身に誓いを立てたのですが、その中の一つに、「買おうとする人が恥ずかしくない雑誌を出そう」というものがありました。これは何度も起きている悲しい出来事ですが、ごく普通の感受性を持った人々が、いわゆる〝パルプ〟雑誌を買うつもりでニューススタンドに足を運んで、一冊を手に取り——けばけばしい色が乱舞し、残虐な場面が描かれた表紙絵を見るなり、ため息をつき、買わずに帰ってしまうのですよ。あるいは、もし買うことがあったとしても、そのときは雑誌を丸めて脇の下にはさみ、他人から何を持っているかわからないようにするのです。これもまた、〈デッドウッド・ディック〉シリーズ[1]の時代から現代まで、何度も起きています。私は「ミステリ・リーグ」という雑誌は、誰一人として不愉快にすることはないし、少なくとも、買うのをためらわせることはないと信じています。みなさんが堂々と買い求め、堂々と持って歩くことができる雑誌——そんな雑誌が、少なくとも一冊はここに存在するのです。

1　一八七七年から始まったウェスタンのシリーズ。安価・大量出版の、いわゆる〈ダイム・ノヴェルズ〉であり、ペーパーバックなので丸めることができた。

GERALD ASWELL

文学の中で最も難しいといわれるショート・ショートの分野に、ジェラルド・アズウェルという素晴らしい提唱者が現れた。ジョーは、三匹の蠅にまつわるスコットランドのジョークを執筆中……。大衆小説誌にかつてお目見えしたことのない、優れた短編である。

蠅

ジェラルド・アズウェル

白須清美訳

THE

FLY

「イングランド人とアイルランド人とスコットランド人が」タイプライターがそう打ち出すと、ジョー・ハーヴェイは手を止め、そばのグラスからハイボールを飲んだ。目の前のテーブルには本や古雑誌、スコッチが半分ほど残っているウィスキーのボトル、それから紙表紙の小冊子が何冊か散らばっている。表紙のタイトルによれば、中身はそれぞれ『世界最高のユダヤ人ジョーク集』、『世界最高のアイルランド人ジョーク集』、『世界最高の黒人ジョーク集』だった。ジョーはこれら世界最高の逸話集のあらすじをまとめることで、一冊につき五十ドルを稼いでいた。その気になれば週に二冊は書くことができたし、全世界のジョーク集を使い果たした後には、『世界最高の歌と民謡(バラッド)集』のシリーズがあった。この調子なら、マージョリーとの結婚もそう遠い話ではないだろう。今夜まではそう思っていた。

ジョーはグラスを置き、タイプの続きにかかった。

「もぐり酒場(スピーク・イージー)で一緒に飲んでいた」

二十年前のオリジナルには「酒場(サルーン)」とあったが、ジョーは現代風にしたかった。ふと、考えがそれ、J・パーカー・ディーンのことを思い出して、彼は面白くなさそうに笑った。その晩、ディーンは彼を訪ねてきたのだ。「うまくいくとでも思っていたのかな」ジョーはひとりごちた。

部屋は静まり返っていて、聞こえるのはマントルピースの上で時を刻む、古い目覚まし時計の音だけだった。

「三匹の蝿（はえ）が、テーブルの周りを飛んでいた」

先を続けても意味がないような気がした。だが、ジョーには禁欲的なところがあったし、自分を鍛えたかった。これからは、鉄の神経を持たなければならない。

「一匹が、アイルランド人のグラスに飛び込んだ」

待てよ！　この本はほかのに比べて字数が少なくなりそうだ。だが、ハミルトン＝アイザックス社は大目に見てくれるだろう。そして、金はマージョリーに送られるだろう。彼女が使ってくれればいい。

「一匹が、イングランド人のグラスに飛び込んだ」

マージョリーも変わった娘だ。金持ちにハンサム、身なりのいい男、そしてこの世で何事かを成し遂げた男を、いくらでも知っているはずだった。なのに、このジョー・ハーヴェイを選んだ。飢え死にしかけた三文作家を。この小冊子の仕事で金を貯め、小説を書くための時間を作るつもりだった。いつだって、本当にいい作品を書こうとしてきたし、マージョリーが現れたことで、改めていい仕事をしようという気になっていた。素晴らしい作品を書けば、より彼女にふさわしい男になれる。けれど、それを言葉にすることはできなかった。彼はとことん皮肉屋だった。

「そしてもう一匹が、スコットランド人のグラスに飛び込んだ」

あのいまいましいディーンめ。なぜここへ来て、すべてを台無しにした？　それとも、悪いのはジョーなのか、それとも運命か？　ジョーは運命を信じていなかった。だがディーンは今夜、イースト・ヒューロン・ストリートの朽ちかけたマンションにあるジョーの薄汚い部屋へやってきて、ジョーはマージョリーにはふさわしくないといったのだ。ジョーもそのことは十分わかっていたが、J・パーカー・ディーンのほうがわずかでも自分より優れているとは思えなかった。金は持っているだろう。社会的な地位もあるかもしれない。だが、うぬぼれた笑いを浮かべ、冷たい目をしたあの男に、ジョーが愛するほどにマージョリーを愛することはできないだろう。そして、彼女に愛される価値もない。

「アイルランド人はグラスを床に叩きつけ、ウェイターを呼んだ」

ディーンを殴ったのはまずかった。それですべてが駄目になってしまった。だがディーンは彼をののしったのだ。ハーヴェイと名のつく男なら、誰だって我慢できない言葉で。特に、アーカンソー州のハーヴェイには。ディーンが訪ねてきた理由を明かした後は、激しい口論になった。言葉はジョーのほうが過激だったかもしれないが、下品な田舎者のような真似はしなかった。

「イングランド人は――」

ドアにノックの音がした。この究極のジョークは、あとほんの数行で終わる。彼は書き終えるまでは応じないことに決めた。グラスのハイボールをすばやく飲み、執筆を続ける。

「イングランド人はマッチで蠅をグラスから取り出した」

もう一度、さっきよりも大きいノックの音がした。もうしばらく放っておこう。ジョーは背筋を伸ばした。いい試練だったし、彼にはそれが必要だった。今はまだ、本物の危機は訪れていない。三十分前、彼は自分で電話をかけて、急ぐことはないといったのだ。もちろん、電話をかけた理由はいわなかった。

「ところが、スコットランド人は――」

さらにノックの音がした。さっきよりも大きく、しつこかった。部屋の奥には開いた窓があり、敷居をつかめば、そう高いところから飛び降りずに通りに出られる。ジョーは自分が、子供の頃に読んだ冒険物語の中にいるような気がした。そのために電話をかけたのだ。

またしてもノックの音がした。さっきよりはおとなしいノックで、続いて太った、猪首の男のものらしき銅鑼声が聞こえてきた。「すぐに開けろ。さもないと、ドアを破るぞ」

一瞬、間があった。「すぐに開けますよ」ジョーは、何がなんだかわからないといった声で答えた。タイプライターのキーが、ふたたび音を立てた。

「ところが、スコットランド人は蠅をつまみ上げ、指で絞った！」

ジョーは機械から紙を引っぱり出し、そばに積み上げられていた世界最高のスコットランド人ジョーク集の手稿と一緒にクリップで留めると、大きな封筒に入れた。そして窓へ駆け寄り、封筒を外の通りに放った。

「用意しろ、トム」ドアの外から声がした。ジョーは一瞬、動きを止めた。身を乗り出し、床に倒れている死んだ男をちらりと見る。その首は暖炉の薪載せ台にぶつかり、ぞっとするような角度で曲がっていた。口元は今もうぬぼれた笑みを浮かべ、目はこれまで以上にどんよりと濁っていた。

ジョーは首を振った。窓の敷居に飛び上がり、両手で敷居の内側をつかむと、身体を下ろし、飛び降りた。
警官たちの巨体が、ドアからなだれ込んできた。
ジョーのハイボールのグラスには、蝿が一匹浮かび、必死にもがいていた。

クイーン好み
第3回

エラリー・クイーン

ここで見てみましょう……おたよりのコーナーを——おたよりに書かれたたくさんのことを。これが好きであれが嫌いだという意見を、提案を、批評を、称賛を、悪口を……。「声なき大衆」なんて、誰が言ったのでしょう。この言葉の欺瞞(ぎまん)はあばかれました。大衆が声をあげないと言う人こそ、その口をつぐむべきです。少なくとも、おたよりのコーナーには、知的な言葉が驚くほど並んでいる手紙が大量に届いているのですから。私はこれらの手紙によって、生まれて初めて、人々が何を望んでいるか、あるいは何を望んでいないかということが理解できたように思えます。そして、おたよりに書かれた感想によって、私はとても誇らしげな気持ちになりました。人々が何よりも望むものを提供することができたという手応えを感じたからです……。まあしかし、これは取るに足らないことです。重要なことは、「ミステリ・リーグ」があっという間に人気を獲得し、受け入れられるかどうか気に病んでいた心のひだの奥までもが暖かくなったことです。さて、私がどう見られているかを教えてくれた一通のおたよりに対する、いささか無礼な考えを話しておきましょう。この手紙の差出人は、「ときどき私がロータリークラブの会長のような書き方をする」と考えています。ああ、おあいにくさま。私が知っているロータリークラブの会長といえば、囚われていながらも苛烈なペンをふるった人物だけなのです。そして、私はそのようなペンを持つことを誇りに思っています。紙の繊維に食い込み、瞳と脳裏に深い痕跡を残すような、容赦ない辛辣な文章を書くことができるでしょうからね。

来るべき世界の姿　THE SHAPE OF THINGS TO COME

本章のタイトルを拝借したことについて、ハーバート・ジョージ・ウェルズ——みなさんにはH・G・ウェルズと言った方がいいですね——にお詫びをいたします。[1]もっとも、以下の文章は、広大なウェルズ人の頭を飾る想像上の宝冠について空想をめぐらすために捧げられているので、大目に見てもらえると思いますが。

みなさんは不思議に思ったことはないでしょうか？　現代のジュール・ヴェルヌと呼ばれ、歴史書をまるで娯楽小説のように書き、社会学者として生活しているH・G・ウェルズが、なぜ探偵小説を一作も書いていないのか、と。この連載コラムの中で指摘したように、偉大なイギリス作家たちは、その作家活動の中で、少なくとも一度はミステリに手を染めています——チェスタトンが、ザングウィルが、ミルンが、ディケンズが、ハクスリーが。しかし、ドラマ作りとエピソード描写とプロット構築の才能にあふれ、信憑性のある科学的背景（ご存じの通り、彼はもともとは生物学者でした）を用いて、想像力の長い足で過去と未来を自在に行き来する人物、すなわちウェルズは、どういうわけか、探偵小説を書いていないのです――短編も長編も。おお、そうです、見方によれば、探偵小説の周辺には足を踏み入れています――恐怖の物語を、超自然の物語を、そして犯罪の物語さえも書いているのです。しかし、どれも厳密な意味での探偵小説ではありません。

さて、もしウェルズ氏が他者の進言を受け入れる器量の持ち主ならば――誰もが知っているように、彼は学ぶことをやめない努力家ですので――私は彼に、価値あるちょっとしたアイデアを教えたいと思っているのですよ。今のところ、このアイデアをうまく用いている作品は、オールダス・ハクスリーの『すばらしい新世界』を除けば、存在しないことがわかっています。この進言は、『世界史大系』という歴然とした証拠があるにもかかわらず、その才能が、いわば過去よりは未来に向いていると思われる一人の人物に対するものです。『来るべき世界の姿』を別にすれば、世界規模の出来事についての彼の目下の未来予測は、現在と西暦二〇〇〇年の間に限定されています。彼の空想小説のほとんどは、未来に設定されているというわけですね。『冬眠二〇〇〇年』、『宇宙戦争』、『タイムマシン』、数多くの短編……もっとも、みなさんは、こんなことは百も承知でしょうが。

ずばり言いましょう。私の進言というのは、ウェルズ氏に未来を舞台にした探偵小説を書いてもらいたい、というものです。この意見に対して、「宇宙規模の問題を扱う者が行う未来予測としてはくだらないものだ」とウェルズ氏が一笑に付してしまわなければ、彼は非常に優れた仕事をなしとげるであろうことを、これから具体的に述べていきます。

何が起きるかを考えてみましょう！　ミステリ作家たちが考え出した手がかりが、どんなに短命なのかは、みなさんもご存じのはずです。まるで女性のファッションがすたれていくように、手がかりもすたれていくのです。しかも、女性のファッションはくり返されるため、何年も前に捨てられたファッションが再び陽の目を見ることはさほど珍しくないのに対して、探偵小説の手がかりの大部分は、一度葬られてしまったら、未来永劫、安らかに眠り続けるという、大きな相違点があります。例えば、サー・アーサー・コナン・ドイルがさかんに執筆した時期に利用した手がかりの多くは、現在の人々をとりまく社会が変わったために、今では色あせてしまっています。ドイルを例にとると、彼はフラシ天飾りの袖やボタン留めの深靴のような手がかりを用いていました。しかし、流行がひとめぐりしてフラシ天飾りの袖やボタン留めの深靴が再び使われるようになることは想像できても（そんなことがあるとは信じがたいですが！）、これらの古い手がかりがもはや使えないことは事実です。鵞ペンを使った手がかりは正真正銘の時代遅れですし、ごくわずかな例外すら、もはや存在できないでしょう。備え付けのガス燈の手がかり（アーネスト・ブラマの短編に出てきます）[2]は、現在ではガス燈自体が旧式の器具になってしまい、事実上使われていないために、もはや再利用できません。逆に、作家たちが現在手がかりとして用いているものは、かつての大作家たちがその存在をつゆほども思い浮かばなかったものなのです。『アクロイド殺し』の重要な手がかりとなるディクタフォン、ゴム底靴、万年筆、自動車のタイヤの模様、メルヴィル・デイヴィスン・ポーストの「アンクル・アブナーもの」[3]の一編で重要な手がかりとなる最新の音声学、無線通信、現代の弾道学――その数は限りありません。

最近のウェルズ氏は、その想像力が未来の生活様式や慣習や科学的発明といったものを予見する作業にふさわしいことを、まごうかたなく証明しています。したがって、彼の考え出す手がかりは、自ずと〝未来のもの〟になるでしょう。進歩の必然的な結果として生まれた手がかりというわけです。例えば、彼はおそらく、ちぎれたボタンの手がかりは使わないでしょう。未来においては、ボタンが存在しない可能性が高いからです。現在ですら、安価で精巧なジッパーが、古くさいボタンとボタン穴に取って代わりつつありますからね。ウェルズ氏が想像する未来では、ボタンの代わりに何が使われているのでしょうか？　まさに、その〝何か〟が新しい手がかりを生み出すのです。そして、食べ物も興味深い観点です。今から百年後には、現在のフルコースのディナーが小さな錠剤になることは間違いないでしょうし、その錠剤にどれだけ多くのカロリーとビタミンと他の何かが含まれているかは、神のみぞ知るといったところでしょうね。さらに、今日の検死と明日の検死の違いを想像してみましょう。ウェルズ氏の描く検死官はどんなことをするのでしょうか？——もちろん、解剖器具からして異なります。おそらく、この検死官は解剖器具などは一切使うことなく、解剖そのものを不要としてしまう超X線の風変わりな機械だけを用いて、望みの結果を得ることができるのですよ！——という私の考えが正しいならば、ウェルズ氏の描く検死官は、被害者の生前の生活や体調や習慣に関して、刮目（かつもく）すべき結論を導き出すことができるはずです……。この思いつきをあれこれひねりまわしていると、ウェルズ氏の探偵小説において、現在の道具はどれもみな時代遅れになっていることがますますはっきりしてきました。おそらく、通信・移動の機器を使うアイデアやそれに関する手がかりは、すべてが時の流れに耐えきれず、新しい機器——微小のポケット通信器やロケット機、ひょっとしてテレパシーまで――に取って代わられるのでしょう。では今度は、人間の体そのものについて考えてみます。おそらく、数百年のうちにすべての人種の頭は禿げてしまい、髪の毛がらみの便利な手がかりは使えなくなるはずです。そこで髪の毛に取って代わるものは何なのでしょうか？　歯は痕跡をとどめるだけになるでしょうから、噛まれたリンゴといった手がかりはもはやあり得ません。タバコが禁じられた時代になったら、かつてホームズが手がかりとして用いたインド葉巻は、かわいそうに、どこに身を置けばいいのでしょうか？　言語はどうなるのでしょうか？　マッチは？　時間そのものは？　ウェルズ氏の小説では、未来世界の科学者は時間を征服し、過去や未来を自在に行き来しています。だとすれば、現在の「私は―八時四十五分には―百マイルも―離れたところにいた」というアリバイも、やはり時代遅れになるのです。殺人者は、犯行時刻に、伯父のいる火星を訪れずにいることは不可能です。しかし、おわかりでしょうが、犯行の後でタイムマシンに乗って、過去に舞い戻ることは可能なのですよ……。おやおや。

心わきたつ考えですが……裸体主義が全世界に広まったとしたら？　あらゆる衣服による手がかりは存在しなくなります！　東洋風の瞳を持つ謎めいた女性が落とした上品な白麻のハンカチもなくなり、どこにでもある襟ボタンもなくなり、被害者の手に握られているのが見つかる「青い服の切れはし」もなくなります。いやはや、私にとっては残念なことですが、ウェルズ氏は衣服の手がかりはみな除外すべきでしょう。

とは言うものの、あらためて真面目に考えてみると、私は、ウェルズ氏に不可能なことを行うように頼んでいるのかもしれません。論理的に考えると、あまりにも落とし穴が多いからです……。おわかりかもしれませんが、未来の住居はすべて監視カメラが備え付けてあるということも充分考えられるからです。あらゆる部屋が、さながら巨大な撮影機になっているわけですね。哀れな殺人者が逃れるすべはありません。被害者のアパートに一歩踏み込んだ瞬間に撮影されてしまい、彼の命取りとなる悪意に満ちた――失礼――すっ裸の姿が記録に残ってしまうのです。あるいは、殺人者が女性だったら、彼女の……こらこら。ええと、私がそもそも言わんとしたことは、未来におけるこういった新発明が、私たちの正統的な〈手がかり〉の必要性でさえも、見事に消し去ってしまうということです。

　私の苦悩にとどめをさすようなことが、まだあります――監視カメラの恩恵がなくても、人間の精神における科学的な理解の進歩が、次のような事態をもたらすかもしれません。世界連邦警察部門の諜報局長であるナンバーA―1000―AA―1は、犯行現場で実体化して――おわかりでしょうが、人間さえも原子のかけらとなって、ある場所から別の場所へとエーテルの中を飛んでいくのですよ――容疑者を並べると、そのまなざしを往復させた後で、ナンバーXY―２３４５６７８９０に固定し、即座にこう言うのです。「ナンバーXY―２３４５６７８９０、上院議員BCD―０９８７６５４３２に対する故殺の罪で、きみを逮捕する」と。おわかりの通り、局長A―１０００―AA―１は人間の思考を読み取れる能力を持っていたのです。一丁あがり（プレスト）！　手がかりもいらず、あらゆる捜査もいらず、容疑者の尾行もいらず、推理もいらないのです――まったくもって、こんな状況になってしまったら、殺人も殺人者も存在しなくなっても不思議ではないでしょう！

　失礼しました、ミスター・ウェルズ。私はあなたから価値あるアイデアを奪ってしまいました。しかし、私に何ができたというのでしょうか？　これは、論理的に話を進めようとした結果なのですから。

1　本章の題名はＨ・Ｇ・ウェルズの一九三三年の未来予測長編と同じ。邦題には『世界はこうなる』（明徳出版社）等があるが、映画化名『来るべき世界』の方が有名。

2　「マッシンガム荘の幽霊」（創元推理文庫『マックス・カラドスの事件簿』収録）を指していると思われる。

3　「不可抗力」（創元推理文庫『アブナー伯父の事件簿』収録）を指していると思われる。

ベストテン　THE TEN BEST

おお、そうでした、私たちのコンテストがありました。おかげさまで盛況です。この企画の反応といったら——まるで天然痘（てんねんとう）のごとし。「オールタイムの探偵小説ベストテン」にどの作品をリストアップするかということについて、独自の意見を持つ人がどれだけ世の中にあふれているかに驚かされます。あまたの投票によるベスト二十作のリストは、諸手をあげて賛成できるものではありませんでした。おそらくは、対象となる作品が多すぎるのでしょう。しかし、こういう見解の相違がくっきりと浮かび上がるさまには、驚かされっぱなしです。

先月号では、得票数上位二十作のリストを掲載し、次号の二十作はかなり変わってしまうことは確実である、という予想をしました。私は自分で思っているよりも、かなり優秀な予言者だったようです。前号で挙げた二十作のうち、本号で二十位以内に入らなかったものが、なんと九作もありました。九作もの作品が——少なくとも現時点では——私たちの目の前からは姿を消してしまったのです。この九作を順に挙げると、バーナビー・ロスの『Yの悲劇』（『Xの悲劇』と入れ替わっていますが、みなさんとは異なり、私にはまったく正しいとは思えません）。エドガー・ウォーレスの『緑の射手』（ウォーレスの他の作品と入れ替わってはいません）。フランシス・ノイス・ハートの『闇に隠れて』（『ベラミ裁判』と入れ替わっていますが、これは最高に称賛できます）。フィリップ・マクドナルドの『縛り首の綱』（他のマクドナルド作品と入れ替わってはいません――私は不当な落選だと思います）。アンナ・キャサリン・グリーンの『リーヴェンワース事件』は他のどの作品とも入れ替わっていません。ドロシー・L・セイヤーズ『ピーター卿、死体検分』も他と入れ替わっていません。アンドレ・ステーマンの『六死人』も他と入れ替わっていません。アール・デア・ビガーズの『黒い駱駝』（より新しい作と入れ替わっています）。最後に、メアリ・ロバーツ・ラインハートの『螺旋階段』は、ラインハート作品への投票が一票もなかったため、完全に消えてしまいました。

ここまで述べたように、変更の多くは私の評価と一致しません。とはいうものの、これはみなさんのコンテストであって、みなさんの好みによって行われるべきものなのです。私は今、以下に掲げる最新のリストもまた、来月にはまったく異なっていることは、まず間違いないと思っています。今回だって、何もかもが前回とは変わっていますからね。『モルグ街の殺人』は一位から八位に落ちています。『月長石』は六位から二位に上がりました。ほかも同様です。しかし、ここにリストがあるのですから、みなさんは自分で先月のリストとの比較ができるでしょう。各題名に添えられた数字は、その作品に投じられた票数を示しています。

第1位　『グリーン家殺人事件』Ｓ・Ｓ・ヴァ

ン・ダイン　54票

第2位『月長石』ウィルキー・コリンズ　51票

第3位『バスカヴィル家の犬』A・コナン・ドイル　50票

第4位『Xの悲劇』バーナビー・ロス　47票

第5位『アクロイド殺し』アガサ・クリスティー　47票[1]

第6位『赤い館の秘密』A・A・ミルン　46票

第7位『トレント最後の事件』E・C・ベントリー　39票

第8位『モルグ街の殺人』エドガー・アラン・ポオ　37票

第9位『813』モーリス・ルブラン　33票

第10位『ベラミ裁判』フランシス・ノイス・ハート　29票

第11位『フレンチ警部最大の事件』フリーマン・ウィルス・クロフツ　26票

第12位『矢の家』A・E・W・メイスン　25票

第13位『チャーリー・チャンの活躍』アール・デア・ビガーズ　22票

第14位『黄色い部屋の謎』ガストン・ルルー　19票

第15位『暗い階段』ミニヨン・G・エバーハート　19票

第16位『ガラスの鍵』ダシール・ハメット　18票

第17位『プレード街の殺人』ジョン・ロード　15票

第18位『レーン最後の事件』バーナビー・ロス　11票

第19位『オシリスの眼』R・オースティン・フリーマン　10票

第20位『サーカス・クイーンの殺人』アントニー・アボット　10票[2]

どれも数多くの票を得ていますが、前回のリストにあって今回落ちた作品も、それぞれ10票未満の得票がありました。私たちが今月のリストに載せられなかった作品の何作かが、来月には上位二十作の座を奪い取るということも充分あり得ます。

みなさんは、このコンテストはベストテンと銘打っているのに、どうして二十作もリストに入れているのか、疑問に思うでしょうね。ひねくれた生き物である私が無節操を好んでいる（のはいくつかの場合だけですよ、もちろん）という事実に加え、もっと実務的な理由があります。十作はコンテストの舞台に立つにはあまりにも少ない数だからです。十位の作品ですら、私がチェックした数百の投票の中から選び抜かれたものなのですよ。みなさんのリストをどうか早く送ってください。そうすれば、その投票が次号の結果に加算されるのです。そして、そのリストにはクイーンの作品を含めないようにお願いします。先月号でお願いしたにもかかわらず、かなり多くの心やさしき人たちが、彼らの探偵小説リストに私の小説を含めてくれました。とても残念なのですが、さまざまな理由により、私は参加しないことを心から望んでいるのです。それでも、感謝の言葉を述べさせてもらいましょう。

1　『Xの悲劇』と『アクロイド殺し』は共に47票なのだが、他の作品を見ると、同票の場合は発表年が早い方を上位にしているので、『アクロイド殺し』の方が四位でないとおかしい。おそらく『Xの悲劇』の得票数が48か49票だったと思われる。

2　『サーカス・クイーンの殺人（About the Murder of the Circus Queen）』は未訳。

あまりにも基本的な話ですが、もし探偵作家が創造の神々の恩恵にあずかろうとするならば、何が必要なのかはみなさんもわかっていると思います。まず最初に、数学者とゴシップ記者の双方が備えている、好奇心旺盛でせんさく好きで些末なことにまで目を配る頭脳が必須です。そして次に、最低でも文章をあやつる適切な能力を持たねばなりません。しかし、もうこれだけで充分だとみなさんに教えてしまうのは、どうしようもなくあさはかな考えにすぎませんね。探偵作家の生活においては、寝ても覚めても、少なくとも三匹のお化けが取り憑いているのですから。ごくまれには、お化けの内の一匹か二匹か三匹ともが、投げやりな様子でちょっと取り憑くだけ、ということがあるかもしれません。しかし、ほとんどの場合は、三匹がうちそろって、かわいそうな作家の鵞ペンを持つ手を震わせるために大きな役割を果たしているのです。

　みなさんにも見当がつくと思いますが、この三匹のお化けは作家という職業によって生まれて来ました。そして、教養と幸運の女神に奇跡的に恵まれた作家を除けば、誰もがこのお化けによって、くり返しくり返し悩まされ続けることになるのです。

　判じ物めいた話をしてしまったようですね。要するに、私が言っているお化けとは、法律と医学と科学捜査のことなのです。人間がらみの学問におけるこれら三つの系統に属する知識は、ミステリ小説家にとっては備えていなければならないものなのです。処罰を目的とする犯罪捜査のあらゆる段階が、法律家の歩む道と重なり合うことは言うまでもありませんね。遺言、逮捕、法的権利の細かい問題、証拠をめぐる論点などなどが――ただし、こういった法律的な事柄は詳しい説明をさほど必要としません。ところが医学の場合は――「**ブー！**」とお化けが騒ぎ出し、こちらも応えてブーブー言わねばならないのですよ。ミステリ小説というものは、そろいもそろって殺人という犯罪を扱っています。そして、殺人という犯罪は、死体や、弾道や、刺し傷の深さや、rigor mortis（リゴル モルチス）（死後硬直）の問題や、毒のもたらす症状と効果や、死斑（しはん）や、検死解剖といった ad nauseam（アドナジーム）（げんなりするようなこと）と、切っても切れない関係にあるのですから。医学に関する詳しい知識が、ミステリ作家にとって驚くほど有用であることは明らかです。最後に科学捜査についてですが――〝探偵について書こうとするならば、捜査に関することは何でも知っていなければならない〟ということは、言うまでもありませんね。

作家がこのような立場に置かれていることを知った人は、疑問に思うはずです――ソロン（古代アテネの法律家）とアイスクラピオス（ギリシャ神話の医学の神）とウィリアム・J・バーンズ（前出。178ページの訳注参照）の名にかけて、法律といえば道路交通法しか知らず、医学といえば頭痛にはアスピリンが効くことしか知らず、科学捜査といえばなくした襟ボタンが落ちている場所を探し出すことしか知らないミステリ小説家が、厚かましくもタイプライターの前に座っていられるのはどうしてだろう、と。私も自分自身について同じ疑問を抱いており、ここ数年にわたって、法律や医学や捜査に関する探偵小説上のさまざまな問題と取り組んでいるのです。ただし、今ではこう書くのはフエアではないですね。というのも、なぜ作家がこういう風に厚かましいのかをもう知っているからです。そして、私は同業者（コンフレール）には尊敬の念を抱いているので、ここで挙げている〝作家〟とは私だけを指しているということを、急いで付け加えておきましょう。他の作家について——他の作家のほとんどについてと言ったほうが正確ですね——ああだこうだと語ることはできないのです。なぜならば、活動舞台を同じくする親しい数名は、私と同じ方法で問題を解決していますし、それ以外の者については、ごくわずかしか知らないか、何も知らないかのどちらかなのですから。実のところ、同時代の作家の中で、私たちみんなを白髪にしてしまうこの難問に悩まされることがない者はたった一人しかいません。ソーンダイク博士の生みの親、Ｒ・オースティン・フリーマンです。もし私の知識が正しいならば、フリーマンは——彼が生み出したソーンダイク博士と同じく——法医学博士なのですよ。言うなれば、彼は医学と法律の両方と、とりわけこの二つが重なり合う領域に関する専門的な知識を持っているということになるわけです。探偵作家としてこれ以上完璧な経歴は、最高神（ジュピター）ですら賜（たまわ）ることはできないでしょう。

おっと、いつものようにわき道にそれてしまいました。確か、専門的な知識に乏しい探偵作家はどうすればいいか、という疑問についてでしたね。もう疑問を感じる必要はありません。今からその秘密のヴェールをはぎとって見せましょう。

探偵作家のためにそういったことを調べてくれる人たちから、探偵作家はそういったことを得ることによって、探偵作家はそういったことを成し遂げているのです。

ひょっとして、また判じ物めいた話し方をしてしまいましたか？　それでは、作家ならではの特権を使わせてもらい、私自身の過去の経験から例を挙げさせてもらいましょうか。

まだ五年もたっていない昔のことですが、私は、貧弱な知識しか持ち合わせていないというのに、長編探偵小説に取りかかることを決めました。そのあたりの詳しい状況まで述べる必要はないでしょうね。とにかく、創作作業のさなかに、突然気づいたのです。もし私がちょっとだけ乏しい知識でいささか軽率にも——ソフトな表現を用いたことをご了承ください——書き始めた長編を書き終えようとするならば、医学的なアドバイスが、特に医学の専門的なアドバイスが必要であり、しかも一刻も早くそれを手に入れなければならないことに。その問題は——博学とは縁のない私でさえ自明なほど——入り組んだものでした。どう見ても解決できないのです。そして、もし解決できないのならば——**ドカーン！**と私の小説は吹っ飛んでしまうに違いありません。その問題とは以下のものです。私には毒物が必要でした。おわかりでしょうが、かなり特殊な毒物でなければなりません。その毒物に必要な特性があまりにも多いため、これまでに書かれたあらゆるぶ厚い毒物学の本のどこにもこの毒薬が出て来ないと聞いても驚きはしないほどでした。その毒物は必ず死に至らしめるものでありながら、なおかつ即死ではいけないのです。実のところ、確実に十五分前後で絶命しなければなりません。さらに、ウィスキーに混入しても効果が減じないということも必要です。無臭か、少なくともウィスキーによってごまかせる程度の臭いでなければなりません。声帯を麻痺させるか、少なくとも被害者が叫び声を上げることができなくなるような作用がなければなりません。そして、何よりも重要なのは、警察がどんなに徹底的に照会をしても突き止められないように、ひそかに入手できなければならないということです。あなたもうなずいてくれるでしょうが、必要な条件のリストはかなり膨大になってしまいましたね……。では、どうすればいいのでしょうか？　灰色の脳細胞が回転を始めました。明らかに専門家の意見が必要です。では、誰に？　一般の医者では役不足になることはわかっていました。この問題には毒物学者の協力が必要なのです。しかし、私の交際範囲は限られた友人と家族だけなので、毒物の教授などは知りません。かくして、苦労に苦労を重ねた結果、一人の旧友に——当時は都市大学のある学部の英文学教授で、のちに学部長になり、現在は世界でも有数の大学に勤めている人物に——たどりつきました。話し合い……問題点を相談すると、とうとう私は、ロワー・イーストサイドの——場所もあろうに——死体置場(モルグ)のビルにある、天井の高い寒気のする化学実験用の教室に立つ自分の姿を見る羽目におちいったのです。毒物の教授を追い求めて、ある人物の居場所に行き着いたのです——誰あろう、ニューヨーク市毒物係主任アリグザンダー・O・ゲットラー教授のもとに。

私は、このときの経験を決して忘れないでしょう。足の下のどこかには市の身元不明者の冷たい裸の死体が横たわっています。ひじがサイフォン装置や試験管の台や不気味な薬瓶に触れます。おなじみの実験用の白衣を着たわが救い主は——鋭い目を持ち、短く区切って話す化学者は——私が積み重ねた難問の数々を意に介さないかのように耳を傾けていました。私が話し終えると、彼はちょっとだけ間をおいてから話し出しました。

「やっかいな問題だ」彼は次の講義での実験の準備に手を取られながらも認めました。「可能な物質は二つ。ニコチンはその一つだろう。だが明らかに都合の悪い点がいくつかある。……ちょっとこちらに来たまえ」

彼は、私を壁ぎわの開架式キャビネットの前に連れて行きました。そこでは、栓をきつく締められた二ガロン入りのガラスの大瓶が、棚の一つを堂々と占有しています。中には、水のようだがグリセリンみたいな粘りがあるようにも見える無色の液体が半分ほど入っていました。

「これを使うといい」とゲットラー博士は言うのです。「きみの希望に合うもう一つの物質だ」彼はゴム手袋を出して、そのがっしりした白い手に――見たところ、ずいぶん注意深く――はめました。「毒物だよ」

「そんなに強力なんですか？」私は息をのみました。

「これだけでニューヨーク市の住民を全滅させるのには充分だ」

私はつばを飲み込みました。恐ろしかったのです。それもかなり。「何なのですか、それは？」

「きれいだろう」博士は大瓶をつまみ上げ、やや粘り気のある中身を振りながら、つぶやきます。私は二、三歩後ずさりました。もし瓶が落ちたら……。

「テトラ・エチール鉛。ごく最近発見されたものだ。どうなると思うかね？」彼は瓶の中身に目をやってから元の場所に戻して、私をほっとさせました。「ウサギで実験した。ウサギの耳の裏側の無傷の皮膚に、この物質をほんの少量だけ塗ってみた――いいかね、塗るだけなのだ。十分後、われらがウサギは死んだ」

「そんなに――そんなに強力には思えませんが」私はない知恵をしぼって言ってみます。

「おお、思えないかね？」ゲットラー博士はきびしい声で答えました。「充分に強力であることは保証できる。覚えておきたまえ、テトラ・エチールは、ウサギの皮膚から吸収され、血液に混入したということを……。いくつか教えてあげよう。これはきみの要求を完璧に満たしているのだ。この物質についてはかなりわかっている――化学的に、という意味だが。ただし、人体への作用については――」彼は肩をすくめました。「ほとんどわかっていない。数名の者が、こいつに手を触れただけで死んでしまった。わしが手袋を使ったのはそのためなのだ。この物質はどこで入手できるかわかるかね？」

「い、いいえ」

「ガソリンスタンドならどこでも」

「何ですって!」

「ガソリンスタンド――」毒物学者は科学者につきものの正確さをもって補足しました。

「新製品のエチール入りガソリンを売っているガソリンスタンドならどこでも。テトラ・エチール鉛は、エチール入りガソリンの成分の一つなのだ。もちろん、そのままでは使えない。きみの殺人者が何をすればよいかわかるかね? ガソリンスタンドに行って、車のタンクをエチール入りガソリンで満タンにしてもらい(これで入手経路をたどれるかね!)、家に帰ってからガソリンを抜き出し、ありふれた自家製蒸留器を用意すれば、あとは朝飯前の仕事だ。ただ単に、蒸留すればいい。召使いに身支度させるようなものだよ、お若いの。おわかりかな、エチル入りガソリンのすべての成分の中で、テトラ・エチール鉛は最も高い沸点を有するのだよ。その沸点さえ知っていれば、汚れ仕事は全部蒸留器に押しつけ、蒸留後に残った物質が混じりけなしのテ鉛ということになる」

「そのう――沸点は何度なのですか?」

彼は微笑んで「どうしてそこまで調べたいのかな? われわれは誰かの頭にこの方法を吹き込みたくはないのだがね……。服用時の作用については、何でも好きなように書きたまえ。わしの知るかぎりでは、この物質を服毒させた犯罪事件は存在しない。きみは何でも書けるし、それに対しては誰も反論できないだろう」

つまり、これが『ローマ帽子の謎』が「アリグザンダー・O・ゲットラー博士に心からの感謝を込めて」捧げられている理由なのです。

もうおわかりでしょう、ただ単に、適切な情報源を訪ねればよいというわけです。私はこのやり方がとても役立つことがわかり――新たな作品を生み出すごとに、その恩恵は増え続けています。『フランス白粉の謎』において医学的な情報を取り入れた際は、知人の熱心な若い医師が科学的検証を行ってくれました。都会の大病院を舞台とする『オランダ靴の謎』では、年輩の医学関係者であり――実を言うと――かなり昔に私をこの世に誕生させてくれた人物のところに行きました。『ギリシア棺の謎』では、複数の専門家の厚意に甘えてしまいましたね。一人はシカゴの研究所で働く博士でした。彼は、『オランダ』で描かれたいくつかの点について、異議を唱える手紙をくれた人物です。その部分の訂正を終えると、私はすぐさまその差出人に、『ギリシア』の仕事をお願いしました。それからというもの、彼は気前よく、私の頼もしい医学的アドバイザーをつとめてくれているのです。この本では、美術に関するさまざまなことについても、専門家のアドバイスが不可欠でした。このために、前述のゲットラー博士を紹介してくれた旧友のところに出向きました。『エジプト十字架の謎』では、エジプト学に関するもろもろの不明点について、権威のある意見が至急必要になりました。そこで、またもや情報源を求めて、ニューヨーク市のメトロポリタン美術館におもむき、エジプト芸術の館長補佐に会ったのです。彼は実に親切に私の難問を片づけてくれましたよ。（ここでちょっとした事件がありました。私はS・S・ヴァン・ダインの足跡を突き止めたのです。わがメトロポリタン助言者はヴァン・ダイン氏の手助けもしたらしいのですよ。おそらく、ヴァン・ダインが『カブト虫殺人事件』を書くときに、より詳しい情報を提供したのでしょう。ついでに言えば、わがあごひげの同業者（コフレーレ）が、常にいろいろな分野の専門家の助力を仰いで執筆していることはよく知られています。例えば、『僧正殺人事件』におけるチェスに関する部分については、自身がチェス・プレイヤーであるにもかかわらず、偉大なるアリューヒン（ロシアのチェス世界チャンピオン、アレクサンダー・アリューヒン）の助けを借りたようですし、同書の数学に関する部分については、アメリカ産のエディントン[1]と言える人物の助けを借りたように思われます。も

ちろん、美術関係の学識はすべてヴァン・ダイン氏自身のものなのでしょう。彼自身はまぎれもない美術批評家なのですから）

『アメリカ銃の謎』では、弾道学の権威者を探し求めて、コルト社のニューヨーク支店の関係者で、市と州のために何年にもわたって専門知識を役立ててきた、えらく愛想のよい紳士と接触しました。結果は——銃の知識が大幅にアップ。そして、わが執筆活動においてずっと、二人の友人から惜しみない助力を得てきました。二人とも弁護士なのですが、ブラックストン（ウィリアム・ブラックストン。イギリスの法律学者）さえも首をかしげるような法律上の多種多様な理論的問題のために、何度も何度もこき使ったので、その寛容さがいつまで持つか、心配しているところです。

これまで私が拒絶された唯一の例は、黙秘を貫き通すシンシン刑務所のお偉いさんに出くわしたときのことです。私は大刑務所の内部の仕組みについて深い知識を要する、ある長編のアイデアを持っていました。訪問者が刑務所の内部をのぞき見することが規則違反であることはわかっていましたが、知識欲旺盛な学問の徒ならば、例外として認めてくれるだろうと思っていたのです。そして、言うまでもなく、例外は認められませんでした。私が得ることができた唯一のものは、誠実だが断固とした断りの手紙だけでした。私の別の友人経由（ヴァイア）で受け取ったその手紙の差出人は、現在はニューヨークの州知事をつとめている——その当時はルーズベルトの元で州副知事をつとめていました——リーマンでした。[2]

Amicus est tanquam alter idem.（アミークス エスト タムクァム アルテル イーデム）（友人はもう一人の自分である）——キケロは古代ローマでは最も高貴な人物ではなかったとしても、このすばらしい格言を残してくれました。私の友人はまごうかたなきもう一人の自分であり、ほとんどの探偵作家もまた、質問される機会があれば、私と同じことを言うであろうと確信しています。

1　『僧正殺人事件』の第四章や第二十二章に名前が出てくるイギリスの天文学者アーサー・スタンリー・エディントンを指すと思われる。

2　このエッセイが書かれた一九三三年にはハーバート・H・リーマンがニューヨーク州知事だったが、クイーンがこの調査を行ったと思われる一九三一〜二年にはフランクリン・D・ルーズヴェルト（のちの大統領）がまだ州知事をつとめていた。

倫理学　ETHICS

探偵作家は、自分の作品を通じて危険が生じる可能性のある特殊な情報を、どれくらい公（おおやけ）にしていいのでしょうか？　この疑問があらためて私の心に浮かんだのは、今しがた書き終えたばかりの前章のせいです。私は、自分自身に向けられた「不道徳だ」という批判を読んでびっくり仰天した数年前のことを、今でもはっきり覚えています。『ローマ帽子の謎』に盛り込んだテトラ・エチール鉛についての情報と、それはエチール入りガソリンを蒸留すれば簡単に作ることができるという情報が批判されたのです。その批判は、怒れる一読者——あいにくと名前は忘れてしまいましたが——からの、ハリー・ハンセン[1]宛ての手紙という形をとっていました。ハンセン氏はこの手紙を、おなじみの「ニューヨーク・ワールド」紙の自分のコラムに載せたのです。

この立腹した紳士は叫んだのです。倫理的に考えれば、クイーン氏であろうが他の誰であろうが、殺人を犯すかもしれない愚かな人々に対して、人を殺すための情報を伝える権利は持っていない、と。この本は殺人への誘惑に抵抗するだけの強い道徳心を持っていない頭に、その考えを吹き込んでしまう、と紳士は言いました。訴えるべきだ、などといったことも。

　実を言うと、この手紙を読んでしばらくは落ち着かない時間をすごしました。もちろん私は、最も重要な情報である毒物の沸点については書いていいません。それでもやはり、〈怒れる投稿者〉の言葉はこたえたのです。何たること、私は事前従犯になってしまったというのでしょうか？　これは本当の話なのですが、私はそれから数ヶ月というものは、神経質になって新聞をすみからすみまで目を通していたのです――私の目の中で「**妻が夫をテトラ・エチール鉛で毒殺**」といった見出しが踊るのではないかと気にしながら。

　まじめに考えてみると、作中で節度を持って扱った情報から罪が生まれたとしても、それはささやかなものでしかあり得ません。私は以前、大部分の犯罪は常習犯によるありふれたものだ、と言いました。これに対して、常習犯ではない犯罪者は、抑圧された強い感情――嫉妬、憎悪、恐怖、金銭への欲望――の下に殺人を犯すと言えるでしょう。こちらのタイプのごく一部の犯罪者は、過ちを犯さないように細かい計画を立てます。確かにその計画では、いくつもの思考がなされるでしょうね。ですが、それは感情的なものから生まれた思考であり、当然のことながら、探偵小説のほとんどに登場する冷酷で複雑な計画における思考とは、まったく別の種類なのです。したがって、殺人者予備軍が、凶器として新種の、あるいは前例のない道具を探し求める危険性は小さい、と言ってもかまわないはずです。もし殺人者が毒薬を使いたいと思ったならば、おそらく塩化第二水銀（昇汞。当時は消毒薬として入手容易だった）を選ぶでしょうね。その上、現実における殺人では毒薬はめったに使われません。大部分の犯罪では、おなじみの便利な拳銃や、窓枠分銅（ふんどう）といった鈍器、それに鋭い刃物といったものが使われているのです。〈怒れる投稿者〉の過ちは、〝現実の殺人者も小説の殺人者と同じような計画を立てる〟という決めつけをしてしまったことです。私の言葉を信じてもらえるならば、そうではありません。

探偵ロフタス夫人

MRS. LOFTUS, DETECTIVE

探偵小説のファン（この言葉は明らかに〝狂信者（ファナティック）〟を縮めたものです）は、最愛の分野における自分たちの知識――このジャンルにおける最新の作品から最古の作品までを含む知識です――の豊富さについて、一種独特にして頑固きわまりない誇りを抱いています。このことについて考えをめぐらせた私は、おなじみのひねくれた性格に基づき、問題提議をすることにしました。その提議は、ここである書物の一節を引用することによって行います。書物の名前はまだ伏せておきますが、作中では、ある登場人物が真のシャーロック・ホームズ流のやり方（ファッション）によって（おそらくはひだ飾りの付いた襟や袖といった服装（ファッション）で）、事実と観察と実験に基づく推論の講義をするのですよ。そして、その推理は明快で人間味にあふれている上に、反論の余地さえない、探偵文学史上の偉大な演繹的推理の中でも上位に位置するものなのです。

その探偵とは、ジュディス・ロフタス夫人です。ここでみなさんは言うでしょうね。ロフタ

1　ハリー・ハンセンはアメリカのジャーナリスト。この時期は「ニューヨーク・ワールド」紙の文芸担当編集者をつとめ、彼のコラムの影響は大きかった。

スって言ったのか？　ロフタスだと？　バカらしい！　現実にせよ架空にせよ、ロフタスなんて名前の探偵は――女探偵だって！――いやしない、と。言わせてもらいましょう――本当にそうですか？　ならば、これを読んでください。

　女は相変わらず妙な表情で僕を見ているので、僕はすこしも落着けなかった。まもなく、女はこう訊いた。

「お前さんの名前はなんといったっけね？」

「メ――メアリ・ウィリアムズ」

　なんだか、さっきはメアリとは言わなかった気がしたので、僕は顔が上げられなかった――確かセイラと言ったような気がした。それで、僕はしまったと思い、その思いを顔に出しはしないかと恐れた。女がもっとなにか言ってくればいいのにと思った。黙っていればいるほど、僕はますます不安になった。しかし、ようやく女は口を開いた。

「お前さん、最初ここへ入ってきたとき、セイラと言ったようだったけれど」

「ええ、そうなんです、小母さん。セイラ・メアリ・ウィリアムズというんです。セイラがわたしの洗礼名なんです。だから、わたしのことをセイラと呼ぶ人もあるし、メアリと呼ぶ人もあるんです」

「ああ、そういうわけなの」

「ええ、そうなんです」

　これで、ずっと気がらくになったが、どちらにしてもここを出て行きたかった。顔はまだ上げるわけにはいかなかった。

　さて、女はせち辛い時世だということや、貧乏な暮しをしなければならないということや、鼠がわがもの顔に振舞うことや、次から次へと話し出したので、僕は再び安心した。鼠は女の言う通りで、隅の穴から一ぴきちょいちょい鼻を出していた。女は自分ひとりでいる時にはなにか投げつけるものを手近に置いておかないと、おちおちしていられないと言い、ねじってまるめた鉛の棒を示し、いつもこれでうまくぶち当てるのだが、一日二日前に腕をくじいたので今はちゃんと当たるかどうかわからないと言った。それでも機会を狙っていてただちに一ぴきの鼠めざして投げつけた。しかし、狙いはひどく外れてしまい、「あっ、痛いっ！」と叫んだ。腕が痛かったのである。そこで、今度はお前さんがやってみておくれと言った。僕は主人が戻る前に立ち去りたかったが、もちろん、そんな気振りは見せなかった。僕は棒を受取り、次の鼠が鼻を突き出すのが早いか叩きつけた。その鼠がそのままじっとしていたならかなり重態になっていたことだろう。女はたいした腕前だと褒め、次のもしとめるだろうと言って、鉛の棒を拾って持ってきた。そしてそれと一緒に、手をかしてほしいと言って糸をひと桛持ってきた。僕が両手をさし出すと、女はそれに糸の桛をかけわたし、自分のことや夫のことを話しつづけた。しかし、急に話をやめてこう言った。

「鼠に気をつけていてくださいよ。鉛を膝にのせといたほうが都合がよかろう」

そう言うのと同時に女は鉛の塊りを僕の膝に落としたので、僕は膝ではさんで受けとめ、女は話をつづけた。しかし、それはほんのわずかの間で、女は糸桛を取上げると、真直ぐ僕の顔を見て、たいそう愉快そうに言った。

「さあ、いいかい、お前さんの本当の名前はなんて言うの？」

「な、なんですって、小母さん？」

「お前さんの本当の名前はなんて言うのかい？　ビルかい？　トムかい？　それともボブかい？――それとも、なんていうの？」

僕は木の葉のように震えていたと思う。そして、なんと言ったらいいのかわからなかったが、しかし、こう言った。

「どうか、わたしみたいな哀れな女の子をからかわないでください、小母さん。ここにいるのが邪魔なら、わたしは――」

「いいえ、邪魔なものかね。そこにそのまますわってなさい。お前さんをどうもしやしないから。また、言いつけもしないからね。いいからお前さんの秘密をわたしにお話し、わたしを信用してね。(中略)さあ、すっかりわたしに話しておしまい、いい子だからね」

そこで僕はもうこれ以上、女の子の真似をしても無駄だから、すっかりなにもかも打明けてしまうが、約束を破らないでほしいと言った。(中略)女は弁当をつくってくれた。そして言った。「牛がねているとき、どっちの端から立ち上がるかい? すぐに答えるんだよ――考えたりしないで。どっちの端が先きかい?」

「後肢のほうです、小母さん」

「それでは、馬は?」

「前肢です」

「木のどちら側に苔が生えてるかい?」

「北側です」

「もし、牝牛が十五頭、丘で草を食べているとすれば、そのうちの何頭が頭をおなじ方向に向けて食べるかい?」

「十五頭ぜんぶです、小母さん」

「そう、確かにお前さんは田舎で暮してきたようだね。また、わたしを騙そうとしてるのかと思ったのだよ。じゃ、お前さんの本当の名前はなんていうの?」

「ジョージ・ピーターズといいます」

「そうかい、よく憶えておいで、ジョージ。帰る前に忘れちまって、エレグザンダーだなんて言わないでおくれよ。そして、わたしに尻尾を押えられたら、ジョージ・エレグザンダーというんだなんて言って逃げたりしないことだよ。それから、その古ぼけた更紗の服の姿で女のそばへ行くんじゃないよ。女の子の振りはかなり下手だからね。もっとも、男なら騙されるかもしれないよ。ねえ、お前さん、針に糸を通すときには、糸をじっと持って針のほうを近づけるんじゃないよ。針をじっと持って、糸を突っこむのだよ。それが普通、女のやり方だ。でも、男は必ずその反対のやりかたをするものさ。それから、鼠にしろなんにしろ、ものを投げつけるときには爪さき立ってぐいとのび上がり、できるだけぎこちない格好で手を頭の上まで上げて、鼠から六、七フィート離れたところへ狙いを外すのだよ。肩に回転軸でもあるかのように、肩のところから腕をぎくしゃくさして投げるのだよ、女の子らしくね。男の子のように腕を片側に突き出して、手首と肘で投げるんじゃないよ。それから、いいかい、女の子がなにかを膝で受けるときには、膝を開くものだよ。お前さんが鉛の塊りを受けとめたときのように、両膝ではさんだりしないんだよ。わたしはね、お前さんが針に糸を通そうとしたとき、てっきり男の子だと目星をつけたのさ。そしてほかのことはただそれを確かめるために考え出しただけなのだよ。さあ、伯父さんのところへ出かけなさいよ、セイラ・メアリ・ウィリアムズ・ジョージ・エレグザンダー・ピーターズさんや。そしてなにか困ったことがあったら、ジュディス・ロフタス夫人に言ってよこしなさい。それはわたしのことだよ」

さあ、これは演繹的推理だと言っていいはずです——演繹的推理ですよ。

さてさて、どうでしょうか、ご同輩のみなさん？　まだこの小母さんが誰なのか見抜けませんか？　セイラ・メアリ・ウィリアムズ・ジョージ・エレグザンダー・ピーターズが誰なのかは？　この二人が——犯罪と探偵をめぐる輝かしい歴史の中で、最も奇妙で風変わりだと言っても過言ではない二人が——演じた歴史的な一幕は、何という小説に出てくるのかは？　ええ、そうです、みなさんの何人かが「ちぇっ！　こんなのは入門書レベルじゃないか。多少のセンスと名作文学に関する一番基本的な知識さえ持っている奴なら誰でも、この二人の正体は見抜けるさ」と言うであろうことは、百も承知です。

しかし、そうでない人も多いはずです。つまり私は、「現代の読者はヘミングウェイ作品やプルースト作品やT・S・エリオット作品だけを忠実に追いかけるという嘆かわしい傾向を示している」と主張したいのです。すばらしきサミュエル老が、これらの紳士方より二枚も三枚もうわ手であることを示すために、彼の作品が一級品であることに気づいてほしかったのです。

もちろん、私が引用したのは、人の弱みを容赦なくあばく悪魔のような人物にして、礼儀と道徳に対する鋭い風刺家である不滅のサミュエル・L・クレメンズ――みなさんも私も文学界の誰もが知っているマーク・トウェイン――の文です。では、どの作品でしょうか？　いえいえ、探偵小説ではありません。暗い世界観（ヴェルツシュメルツ）を皮肉る者と、それを耐え忍ぶ者の最後の隠れ家である『ハックルベリイ・フィンの冒険』です（引用部分は新潮文庫の村岡花子訳より）。おわかりでしょうが、セイラ・メアリ・ウィリアムズ・ジョージ・エレグザンダー・ピーターズはハック・フィンです。ロフタス夫人は、この点だけは見抜くことはできませんでしたね。しかし、みなさんも読まれたように、それを差し引いたとしても、彼女はハックがセイラ・メアリ・ウィリアムズ・ジョージ・エレグザンダー・ピーターズではないことを見事に当てたという事実は、疑う余地がありません。

解説

飯城勇三（エラリー・クイーン研究家）

若き日のエラリイ・クイーンが「ミステリ・リーグ」という推理専門誌を編集発行したものの、売れゆきがわるくてやがて廃刊したという話は、名古屋の故井上良夫氏が戦前の「新青年」に書いた。（中略）その「ミステリ・リーグ」全冊を翻訳復刻しようではないかという噂を聞いたのは――

鮎川哲也「クイーンの色紙」

「ミステリ・リーグ」――その伝説

「幻のミステリ雑誌」は数あれど、それに加えて、「伝説のミステリ雑誌」と呼ばれるにふさわしい雑誌は、「ミステリ・リーグ」をおいて他にない。エラリー・クイーンのファンのみならず、ほとんどのミステリ・ファンは、この雑誌の名前を聞いたことがあるはずだ。しかしその一方で、ほとんどのミステリ・ファンは、この雑誌がどんなものかを知らないはずである。

——クイーンが『Xの悲劇』『Yの悲劇』『ギリシア棺の謎』『エジプト十字架の謎』という傑作四作を発表した翌年の一九三三年に創刊されたミステリ雑誌。

——当時まだ二十代のクイーンが、その若々しい才能と情熱を注ぎ込んだミステリ雑誌。

——〝世界最高のミステリ雑誌〟と自他共に認める「エラリー・クイーンズ・ミステリマガジン（EQMM）」のプロトタイプ。

——クイーンの有名な「探偵小説採点法」が掲載されたミステリ雑誌。

——創刊号の『レーン最後の事件』に続き、フィービ・アトウッド・テイラー、ブライアン・フリン、B・G・クインといった面々の長編が一挙掲載されたミステリ雑誌。

——あまりに高級すぎて売れず、四号で廃刊したミステリ雑誌。

こういった情報だけが一人歩きをして、「幻」を「伝説」に高めていったのである。

それだけにとどまらず、

セイヤーズ「疑惑」、クイーン「ガラスの丸天井付き時計」、ヴィオラ・ブラザーズ・ショア「マッケンジー事件」といった、邦訳された掲載短編の質の高さが——

『エラリー・クイーン　パーフェクトガイド』（ぶんか社文庫）や『名探偵の世紀』（原書房）で部分的に紹介された内容の面白さが——

F・M・ネヴィンズJr.の『エラリイ・クイーンの世界』（早川書房）に掲載されている興味深い総目次が——

古くは井上良夫のエッセイから、新しくは芦辺拓の『グラン・ギニョール城』（創元推理文庫）

といった、さまざまな作家・評論家の言及が——
——さらなる関心と憶測を呼んでいったと思われる。

実は、これは本国アメリカでも同じだったらしい。ミステリ研究誌「アームチュア・ディテクティブ」一九六九年冬号（二巻一号）に、「『ミステリ・リーグ』について知りたい」という手紙が載ったことがあるのだ。同年の夏号（二巻三号）には、マンフレッド・リーの回答が掲載されているので、訳してみよう。

「アームチュア・ディテクティブ」誌の一九六九年一月発行号で、アンディ・ザーブという名の人物が、「『ミステリ・リーグ』誌が存在していたならば、そして、エラリー・クイーンが関わっていたならば、ぜひ教えてほしい」と言っていました。

答えは「存在していたし、関わってもいた」です。実のところ、「関わっていた」という表現は、生やさしすぎますね。「ミステリ・リーグ」誌は、クイーンの想像力と若き日の野心によって生み出されたものだったのですから。私たちがその資産状況をあまり気にしなかった一人の紳士の支援を受け、ことわざ通りに「靴紐を元手に（「わずかな元手で」の意味）」発行したのです。しかも、スタッフといえば、私たちだけ——本当の話ですよ——たった二人しかいなかったのです。秘書さえも付いていなかったのです。私たちだけで作品を選び、複写を準備し、校正を行い、束見本を作り、汗を流し、他にもいろいろとやりました。なんと、オフィスの掃除までしたのですよ。雑誌は四号か五号がばらまかれた後で、資金不足で廃刊になりました。
どれもみな、三十五年ほど昔の話ですが、その当時のつらさは、今でも多少薄れた程度だと言っていいでしょう。

本書は、この〝伝説のミステリ雑誌〟「ミステリ・リーグ」を元にしたアンソロジーである。収録作のセレクトは、以下の方針で行った。
①短編は邦訳のないものはすべて収録。ただし、一人で三作掲載されているJ・マーヴェルのみ、シリーズ第一作だけを収めた。
②長編は邦訳のない四作（一挙掲載三作、三回分載一作）の内、日本のミステリ・ファンにとっては〝幻の作家〟であるブライアン・フリンのものを収録。
③小説以外では、クイーンが書いた編集前記「姿見を通して」と連載エッセイ「クイーン好み」はすべて収録。この二つと連係している上に、内容も興味深い「読者コーナー」も収録。第一、二号の著者紹介文と次号予告も、明らかにクイーンの筆なので収録。第一号のアンケートは第三号の「編集前記」で触れているので、これも収録。「パズル・デパートメント」もクイーンによるものと思われるが、日本の読者にも解けるものだけを、創刊号から三問選んだ。
④クイーン以外の筆によるものは、連載エッセイ「フーディーニの秘密」の、フーディーニ得意の脱出トリックを扱った第一回を収録。毎号の表紙裏に同じものが掲載されている「編集者紹介」も収録。その他、雑誌の雰囲気を味わってもらうために、広告（本書収録の三点はいずれも

創刊号より）なども収録。

……と書いてみると、長編以外はあれもこれも入れているようで、「どこが傑作〝選〟やねん」というツッコミが入りそうな気がしてきた。その場合は、「クイーン自身が傑作を選んで載せた雑誌を元にしたアンソロジー」ということで、ご了承いただきたい。実を言うと、当初は鮎川哲也の〈夢の企画〉を実現すべく、全四号の翻訳復刻を検討したこともあったのだ。残念ながら、分量が多い（一号が単行本二冊分ある）上に、長編一挙掲載作に邦訳が入手容易な『レーン最後の事件』が含まれていることなどがネックとなり、断念せざるを得なかったのだが。それでも、読者のみなさんには、「ミステリ・リーグ」の伝説を堪能してもらえると思う。

なお、訳者名を明示していない翻訳は、すべて私（飯城）によるものである。

また、各号の収録作品や掲載順やページ数といったデータについては、下巻に詳細な内容紹介付きの総目次が収録されるので、そちらを参照してほしい。

「ミステリ・リーグ」――その誕生と死

本誌の出版元は「リーグ出版」となっている。もともと、「ミステリ・リーグ」とは、この出版社の叢書名だったらしい。――ここで「らしい」と書いたのは、この出版社が出したマイルズ・バートン（ジョン・ロードの別名）の本などでは、版元は「ミステリ・リーグ」となっているからである。あるいは、ミステリ以外に手を拡げるために、社名変更したのかもしれない。創刊号の裏表紙には自社のＰＲ的な文が載っているので、訳してみよう。

一九三〇年に〈ミステリ・リーグ〉は、人気作家――エドガー・ウォーレス、アキムド・アブドラ、シドニイ・ホルラー、ヴァン・ウィック・メイスン、フランシス・ビーディングなど――によるミステリと探偵小説の長編を刊行するという試みを開始した。しかも、二ドルの本と同じものが、わずか五〇セントでアメリカの読者の手に入るのである。そして、リーグ出版の選んだ本は、百五十万人以上の読者にスリルと興奮を与えてきた。

本誌により、〈ミステリ・リーグ〉は新たな形をとって、熱烈な読者の期待に応えることにした。革新的な試みとは言えないが、それに近いとは言えるだろう――新作長編と共に、世界的に有名な作家（本誌の目次がその証明となっている）による傑出した新作短編を提供するという試みは。そして本誌は、その定価に値するだけの見返りを、すなわち、すべての熱心な安楽椅子探偵が求める読書のひとときを与えるはずである。

右の文でわかるように、〈ミステリ・リーグ〉は、イギリス作品のアメリカ版や、アメリカのＢ級作家の作品を安価で出すシリーズである。そんなシリーズを出している弱小出版社が、なぜクイーンを編集者に迎え、一流作家の作品を収めた高級ミステリ雑誌を出したのか、不思議と言えば不思議と言える。

以下は推測だが、リーグ出版としては、B級作家の長編と短編を組み合わせた、いわゆる〝パルプ・マガジン〟を出したかったのではないだろうか。

調べてみると、本誌が創刊されたあたりから、〈ミステリ・リーグ〉叢書の新作が出なくなっていた。おそらく、売れ行きが低下したために、シリーズを休止したのだと思われる。一方、当時はパルプ・マガジンの全盛期で、ニューススタンドでは二百種類以上の雑誌が並んでいた。したがって、新たな収入源として、リーグ出版がパルプ・マガジンに進出しようと考えるのは、ありそうな話である。そして、そういった出版社が、雑誌の顔としてクイーンの名前だけを借りようと考えることもまた、ありそうな話である。

しかし、その話を聞いたクイーンは、かねてから雑誌編集の野心を抱いていたために、自ら編集に乗り出したのだ。その結果、どうなったかといえば——

・サイズは通常のパルプ・マガジンの縦十インチ×横七インチから縦十一インチ×横八・五インチと大きくなり、
・厚さも通常の百二十ページ前後から百六十ページと増え、
・値段も通常の十セントから二十五セントに跳ね上がり、
・表紙もおなじみの残酷さやお色気たっぷりのものとは縁がなくなり、
・内容も〈ミステリ・リーグ〉シリーズでつながりのあるB級作家に門前払いをくわせる雑誌になった、

——という具合に変わってしまったわけである。

次に、廃刊の事情を考えてみよう。いくつかの資料を当たってみると、「売れなかったため」と、「出版元が倒産した（または出版業から手を引いた）ため」の二つの推測が書いてあったが、前者の可能性は低いと思われる。F・M・ネヴィンズによると、すでに五号は編集が終わっていたそうだし、最終号となった四号では、年間購読者の募集をしていたからだ。売れ行き不振による廃刊ならば、第五号を出し、その号で年間購読者への返金方法等を連絡するのが筋ではないだろうか。

また、第二号に掲載されたP・A・テイラーの長編『第四巻の謎』は、イギリスでは一九三七年に *BEGINNING WITH A BASH* と改題されて単行本化されたが、本国アメリカでは「権利関係の問題で」一九七二年まで出版されなかった。これもまた、出版社側に問題があったことの証拠になるように思える。

もっとも、廃刊の原因が出版社側にあったとしても、「ミステリ・リーグ」が売れたということにはならない。たしかに、ミステリの熱心な読者は歓迎したようではある。だが、ニューススタンドで気軽に手に取る大部分の読者もそう感じたかどうかとなると、はっきり言って疑わしい。ちなみに、クイーンが「ミステリ・リーグ」のリベンジとして（？）一九四一年に創刊したEQMMでは、「作品の質の高さを優先するという方針」と、「けばけばしくない上品な表紙」は受け継がれているが、長編一挙掲載は行わず、一号の分量も減らしている。また、ニューススタンドの販売よりも、定期購読者、すなわち熱心なファンを主なターゲットにしている。こういった点から、クイーンが「ミステリ・リーグ」の失敗によって、何を学んだかが見えてくるのだ。
もう一つ興味深い点がある。EQMMの編集はフレデリック・ダネイ単独の仕事と言われているが、「ミステリ・リーグ」の編集には、リーも参加していたことである。想像をたくましくするならば、「ミステリ・リーグ」の失敗に懲りたリーが、EQMMの編集には加わらなかったのかもしれない。

「ミステリ・リーグ」――その内容

以下、本書収録作品に解説を加えていくことにする。真相等に触れている文もあるので、本編を先に読んでほしい。

第一号　一九三三年十月号

「姿見を通して」

冒頭の「短編が雑誌社から拒絶された」くだりは、アンソロジー*MAIDEN MURDERS*（一九五二）に寄せたクイーンのエッセイにも登場するので、実話だと思われる（邦訳は集英社文庫『世界の名探偵コレクション7　エラリー・クイーン』）。

これは、クイーンがＥＱＭＭやアンソロジーでも一貫して主張している「品質第一」が、はじめて活字になった文。もっとも、「そう言いながら、創刊号にはハメットとセイヤーズが並んでいるではないか」と思う人もいるだろう。だが、この当時の彼らは「大物作家」ではあっても、「売れっ子」ではなかったのだ。セイヤーズの短編は「ピアソンズ」誌のような高級雑誌が主な発表舞台だったし、ハメットも「ブラック・マスク」誌を離れ、高級雑誌に移っていた。何よりも、「売れっ子」というには、作品数が少なすぎるのだ。おそらく、ここで言っている「売れっ子」とは、二流のミステリ専門誌に精力的に短編を書きまくり、その名が表紙に載ると——「作家〇〇の□□シリーズの新作登場！」——売れ行きがアップする、といったタイプの作家だと思われる。

むしろ不思議なのは、セイヤーズやハメットほどの作家が、デビュー四年の作家の依頼で新作を提供したことだ。クイーンのエッセイ集『クイーン談話室』（国書刊行会）には、「Ｅ・Ｄ・ビガーズに『ミステリ・リーグ』のための短編を依頼したが断られた」という意味の文が出て来るが、当時の一流作家としては、こちらの方が当たり前の反応だろう。二人はクイーンの情熱にうたれたのだろうか、それとも、創刊号なので原稿料の大盤振る舞いをしたのだろうか？　いずれにせよ、その結果として、イギリス最高のミステリ作家とアメリカ最高のミステリ作家がくつわを並べることになったわけである。まさに快挙と言えよう。

「偉大なるバーリンゲーム氏」

作者のジョン・マーヴェルについては一切不明。かなり達者だし、素人の投稿が創刊号に載るというのも妙なので、プロの変名という可能性が高い。あるいは、リーグ出版が短編の分野にも進出するにあたって、スカウトした作家なのかも……。

もっとも、クイーンの著者紹介文での高い評価には、PRも含まれているのだろう。本当に優れているならば、詐欺師を含めた犯罪者を扱ったアンソロジー『完全犯罪大百科』(創元推理文庫)に収めてもいいはずだからである(ちなみに、このクイーン編アンソロジーには、著者紹介文で引き合いに出されているジョージ・ランドルフ・チェスターの〈一攫千金のウォリンフォード〉ものと、O・ヘンリーのジェフ・ピーターズものが収録されている)。ただし、私はそれほど出来が悪いとは感じなかった。ユーモラスで洒落た会話や文章は、いっとき、クイーンが変名で書いたのではないかと思ってしまったくらいである。当時の読者の評判は良くなかったらしいが、これは、セイヤーズとハメットとクイーンに挟まれてしまったのが不運だったのだろう。

「パズル・デパートメント」

訳文では伝わらないかもしれないが、「クイーン好み」と比べると、それほど文章が凝っていない。パズルなのであえて凝らなかったのかもしれないが、このコーナーはリーが担当した可能性も考えられる。

創刊号ではこの他に、作家名のアナグラム、暗号、単語に一文字ずつ加えていくもの、クロスワードパズル、の四問が掲載。他の号のパズルでは、第三号と四号に載った「間違い探し」が、前述の『名探偵の世紀』に訳出されている。

「足跡の謎」――前文にある「ミステリの謎をミニチュア化したもの」がこれ。子供向きの推理クイズによくあるネタ、というよりは、モーリス・ルブランのルパンもの短編のトリックをそのまま流用しただけで、いささか芸がない。ただし、一行で終わらせることのできる解決編で、長々とロジックを積み重ねていくところは、さすがクイーンだと言えるだろう。

「隠された犯罪の言葉」――前文にある「単語や文章による興味深い仕掛け」がこれ。日本の読者には解くのは難しいかもしれないが、解答を読んだときの面白さ――単語の隠し方の巧妙さ――は、味わうことができるはずである。例えば（10）には、G・K・チェスタトンのブラウン神父ものに登場するフランボウの名前がいきなり出て来るのだが、これはただ単に、末尾が「au」となっている名前が欲しかっただけなのだ。

「〈兎と亀〉の問題」――前文にある「巧妙な数学の演習問題そのもの」がこれ。〝兎の進んだ距離〟を求めるのに、〝亀の進んだ時間〟に着目するのがミソなのだが、こちらは数学パズル集などで読んだことのある読者も多いに違いない。ただし、クイーンの自信たっぷりな文からすると、一九三三年当時は〝ありふれた問題〟ではなかったのだろう。

「フーディーニの秘密」

フーディーニのマジックのネタバラシ連載。といっても、一九二六年（フーディーニの死んだ年）に小部数のみ刊行された本からの再録である。マジック好きのクイーンがこの本に目をつけ、

「ミステリ・リーグ」に興味深い章のみを再録することを決めたと思われる（知らない人もいるが、クイーンはかなりのマジック好きなのだ。例えば、あるラジオドラマでは、伸縮自在の〈レイジー・トング〉――いわゆるマジック・ハンド――を使った不可能犯罪トリックを、J・D・カーよりも早く用いている）。

なお、連載第三回めの末尾には「もっと『フーディーニの秘密』を読みたいですか？」という文がある。おそらく、読者が望めば、原本の残りの章も再録するつもりだったのだろう。あいにくと、読者が要望を出す前に（出さない前に？）、雑誌が終わってしまったのだが……。

第一回では、生き埋めトリックが興味深い。というのも、クレイトン・ロースンが後年の長編で、このアイデアを大きく取り上げているからである。そして、第三号の解説で触れているが、ロースンは「ミステリ・リーグ」の愛読者だったのだ！

「クイーン好み」

本アンソロジーの目玉ともいうべきエッセイ。前述のクイーンのエッセイ集『クイーン談話室』での主語は「私たち」だが、このエッセイでは「私」となっている。言うまでもなく、当時はまだ、クイーンがダネイとリーの合作ペンネームであることを明かしていなかったためである。同様に、クイーン＝バーナビー・ロスという事実も明かされていなかったため、クイーンは、すっとぼけてロスを他人のように扱っている。加えて、（発表年代を見れば当たり前の話だが）文章も〈国名シリーズ〉当時の、もってまわった表現――あるいは「翻訳者泣かせの文章」――が多用されてるのだ。

内容の方は、〝血気盛んな時代〟のクイーンの、情熱あふれる秀逸なエッセイになっている。ミステリ・ファンならば、多くの楽しみを味わえることだろう。そして、キャリア四年にしては偉そうな物言いは、笑って許そうではないか。

中でも「高等批評」の章が、最も興味深い。当時のクイーンの本格ミステリ観や評価が、はっきりと書かれているからである。それ以外にも、『アクロイド殺し』がフェアかアンフェアかという見解や、『ケンネル殺人事件』のトリック流用に対する意見なども出て来るのだ。本格ミステリ・ファンならば、示唆される点が数多くあるに違いない。

ところで、なぜクイーンはこのように作品を構成要素に分けた評価を提案したのだろうか？　私見だが、クイーンが合作作家であることが、その最大の理由だと思われる。例えば、「ダネイがプロット、リーが肉付け」という分担で執筆したとしよう。この場合、ダネイは〈プロット〉や〈解決の分析〉だけの、リーは〈文体〉や〈人物描写〉だけの評価を知りたくなるはずである。だからこそ、作品全体ではなく、パーツだけを評価するような採点方式を思いついたのではないだろうか。また、そういった観点から見ると、『レーン最後の事件』の採点において、〈プロット〉や〈解決の意外性〉や〈読者へのフェアプレイ〉に比べて、〈文体〉や〈人物描写〉が低くなっているのは、なかなか意味ありげではないか。

その次に興味深い章は、「ラプソディ・イン・レッド」。ここでクイーンが夢想している〝インディアン探偵〟のアイデアが、一九四五年に、マンリイ・ウェイド・ウェルマンの「戦士の星」

（邦訳はハヤカワ・ミステリ文庫のクイーン編アンソロジー『黄金の13』）という短編で実現したからである――しかも、第一回ＥＱＭＭ年次コンテストの最優秀作として。この短編に第一席を与え、「新しい探偵役を産み出した」というコメントを添えたクイーンは、自らが十二年前に書いたこのエッセイを憶えていたのだろうか……。

また、文中に出て来る「〈ジョン・ゴア探偵局〉の腕利き探偵ストライカー」は、架空の探偵と思われるが、あるいはラオール・ホイットフィールドの混血探偵ジョー・ガーが元ネタなのかもしれない。

「作家よ！　作家よ！」

掲載作家の紹介文だが、いかにもクイーンらしい魅力的な作家短評になっている。内容について、いくつか補足しておこう。

ロスをべたぼめしているのが面白いが、それだけではなく、「（ロスについて）知られていることは、ほとんどありません」といった、微妙な表現にも注目してほしい。言うまでもなく、ロスの正体はクイーンなので、「知っていることはほとんどない」と書いたら嘘になるのだが、「知られていることはほとんどない」と書けば、それは嘘ではない、というわけである。

また、クイーンはヴァイキング社から、『レーン最後の事件』を「ミステリ・リーグ」に掲載する許可を得ておらず、トラブルが生じたらしい。まあ、ヴァイキング社からすれば、自社の単行本と同じものが、ずっと安価な他社の雑誌に先行して載ってしまうのだから、文句をつけるのは当然のこととは言えるが……。あるいは、リーグ出版の用意した長編が気に入らなかったクイーンが、急遽、自作と入れ替えたのかもしれない。

ハメットの項では、以下のキャリアについて、クイーンは語っている。

・一九二一年までピンカートン探偵社勤務（クイーンの言う「私立探偵としての実体験」）。
・一九二二年から「ブラック・マスク」（クイーンの言う「マイナーな出版物」）に執筆。
・一九二九年にクノッフ社（社長がアルフレッド・A・クノッフ）から出た長編が人気を博す。
・一九三〇年にハリウッドに招かれる。

セイヤーズが執筆中だった「ウィルキー・コリンズの伝記」は、生前に完成せず、死後の一九七七年に刊行された。

マーヴェルの紹介に出て来るジョージ・ランドルフ・チェスターの〈一攫千金のウォリンフォード〉ものと、O・ヘンリーのジェフ・ピーターズものは、共に《クイーンの定員》に選ばれている。

なお、クイーンは、「クイーン好み」という題名を一九四六年に編んだアンソロジーで使ったように、「作家よ！　作家よ！」という題名もまた、一九三九年のラジオショーで再利用している（このクイーンが企画したラジオ番組については、『クイーン談話室』を参照のこと）。

第二号　一九三三年十一月号

「姿見を通して」

「ミステリ・リーグ」を戦争に見立てた、後年のクイーンからは考えられないくらい勇ましい文。もっとも、大物作家を"Big Gun"と呼びながらも、女流作家であるP・A・テイラーに対しては"Big Bertha"（文字通りの意味は「バーサおばさん」）という表現を使っているところなどは、おなじみのクイーンらしさではあるが。

冒頭では、創刊号がマスコミに注目されなかったことで落ち込んでいる。が、J・L・ブリーンのエッセイ The Too-Short Saga of Mystery League（EQMM二〇〇五年三・四月合併号）によると、リーグ出版はほとんど広告を打たなかったそうなので、当然の結果と言えるだろう。

やたら誉めている一挙掲載長編の『第四巻の謎』は、アゼイ・メイヨと並ぶテイラーの名探偵、レオニダス・ウィゼラルものの第一作（といっても、この時点では〝シリーズ〟とは言えないが）。ウィゼラルのあだ名が「シェイクスピア」で、本が事件にからむとくれば、前号掲載の『レーン最後の事件』を連想するが、まあ、偶然だろう。セイヤーズやハメットほどではないが、テイラーも一流作家なので、どうしてリーグ出版に新作長編を提供したのかは謎である。前述したように、本書では権利関係のゴタゴタが生じているので、何やら裏の事情があったことがうかがえるのだが……。

これまた誉めているギャビン・ホルトの連載長編は、新作ではなく、イギリスで一九三二年に出た作品のアメリカ版の権利を取得したものである。この文を読む限りでは、クイーンが掲載を決めたように書かれているが、作家や作風から見ると、リーグ出版から押しつけられた可能性も考えられる。ひょっとして、創刊号の長編一挙掲載は、この作品の予定だったのだろうか？

「完全なる償い」

本作も「ミステリ・リーグ」のための新作ではなく、イギリスで刊行済み作品のアメリカ版の権利をとって収録したもの。収録短編集 *POLICEMAN'S LOT*（一九三三）は、のちに《クイーンの定員》に選ばれている。同じ号に収録されているコールの短編「窓のふくろう」も、同様にイギリスでは刊行済みで、その短編集 *SUPERINTENDENT WILSON'S HOLIDAY*（一九二八）も、やはり《クイーンの定員》に選ばれている。おそらく、限られた予算内で質の高い短編を揃えるための、苦肉の策なのだろう。

ところで、H・ウェイドのこの短編は、レギュラー探偵のプール警部ものではない。クイーンはなぜ、あえてノンシリーズものを収録したのだろうか？　その答えは、著者紹介文にあるように思える。「作家よ！作家よ！」では、ウェイドを「イギリスのダシール・ハメット」と言っているのだ。この自説を裏付けるために、あえて犯罪者を主人公にした短編を選んだのではないだろうか？　そう思って読むと、この短編は「ブラック・マスク」に収めても違和感がないように見える。殺人者と被害者の緊迫感あふれるやりとり、犯人の非情な行動、被害者が生きていたという逆転、そして人情味あるオチ——優れたハードボイルド短編だと言えるだろう。

これに比べ、「窓のふくろう」の方は、警察官が探偵役をつとめる典型的な本格ミステリとなっている。あるいは、二作の対比を狙ったのかもしれない。

「クイーン好み」

前回よりもさらに暴走気味の第二回。特に冒頭の文は、一読しただけでは意味がつかめない読者も多いだろう（決して翻訳のせいではない！）。

「バンカーヒル」では、アメリカのミステリ作家の地位が、イギリスより低いことを嘆いている文。ただし、クイーンの偉大なところは、嘆くだけではなく、地位を向上させようとしたことである。「ミステリ・リーグ」ではそれを実行することはできなかったが、その後、ＥＱＭＭやアンソロジーや数々の活動でアメリカのミステリ作家の地位向上につとめたことは、ファンならご存じだろう。その結果、デビュー二十五周年の祝辞集 *A SILVER ANNIVERSARY TRIBUTE TO ELLERY QUEEN* では、数多くの作家や評論家や編集者から、「クイーンはアメリカのミステリの地位を高めた」という誉め言葉を受け取ることになったのである。

ところで、今回、クイーン・ファンにとって最も興味深い文は、「みなさんが知らないであろういくつかの事柄」に違いない。クイーンがミステリのみならずホラーまで読んでいることや、Ａ・Ｋ・グリーンの愛読者だったことがわかるからだ。また、ルブランのルパン・シリーズへの愛情がうかがえるのも楽しい。

「探偵作家の品質評価」では、今となっては、ヴァン・ダインのくだりよりも、ハードボイルド派（スクール）（当時はこの言葉はなかったので、クイーンは“strong-arm school”と言っている）についての言及の方が興味深い。この派の〝リアリズム〟の背後にひそむ〝ロマンティシズム〟を指摘したのは、この文がはじめてなのだ。また、本格ミステリのファンならば、クイーンが「ロジックから逆算されて作られた作品世界は現実とは異なっている」ことを自覚している点を、見落としてはならないだろう。

なお、今回の「クイーン好み」の末尾には、「新刊紹介コーナー」が付いている。その後、このコーナーは第三号では独立し、第四号では再び「クイーン好み」に組み込まれる形で掲載された。クイーンの筆によるものらしいが、「取り上げた本は実際に私が読んでいるわけではなく、ジャケットのあらすじ紹介や出版広告などを流用して書いています」とあったので、翻訳は割愛した。読者にはご了承いただきたい。

「作家よ！作家よ！」

P・A・テイラーの『ケープコッドのプレイヤーの謎（The Mystery of the Cape Cod Players）』は未訳。まぎらわしい題名の『ケープコッドの惨劇（The Cape Cod Mystery）』の方は、クイーンがハワード・ヘイクラフトと選んだ名作表に選ばれている（戦前の「スタア」誌に抄訳あり）。

コールの『ブルクリン家の惨事』の邦訳は新潮文庫から。クイーンはこの作も夫婦合作としているが、実際にはG・D・H・コールが単独で書いたとのこと。

H・ウェイドの作品でクイーンが挙げているものの内、邦訳があるのは『塩沢地の霧』（国書刊行会）と『議会に死体』（原書房）。『ヨーク公の階段（The Duke of York's Step）』、『首吊り大尉（Hanging Captain）』、『相性の悪い薬（No Friendly Drop）』、『消えた共同経営者（The Missing

Partners)』は未訳。

G・ホルトの翻訳は、アンソロジー『探偵小説の世紀』（創元推理文庫）に収録された短編「アズテカ族の骸骨」しか見当たらず。ただし、本名のチャールズ・ロッダでエリック・アンブラーと合作した〝エリオット・リード〟名義の長編は、五作すべてが早川書房から訳されている。

第三号　一九三三年十二月号

「姿見を通して」

「ミステリ・リーグ」の創刊号の評価が高かったことを自慢しているが、売れ行きにはまったく触れていない。あまり良くなかったのだろうか？

また、アンケート結果については、クイーンは長編連載はあっさり取りやめたのに対して、古典名作の再録については未練たっぷりな点が面白い。おそらく、連載はリーグ出版の希望で、再録はクイーン自身の希望だったに違いない。そのためか、ＥＱＭＭではかなり再録に力を入れているのだ。

「ガネットの銃」

トマス・ウォルシュは、今でこそ『マンハッタンの悪夢』『深夜の張り込み』『脱獄と誘拐と』などの長編や、ＥＱＭＭ等に発表した短編で知られているが、この当時は、「ブラック・マスク」

の一九三三年七月号でデビューしたばかりの新人である。したがって、ウォルシュの方から売り込んだと考えられる。

本作は、典型的なハードボイルド作品の中に、本格ミステリ的なトリックを盛り込んでいる点が面白い。クイーンが「風変わりで独創的なプロットの strong-arm 探偵もの」と評しているのも、この点だと思われる。また、サイコキラーによる連続殺人や、犯人を愛する者が偽の犯人を演じるといったストーリーは、クイーンの後年の長編を彷彿させるのだが……偶然だろうか。

「読者コーナー」

前述のエッセイ The Too-Short Saga of Mystery League の中で、ブリーンが「全四号の中で最も興味深い」と言っているのが、このコーナー。おそらく、本書の読者も同感だろう。読者の質の高い投稿も、クイーンの真摯な返事も、どちらも面白いだけではなく、いろいろと考えさせられるはずである。そしてまた、このコーナーと、「クイーン好み」でのベストテン投票を読むと、当時の熱心なミステリ読者の好みも見えてくるに違いない。例えば、J・D・カーの名前がまったく出て来ないのに、奇異な感じを受ける読者も多いだろう。これは、この時期のカーの版元が「シャーロック・ホームズの読者より『ウィアード・テールズ』の読者を狙った」(D・G・グリーン『ジョン・ディクスン・カー〈奇蹟を解く男〉』〈国書刊行会〉)ためなのかもしれない。

なお、このコーナーの最後には、「誌面の都合で掲載できなかった投稿者の(一部の)リスト」が、『九尾の猫』の巻末のように並んでいる。その内、以下の三つの名前が興味深い。

J・D・マクドナルド、ニューヨーク州ユティカ
M・B・ウォルフ博士、イリノイ州シカゴ
クレイトン・ロースン、ニューヨーク州ニューヨーク

J・D・マクドナルドは、一九三三年は〈ユティカ・フリー・アカデミー〉に在籍していたそうなので、まず本人だと考えて間違いないだろう。ちなみに、当時はまだ十七歳で、もちろんデビュー前。「ミステリ・リーグ」が彼に影響を与えたのではないか……と考えると、実に楽しい。

M・B・ウォルフ博士は、この時期、クイーンの医学関係のアドバイザーをしていて、『ギリシア棺』を捧げられている「M・B・W」氏のことだと思われる。

クレイトン・ロースンは、この当時はアート・ディレクターとして会社勤めをしていて、のちにミステリ作家、そしてEQMMの編集者もつとめた人物と同一人物らしいが……。

「蠅」

目次によると、作者アズウェルは〝新人作家〟となっているが、その後、他に発表した作品は見当たらなかった。これもまた、売り込み原稿だろうか？

内容は、ショート・ショート・ストーリー（と銘打たれている）のお手本のような作品で、傑作とは言い難いが、なかなか楽しめる。特に、〝スコットランド人ジョーク（スコッチ・ジョーク）に出て来る蠅〟と〝スコッチの中で溺れている蠅〟の重ね合わせや、主人公が〝蠅のジョーク〟を抱えて〝飛び降りる〟といった言葉遊びが面白い。クイーンが評価したのも、このあたり

だろう。

「クイーン好み」

「来るべき世界の姿」はSFミステリについてのエッセイ。今読むと平凡かもしれないが、一九三三年に書かれたことを思えば、クイーンの先見の明に感心するに違いない。なんせ、この時期にはまだ、ハインラインもアシモフもクラークもデビューしていないのだから。

「まさかの時の友」は、興味深い楽屋話。この当時はバーナビー・ロスの正体がクイーンであることを伏せていたため、はっきりと書かれていないが、〝ニコチン毒の利用〟は『Xの悲劇』で、〝シンシン刑務所の取材〟は『Zの悲劇』で使われている。

その続編の「倫理学」に出て来る〈怒れる投稿者〉だが、ネヴィンズによると、この人物の正体は、なんとクイーン自身！『ローマ帽子』に世間の注目を集めるためにクイーンが匿名で出したものだと言うのだ。

「探偵ロフタス夫人」は、普通文学からミステリ要素を見つけ出す、クイーンの面目躍如といったエッセイ。ただし、クイーン・ファンにとっては、この文の一年後に発表された、〝女装した男〟が登場する短編との関係が気になるところだろう。

なお、このコーナーの最後は、第三号に一挙掲載されたB・フリンの『角のあるライオン』の評なのだが、都合により下巻に収録したことをお断りしておく。

最後に、二点ほど付け加えさせてほしい。

本アンソロジーが実現したのは、日本有数のミステリ愛好家である林克郎氏が、貴重な「ミステリ・リーグ」を提供してくれたおかげである。加えて、氏からは、私の翻訳や解説執筆にあたっても貴重なアドバイスをいただいた。ここで深くお礼を申し上げたい。

また、私自身は、未訳作をすべて収めた本にしたかったのだが、力不足で実現できなかった。読者のみなさんの支持があれば、第三集や第四集の増巻も望めるので、ぜひ、熱い応援をお願いする。

《参考資料》
※以下の資料は、この解説の執筆、および翻訳で参照させていただきました（文中で挙げているものは省略）。

小鷹信光編『ブラック・マスクの世界』（国書刊行会）
森英俊編著『世界ミステリ作家事典［本格派篇］』（国書刊行会）
John Cooper & B.A.Pike *DETECTIVE FICTION:THE COLLECTOR'S GUIDE Second Edition* (Scolor Press)
Francis M.Nevins,Jr. & Ray Stanick *THE SOUND OF DETECTION* (Brownstone Books)

〔編訳者〕

飯城勇三（いいき・ゆうさん）

1959年宮城県生まれ。東京理科大学卒。エラリー・クイーン研究家にしてエラリー・クイーン・ファンクラブ会長。編著書は『エラリー・クイーン　Perfect Guide』（ぶんか社）およびその文庫化『エラリー・クイーン　パーフェクトガイド』（ぶんか社文庫）。訳書はE・クイーンの『エラリー・クイーンの国際事件簿』と『間違いの悲劇』（いずれも創元推理文庫）。解説はE・クイーン『クイーン談話室』（国書刊行会）、D・ネイサン『ゴールデン・サマー』（東京創元社）、鮎川哲也『クイーンの色紙』（創元推理文庫）など。クイーン関係以外では、編著書に『鉄人２８号大研究』（講談社）もあり。

〔訳者〕　五十音順

駒月雅子（こまつき・まさこ）

慶應義塾大学文学部卒。訳書にヘンリー・ウェイド『塩沢地の霧』（国書刊行会）、『死への落下』（社会思想社）、ロバート・ルイス・スティーヴンスン『難破船』（早川書房）、ローリー・リン・ドラモンド『あなたに不利な証拠として』（早川書房）などがある。

白須清美（しらす・きよみ）

早稲田大学第一文学部卒。訳書にデイヴィッド・イーリイ『ヨットクラブ』（晶文社）、カーター・ディクスン『パンチとジュディ』（早川書房）、フィリップ・マクドナルド『フライアーズ・パードン館の謎』（原書房）、アントニー・バウチャー『タイムマシンの殺人』（論創社）など。

水野恵（みずの・めぐみ）

1970年生まれ。札幌市在住。訳書にクレイグ・ライス『ママ、死体を発見す』、クリストファー・セント・ジョン・スプリッグ『六つの奇妙なもの』（以上論創社）など。

ミステリ・リーグ傑作選(けっさくせん) 上
——論創海外ミステリ 64

2007年4月30日 初版第1刷印刷
2007年5月10日 初版第1刷発行

著 者 エラリー・クイーン 他

編 者 飯城勇三

装 丁 栗原裕孝

発行人 森下紀夫

発行所 論 創 社

〒101-0051 東京都千代田区神田神保町2-23 北井ビル
電話 03-3264-5254 振替口座 00160-1-155266

印刷・製本 中央精版印刷

ISBN978-4-8460-0747-8
落丁・乱丁本はお取り替えいたします